Tropical Love

Estelle Every

Couverture : M.A. VISION
ISBN : 9782492943010
Dépôt légal : septembre 2021

Playlist

(à retrouver sur ma chaine YouTube Estelle Every)

Chris Isaac – Wicked Game (ft. Seren) (Chillion Remix)
Ozuna x Doja Cat x Sia – Del Mar (Letra/Lyrics)
Eminem ft. Rihanna – Love The Way You Lie
Fleurie – Hurricane
The Weeknd – Secrets
Luis Fonsi – Despacito ft. Daddy Yankee
Calvin Harris ft. Rihanna – This Is What You Came For
Maluma, The Weeknd – Hawái
Jason Derulo x Nuka – Love Not War
David Guetta & Sia – Flames
Enrique Iglesias ft. Sean Paul – Bailando (English Version)
Marina Kaye – Freeze You Out

Pour Coralie,

"Parce que quand le vent est trop fort, même les dindons volent."

1

Maxine

La roulette d'une des deux grosses valises que je traine derrière moi se prend dans une imperfection du sol, coupant net mon élan pour avancer dans le couloir. Je m'arrête et commence à tirer de toutes mes forces sur la poignée pour déloger le bagage de cette ornière.

Qui a décidé de mettre des pièges en plein milieu de l'aéroport de Mexico City ? En même temps, je ne devrais pas être ici ! C'est au moins la millième fois que je le pense depuis que je suis descendue de l'avion…

Si j'en avais eu les moyens, j'aurais acheté un vol direct entre Nice et Cancún, mais, pour une raison que je ne m'explique pas, la compagnie aérienne m'a proposé un meilleur tarif pour un itinéraire découpé en de multiples tronçons : Nice – Paris, Paris – Lisbonne, Lisbonne – Mexico City, Mexico City – Cancún. À cette allure-là, je crois qu'un tour du monde m'aurait couté moins cher qu'un trajet simple !

— Allez, arrête de délirer, ma vieille !

Je m'invective pour essayer de retrouver mes esprits. Je lâche une des valises pour concentrer tous mes efforts sur celle qui est piégée, mais j'ai beau tirer, elle refuse de bouger.

— Okay, réfléchis Maxine !

Il doit y avoir moyen de déplacer la grosse vingtaine de kilos sans me faire un tour de reins, non ?

Pour la première fois depuis que j'ai entrepris ce voyage qui me conduit sur la terre natale des Mayas, je commence à vraiment douter de mes choix. J'aurais pu faire mon stage de fin d'études à Paris, bien tranquille en France. Pourquoi a-t-il fallu que je m'expatrie sur un autre continent déjà ?

Ah oui ! Parce que j'ai décroché le job le plus convoité de toute ma promo. Un peu plus et ça serait le Saint Graal, quoiqu'en y réfléchissant, pour les élèves de mon école de commerce, c'est le cas.

— *¿ Todo bien, señorita ?*[1]

Je sursaute et relève la tête. Une paire d'yeux marron rencontre les miens. Le jeune homme qui me fait face me lance un sourire avenant et il porte un costume d'employé de l'aéroport. Il n'a pas l'air dangereux ni agressif, pourtant les propos de ma sœur, Alexine, me reviennent en mémoire :

— Surtout, n'oublie pas : tu n'adresses la parole à personne dans le terminal, et le plus important, tu gardes constamment un œil sur tous tes bagages.

Dès le moment où je lui ai appris que je partais pour le Mexique, elle n'a eu de cesse de chercher des infos sur ce pays. Et malheureusement pour moi, elle a entendu parler de touristes qui avaient servi de mules malgré eux pour faire entrer de la drogue, de fusillades, d'enlèvements, et j'en passe… Bref, depuis elle s'inquiète pour moi.

Je jette un coup d'œil à ma deuxième valise, celle qui est libre de rouler, elle est toujours à sa place. Je rajuste la bretelle de mon sac à dos et réponds au jeune homme dans un espagnol hésitant :

— C'est juste ma valise qui est coincée…

Je désigne le bagage d'un mouvement de la main. Son visage s'est illuminé.

— Tu parles espagnol ! C'est cool ! Attends, je vais m'occuper de ça.

Et avant que je n'aie pu m'y opposer, il déloge la roue récalcitrante de ce qui s'avère être un gros trou dans le carrelage. Le jeune homme, dont le badge indique qu'il s'appelle Juan, se gratte l'arrière du crâne :

— Il faut qu'on mette un panneau pour signaler ça.

Mon regard passe de lui à la poignée de ma valise qu'il tient toujours. Je jette un coup d'œil autour de moi, pas rassurée. Mon vol a atterri en plein milieu de la nuit et les couloirs de l'aéroport sont vraiment déserts à cette heure…

Dans quoi me suis-je embarquée en venant ici ?

Un petit élan de panique déferle en moi à la pensée que je vais rester dans ce pays pendant un an. C'est super long ! Pourquoi j'ai fait ça ? Je cligne frénétiquement des paupières pour chasser les larmes qui commencent à poindre.

Tu peux y arriver Maxine, c'est juste la fatigue qui parle.

C'est vrai que je n'ai pas fermé l'œil depuis que j'ai quitté Nice, il y a plus d'un jour maintenant.

— Tu as besoin d'aide ? s'informe Juan.

Et là, sans que je comprenne pourquoi, mon cerveau part en vrille… Je bafouille des paroles inintelligibles, récupère rapidement mes bagages et m'éloigne de lui. Je marche aussi vite que les deux énormes valises me le permettent, c'est-à-dire à une allure assez modérée. Quand je jette un coup d'œil par-dessus mon épaule, je me rends compte que Juan me dévisage d'un air éberlué.

Il y a de quoi ! J'imagine le spectacle que je renvoie à cet instant avec mes cheveux en bataille et mes cernes de compétition… Je vais avoir besoin de plusieurs jours de repos en arrivant.

Mais c'est du temps libre que je n'aurai pas, car on m'attend à l'hôtel dès après-demain. La perspective de démarrer un nouveau travail sans même avoir le minimum requis en matière de sommeil me fait froid dans le dos, cependant je n'ai pas le choix, j'ai signé la convention de stage et j'honore toujours mes engagements. C'est comme ça que j'ai été major de ma promotion, en étudiant beaucoup et en m'amusant peu. Qu'on se le tienne pour dit : Maxine Aubert est une fille sur laquelle on peut compter.

Enfin, à cette heure-ci, je ne ressemble plus à la Maxine française que je croyais être. Il n'y a qu'à voir la façon dont je me précipite pour m'éloigner du seul être vivant que j'ai croisé depuis une demi-heure pour comprendre que je n'ai plus toute ma raison. C'est vrai, quelle personne sensée s'isolerait dans un des plus grands aéroports du monde ? Pour autant que je sache, un fou furieux pourrait bien se cacher dans un des couloirs, n'attendant que moi pour passer à l'action !

Du calme Maxine ! Tu es en train de délirer !

Je trouve un coin à l'écart, enfin, vu que je suis seule il n'y a pas vraiment besoin de m'éloigner de qui que ce soit. Toujours est-il que je m'installe derrière une grande paroi vitrée, sur une sorte de petite estrade, qui me procure un sentiment relatif de sécurité. C'est à ce moment-là que mon téléphone se met à tinter. J'avais oublié que je l'avais rallumé. La sonnerie m'indique tout de suite l'identité de mon interlocuteur, ou en l'occurrence mon interlocutrice : il s'agit d'Alexine.

Je fixe l'écran sur lequel s'affiche la photo de ma sœur qui fait une grimace et j'hésite à répondre. Que va-t-elle penser de l'endroit où je m'apprête à passer la nuit ? Mais après quelques secondes d'indécision, je finis par décrocher :

— Maxine ! Enfin ! Ça fait dix fois que j'essaie de t'appeler.

Si elle a tenté de me contacter, je ne l'ai pas entendue. Il faut dire que je suis un peu stressée depuis la descente de l'avion. Insensible à mon tourment ma sœur enchaine :

— Hé ho ! Tu es toujours là ? Tu sais quoi ? Il vaut mieux continuer en visio !

Et sans me laisser le temps de répondre, Alexine passe en mode vidéo. Son visage apparait soudain sur l'écran, mais ce qui attire mon attention, c'est mon propre reflet en haut à droite. C'est encore pire que ce que je pensais ! On peut voir sur mes traits que je n'ai pas dormi depuis un bon moment, on pourrait croire que je sors de soirée, mais la triste réalité c'est que je n'ai pas fermé l'œil depuis vingt-quatre heures.

Je me ressaisis :

— Salut Alexine

Ma sœur cligne plusieurs fois des paupières, approche son visage de l'écran comme pour mieux me regarder, puis s'exclame avec une mine dégoutée :

— Tu as vraiment une sale tête !

— Merci de me le faire remarquer.

C'est étrangement réconfortant de me rendre compte que la distance entre Alexine et moi n'a pas affecté son caractère : elle est toujours aussi rentre-dedans.

— Désolée, mais ce n'est pas de ma faute si tu ressembles à un épouvantail. Et encore, c'est pas sympa pour lui !

La réflexion de ma sœur a au moins le mérite de m'arracher un petit sourire.

— Est-ce que tu as bien suivi mes recommandations ? Où sont tes bagages ? Tu les as fait plastifier ?

Je ne réponds qu'à la dernière question :

— Non, Madame l'Inspectrice, je n'en ai pas eu besoin ! Tout va bien je te promets.

Alexine hausse les épaules avec cette moue que je lui connais bien : elle s'inquiète pour moi.

— J'aurais préféré que tu restes ici...

C'est la première fois qu'elle me le dit. Je tente de la rassurer :

— Tu n'auras même pas le temps de te rendre compte que je suis partie que je serai déjà de retour à Nice et que tu m'auras sur le dos toute la journée.

Elle ne répond pas, mais à la manière qu'elle a de mordiller sa lèvre, je sais qu'elle est triste, et mon cœur se serre. Toutefois, je refuse de me laisser aller à la déprime, surtout devant elle.

— Un an c'est long...

À cet instant, tandis que je regarde ma cadette, les souvenirs de notre enfance commune remontent... Alexine et Maxine, les inséparables. À peine plus d'un an nous différencie, et même si je suis l'ainée, je ne me suis jamais sentie supérieure. Nous sommes très liées, un peu à la manière de jumelles. Cet éloignement, je l'ai voulu, je l'ai choisi, pourtant il ne me plait pas plus qu'à ma sœur. Le truc, c'est que je souhaite me construire un meilleur avenir et que la seule manière d'y parvenir c'est d'obtenir mon diplôme et un bon travail. Alexine, c'est l'artiste de la famille. Elle vit entourée de pinceaux, de peinture, de crayons de couleur, de paillettes, de tissu, et tellement d'autres choses encore. Elle a cette touche bohème qui lui fait voir la vie différemment.

Je ravale les larmes que je sens monter en moi, je dois être forte pour elle, et un peu pour moi aussi. Quand je lui réponds, je ne sais plus si c'est elle ou moi que je cherche à rassurer :

— Ça passera vite, tu verras.

— Ouais, c'est ce que tu dis…

Je comprends bien qu'elle n'est pas convaincue, pour être honnête, moi non plus, mais maintenant que je suis ici, je ne peux plus reculer.

Lorsque nous raccrochons, je lui ai promis de la rappeler dès que possible. Je fixe mon téléphone d'un œil morne, tentée de lire pour la millième fois l'e-mail que j'ai reçu et qui contient toutes les informations pratiques à propos de mon stage.

Je finis par m'allonger à même le sol de l'estrade, entourée par mes deux valises, et la tête posée sur mon sac à dos. Je meurs de fatigue, pourtant mon cerveau est en alerte. Les pensées tournent dans mon esprit, je songe à ce stage tant convoité par tous les étudiants de ma promotion alors qu'il demeure un mystère pour tous…

J'ai dû m'endormir, car quand j'ouvre les yeux, il y a du monde autour de moi. Même si je suis allongée par terre, on ne me prête pas attention et je cligne plusieurs fois des paupières en essayant de rassembler mes idées. Enfin, je me souviens de l'endroit où je me trouve : l'aéroport de Mexico City. À des milliers de kilomètres de chez moi…

***

Le vol pour Cancún est assez bref, en revanche, le trajet pour me rendre à ma destination prend encore deux heures. Cent-vingt minutes de stress, à regarder le paysage défiler derrière la vitre du bus qui roule bien plus rapidement que la limite autorisée. Mais ce n'est rien en comparaison des voitures qui filent sur la voie d'à côté. Je comprends vite qu'au Mexique il y a la loi et l'esprit de la loi, et que chaque conducteur l'interprète à sa manière…

Je suis soulagée quand l'autocar s'arrête à la gare routière de Tulum. Mais cette sensation n'est que de courte durée, car maintenant je dois prendre un taxi pour me rendre à l'adresse indiquée dans le message.

Un chauffeur se dirige immédiatement vers moi et un simple coup d'œil derrière lui m'apprend que la compétition est féroce ici : il y a au moins une dizaine de véhicules prêts à partir sitôt qu'un client les aura rejoints.

L'homme me parle dans un espagnol rapide et je ne comprends pas tout, mais de toute évidence je ne risque pas de sillonner la ville en trainant derrière moi mes deux grosses valises sur les chaussées caillouteuses. Alors quand il s'empare de la poignée de mes bagages, je le laisse faire et je m'installe sagement sur la banquette arrière de sa voiture.

À ce stade, je n'ai même plus la force d'essayer de converser, je me contente de lui faire lire sur mon téléphone l'adresse à laquelle je dois aller.

Sans un mot, le chauffeur prend la route. Il ne nous faut pas plus d'une dizaine de minutes pour nous rendre au lieu indiqué. Une fois arrivés, toujours sans rien dire, l'homme retire les valises du coffre tandis que je lui tends quelques billets pour régler la course.

Il empoche la somme et s'en va aussitôt, me laissant seule face à une sorte de grande maison. L'hôtel dans lequel je vais travailler met un logement à ma disposition, mais je ne m'attendais pas à ce que ça soit dans une villa digne d'une location de luxe !

Je me dirige vers la porte d'entrée, et j'hésite un instant à sonner. Le battant s'ouvre devant moi avant que je n'aie eu le temps de retrouver mes esprits. Un jeune homme me dévisage. Il est grand, musclé et bronzé, il porte un débardeur et un short et il est pieds nus. C'est alors que je me rends compte que je n'ai pas retiré mon vieux survêtement et je meurs de chaud.

— Salut, est-ce que je peux t'aider ?

Son espagnol est teinté d'un accent que je n'arrive pas à identifier, mais étant donné mon niveau dans cette langue, ce n'est pas moi qui le jugerai.

Le jeune homme attend ma réponse qui vient avec un léger temps de retard :

— Bonjour, est-ce que je suis à la bonne adresse ? demandé-je en lui montrant mon téléphone.

Il ne manquerait plus que le chauffeur se soit trompé de lieu... Je m'imagine déjà en train de marcher sous le soleil de plomb en tirant mes gros bagages. Cette simple idée me met presque les larmes aux yeux.

Le jeune homme déchiffre le e-mail avant de reporter son attention sur moi. Il a les sourcils foncés.

— Oui, c'est le bon endroit, mais je ne comprends pas...

Il marque un temps d'arrêt, se gratte l'arrière du crâne, puis s'adresse à nouveau à moi :

— On attendait un certain Maxime.

2

Erhan

L'hôtel est presque complet, nous sommes en pleine saison. Ceci dit, l'*Ek' Dream Luxury* est toujours bondé. Depuis son ouverture, il y a cinq ans, l'établissement jouit d'une excellente réputation. Ici, les prestations sont dignes de celles du meilleur palace parisien. La satisfaction de la clientèle est une priorité absolue et tout est fait dans le but que nos habitués reviennent année après année.

Je n'aurais jamais imaginé travailler dans un hôtel et vivre dans les Caraïbes. C'est probablement un rêve inaccessible pour beaucoup de gens, mais pour moi, c'est juste une opportunité que j'ai saisie. Mon poste de responsable des divertissements n'est sans doute pas dans la continuité des études que j'ai faites, mais c'est celui qui me plait.

Enfin, d'habitude ça me convient, mais aujourd'hui, je suis passablement énervé. Pour une raison que je ne m'explique pas, l'administration de l'hôtel a décidé de modifier le programme des spectacles. Or, c'est mon domaine et j'ai du mal à accepter qu'on s'immisce dans mon travail. Depuis que je suis arrivé ici, j'ai toujours géré le département comme je le voulais. Nous avons changé de direction depuis quelques mois, et même si la satisfaction de la clientèle reste au cœur des préoccupations de nos responsables, ils ont rapidement acquis la réputation de mettre leur nez dans les affaires de tout le monde.

Force est de constater que je n'échappe pas à la règle. Je serre les poings, essayant d'étouffer l'énervement qui me gagne. Je suis conscient que mon avenir au sein de l'entreprise n'est pas garanti, en fait, il ne l'est pour personne. C'est la dure loi du marché du travail mexicain où liberté rime avec précarité : on peut changer d'emploi comme on change de chemise sans trop de contraintes légales, mais on a toujours une épée de Damoclès au-dessus de la tête et on peut se faire virer à n'importe quel moment sans préavis.

Je n'ai pas le droit de me plaindre, je mène la vie que je veux, et si demain je devais changer de job, je suis persuadé que j'en trouverais un nouveau assez facilement.

— Erhan, qu'est-ce que tu en penses ?

Je reporte mon attention sur Gabriella, la chorégraphe. Malgré son jeune âge, elle fait partie des tout premiers employés de l'établissement, et j'ai confiance en elle. Son instinct en matière de représentation est exceptionnel, et si j'ai appris quelque chose, c'est qu'il faut savoir déléguer et utiliser les compétences des membres de mon équipe.

Je regarde la scène où le groupe de cinq danseuses est en train de répéter une chorégraphie.

Gabriella donne un ordre et la musique repart. Le rythme est entrainant, c'est exactement ce que l'on aime pour ce genre de show : il doit donner envie au spectateur de bouger, de chanter, bref de participer tout en lui en mettant plein la vue.

Sur l'estrade, la représentation se déroule sans accroc, et quand tout est terminé, Gabriella se tourne vers moi :

— Tu ne penses pas qu'il manque quelque chose ?

La chorégraphe colombienne fixe son attention sur moi. Je peux lire l'attente dans son regard. Pour une raison que je ne m'explique toujours pas, je semble faire figure d'autorité quand il s'agit des shows. Pourtant rien ne me prédestinait à gérer les représentations...

— Le tableau est beau, dynamique, mais ça manque un peu de punch si tu veux mon avis.

La jeune femme acquiesce tout en réfléchissant.

— Peut-être que si j'ajoutais quelques mouvements de hip-hop ça donnerait un résultat plus *urban*...

Tandis qu'elle décrit à voix haute ce qu'elle aimerait mettre en scène, du bout des doigts elle dessine des spirales dans les airs. Tout chez elle trahit son statut de danseuse, depuis sa manière de se tenir jusqu'à son port de tête altier et sa silhouette gracile. Gabriella est vraiment très belle pourtant elle ne m'attire pas.

En matière de femmes, je n'ai pas vraiment de préférence, enfin, je n'ai pas de genre de prédilection si on peut dire. Pour moi tout est une question de feeling : ça ne se commande pas, il n'y a pas de règles.

— Et si on faisait intervenir les garçons ?

La remarque de Gabriella attire mon attention. Je réfléchis à l'idée d'intégrer quelques danseurs dans ce tableau, pour l'instant, cent pour cent féminin. Je hoche la tête :

— Pourquoi pas ? À qui tu penses ?

La petite lueur qui passe dans les prunelles de la chorégraphe ne m'échappe pas, et je secoue déjà la main avant qu'elle n'ouvre la bouche :

— Tu sais très bien à qui je pense.

— Oh que non ! m'écrié-je.

— Oh que si !

— Ce n'est pas mon job !

— Mais c'est quand même toi le meilleur.

Sa remarque est flatteuse, mais je ne me laisse pas avoir. Gabriella est redoutable quand elle a une idée en tête et j'en ai déjà fait l'expérience par le passé. Le truc, c'est qu'elle a aussi un instinct sûr lorsqu'il s'agit de créer un spectacle. Donc je comprends que si elle me veut moi dans son show, c'est pour une bonne raison. Malgré tout je ne suis pas prêt à remonter sur scène. Et elle le sait très bien.

— Je ne danse plus.

Et à ma mine fermée, Gabriella devrait avoir conscience que ce n'est pas négociable, pourtant elle n'en a pas terminé avec moi.

— Je te vois, Erhan.

Ses grands yeux marron sont posés sur moi, elle est tout à fait au courant de ce qui me retient de participer au spectacle. Mais ce n'est pas ça qui va l'arrêter, quand Gabriella a un projet il est impossible de la faire changer d'avis. Franchement, à cet instant, négocier avec un jaguar me semble presque plus facile.

Allez, Erhan, c'est toi le patron ici !

En effet, je suis son manager, ce qui n'empêche pas Gabriella de ne faire que ce qu'elle veut. Et maintenant, je suis dans sa ligne de mire.

— Tu sais qu'il n'y a personne qui puisse faire ça mieux que toi…

— La flatterie ne t'amènera nulle part avec moi.

Je croise les bras sur mon torse pour faire bonne mesure, tout en ayant bien conscience que ce n'est pas mon attitude fermée qui rebutera la chorégraphe. Elle est au moins aussi têtue que moi. À vrai dire, on forme un solide duo tous les deux, il y a comme une sorte d'équilibre entre nous qui nous permet de créer des spectacles originaux qu'on ne trouve nulle part ailleurs sur la Riviera Maya.

J'éprouve une certaine fierté à l'idée de réaliser un travail que l'on remarque et que l'on salue. Ce qui ne veut pas dire pour autant que je suis prêt à donner de ma personne en montant sur scène.

— Ce qu'il nous faut, constate la chorégraphe, c'est du sang neuf. On tourne en rond depuis quelque temps, et tu le sais très bien.

Elle a raison : même si nos spectacles sont de très bonne qualité, nous ne pouvons pas nous reposer sur nos lauriers. Je suis constamment à l'affut d'innovations, ce qui me conduit à passer des heures sur les réseaux sociaux pour comprendre quelles sont les tendances actuelles et m'en inspirer. Mais ce n'est pas toujours suffisant, et j'aime « brainstormer » avec mon équipe pour créer des tableaux originaux.

— Remarque, lance Gabriella, peut-être que le nouveau nous apportera une vision différente.

Une recrue doit intégrer nos rangs demain et je me dis, comme Gabriella, que ça ne pourra que nous être bénéfique. Je réponds d'un ton vague :

— Espérons…

— Bien, si tu n'as pas de suggestions, on va continuer comme ça.

Je sens bien qu'elle est perplexe, mais je n'ai rien à lui proposer pour l'instant. Je laisse le petit groupe répéter, et quitte l'amphithéâtre.

Le *resort* est vraiment luxueux. Ici, on n'a lésiné sur aucun moyen pour garantir la meilleure expérience au client. Et la partie *Entertainment*[2] ne déroge pas à la règle. Bien au contraire, c'est un département qui bénéficie d'un budget confortable que je peux utiliser pour monter des shows de qualité. Je suis conscient des conditions de travail remarquables que j'ai, il n'en reste pas moins que je me sens parfois prisonnier de cette situation que j'ai moi-même voulue.

Je me dirige vers les bureaux qui se trouvent de l'autre côté du complexe. J'aurais pu prendre la voiturette qui est à ma disposition, mais j'ai préféré faire le trajet à pied quitte à perdre un peu de temps. Il faut dire que les lieux sont d'une beauté exceptionnelle : les végétaux occupent une place primordiale au sein du parc, il y a même des animaux qui vivent en liberté au milieu de cette petite jungle.

La chaleur écrasante du soleil mexicain est déjà bien présente même s'il est encore tôt. Les entrées maritimes offrent parfois un peu de répit, mais c'est loin d'être suffisant. L'envie me prend de piquer une tête dans la piscine principale de l'hôtel, mais je tiens trop à mon travail pour risquer de me faire virer pour ça.

Je parcours la distance qui me sépare de mon bureau et pénètre dans le bâtiment climatisé avec un certain soulagement. On pourrait croire que les années déjà passées ici m'ont permis de m'habituer à cette température tropicale, pourtant ce n'est pas vraiment le cas. Ceci dit, je préfère la chaleur au froid.

Mes considérations météorologiques sont stoppées net quand je rentre dans la pièce : une silhouette familière est assise sur un de mes fauteuils. J'ai reconnu Salina, l'assistante de la Directrice des Ressources Humaines. Le simple fait qu'elle soit là n'est pas bon signe.

La jeune femme tourne la tête vers moi sitôt que je m'approche. Son regard exprime tout le dédain qu'elle ressent à mon encontre. Pour une raison que je ne suis pas certain de vouloir connaitre, elle ne peut pas me sentir. Et franchement, c'est réciproque.

— Salina ! Qu'est-ce que je peux faire pour toi ?

Elle m'observe de haut en bas entre ses paupières plissées. Je me demande ce qu'elle désapprouve le plus : le fait que je ne porte pas de cravate et que ma chemise soit légèrement ouverte, ou que mes cheveux soient un peu trop longs et décoiffés. Pour être franc, son avis m'importe peu.

Sans attendre sa réponse, je prends place derrière mon bureau, allume mon ordinateur et commence à consulter mes e-mails. Quelle que soit la raison de sa visite, je la connaitrai bien assez tôt.

— La *licenciada*[3] veut te parler.

Le ton sur lequel elle vient de m'annoncer cela ne me dit rien qui vaille. Il y a une sorte d'acidité dans sa voix qui me laisse à penser qu'il s'agit d'une convocation en bonne et due forme.

Je prends le temps de lire un message avant de relever les yeux sur l'assistante.

— Quand ?

Face à mon attitude froide et détachée, Salina perd un peu de sa superbe. Je retiens le petit sourire ironique qui me vient.

— Au plus vite, lâche-t-elle.

Elle ne s'attarde pas plus que nécessaire et se dirige déjà vers la sortie. Arrivée sur le seuil du bureau, elle me lance par-dessus son épaule :

— Si j'étais toi, j'irais tout de suite la voir.

Et elle s'en va pour de bon. Mon attention se reporte sur l'écran de mon ordinateur sans pour autant vraiment considérer ce qui y est affiché.

La *licenciada* Sanchez est la Directrice des Ressources Humaines de l'hôtel. Âgée d'une quarantaine d'années, c'est une très belle femme qui use et abuse de sa position hiérarchique. En arrivant au Mexique, j'ai été surpris de constater que l'on utilisait les niveaux de diplôme pour s'adresser aux gens, comme on dirait docteur ou professeur, on dit « licencié ».

Je n'ai compris que trop tard quelle était la véritable personnalité de la *licenciada* Sanchez… et quand je dis bien trop tard, cela signifie après avoir eu une aventure avec elle. Ce n'était pas l'idée du siècle, mais cela s'est produit peu de temps après mon embauche. À l'époque, je ne prenais pas ce travail très au sérieux, car je pensais rentrer en France très vite. Mais au moment où j'ai décidé de rester ici pour de bon, j'ai compris que cette courte liaison pourrait me porter préjudice. J'ai mis un terme à cette affaire, cependant la *licenciada* Sanchez ne l'a jamais accepté et elle me le fait sentir dès qu'elle en a l'occasion.

Après avoir laissé passer quelques minutes, je verrouille mon ordinateur et quitte la pièce pour aller rejoindre la DRH. C'est à contrecœur que je la retrouve dans son bureau.

Mais avant d'y aller, je passe devant Salina qui est assise dans la sorte d'antichambre qui précède le fief de la DRH. L'assistante m'ignore et c'est tout aussi bien.

Lorsque je pénètre dans la pièce, la *licenciada* est occupée à taper sur son clavier. Elle ne semble pas me prêter attention, mais je ne m'y fie pas, je sais qu'elle est redoutable.

Après quelques secondes d'attente, elle reporte son regard sur moi. Ses yeux parcourent mon corps et je peux lire une forme d'avidité sur son visage. Je me demande souvent comment j'ai pu la trouver attirante…

— Bonjour Erhan.

Sa voix est un peu sirupeuse, elle s'adresse toujours à moi de cette manière-là, mais franchement, ça fait longtemps que ça ne m'intéresse plus. Elle le sait, ce qui ne veut pas dire qu'elle l'accepte.

— Bonjour Beatriz.

Elle tique parce que je ne l'appelle pas par son titre, me mettant ainsi au même niveau qu'elle. De toute façon, si je devais moi aussi utiliser mon diplôme comme titre honorifique, il serait supérieur au sien… Je n'en retire aucune satisfaction, c'est juste un fait.

Je n'attends pas qu'elle m'y invite pour m'installer sur une chaise avec une certaine nonchalance. Je me fiche complètement du pseudo-lien de subordination qui existe entre nous. À mes yeux, il n'a plus lieu d'être depuis que nous avons couché ensemble.

— Ton nouveau collaborateur commence demain, je te demanderai de l'accueillir comme il se doit. Cela inclut de lui faire signer quelques documents.

Tout en parlant, elle dépose une liasse de feuilles sur le bureau et la fait glisser dans ma direction. Elle me donne des ordres sans en avoir l'air et ça me tape sur les nerfs, je dois faire de mon mieux pour me retenir de l'envoyer promener.

Je ne suis pas son larbin !

Je ne fais pas mine de récupérer les papiers, et soutiens son regard sans ciller. Je déteste les luttes de pouvoir, c'est vraiment enfantin, mais c'est encore pire avec Beatriz, car elle éprouve le besoin constant de se confronter à ses collègues masculins.

— Bien, c'est tout, conclut-elle.

Et sans plus m'accorder d'attention, elle se remet à pianoter sur son clavier. Je serre les dents et me relève. Je récupère la liasse de documents sans prendre garde au fait que je la froisse. De toute façon, il s'agit d'une paperasse somme toute bien inutile.

Je suis sur le point de quitter les lieux lorsque Beatriz lance dans mon dos :

— Ah oui, j'ai oublié de te dire…

Je reste figé, et je l'écoute sans me retourner.

— Tu partageras ta chambre avec le petit nouveau.

Mes doigts se serrent sur les documents que je tiens, les froissant un peu plus. L'air de rien, Beatriz vient de supprimer un de mes avantages qui était d'avoir un logement individuel. Et le pire, c'est qu'elle en a le pouvoir et que je ne peux rien dire.

3

Maxine

La villa est géniale. Je n'aurais jamais cru pouvoir vivre dans un endroit tel que celui-ci. Je n'aurais même pas les moyens d'y passer une nuit si je devais payer... C'est ce à quoi je songe tandis que je descends les escaliers pour regagner la cuisine.

Dès mon arrivée dans la demeure, j'ai fait la connaissance d'Alejandro et de Rafael, mes nouveaux colocataires. Apparemment, ils attendaient un mec : Maxime. Ce n'est pas la première fois que je suis victime de cette méprise, car malheureusement mon prénom porte à confusion. Je me suis souvent demandé pourquoi mes parents m'avaient appelée comme ça. D'ailleurs, quand on y pense, ma sœur Alexine n'a pas eu plus de chance que moi... Même s'ils ont toujours soutenu le contraire, je crois qu'ils avaient une envie secrète d'avoir des garçons.

Bref, cette fois, cela m'aura conduite à partager une chambre avec un jeune homme que je ne connais pas. Ceci dit, l'homme en question ne s'est pas montré pour l'instant. Et quand je suis allée me coucher, le lit jumeau du mien était vide, il l'était encore au moment où je me suis levée vers minuit.

J'ai un peu de mal à me repérer dans la grande villa, il faut dire que j'étais très fatiguée à mon arrivée et que j'étais passablement agacée par le malentendu qui m'avait amenée là. Je me suis endormie sans même m'en rendre compte et c'est la soif qui vient de me réveiller.

Les conseils de ma sœur me reviennent en tête : il ne vaut mieux pas consommer l'eau du robinet ici, elle n'est pas potable. C'est pour ça que je m'aventure dans la maison pour chercher de quoi boire sans tomber malade.

Je finis par trouver la cuisine, heureusement pour moi la lumière filtre à travers les grandes baies vitrées et j'arrive à me repérer. Le frigo est énorme, il doit bien faire deux fois la taille du mien en France. J'ouvre une des portes et me penche à l'intérieur pour prendre de l'eau.

L'air frais qui s'échappe du réfrigérateur s'enroule autour de moi provoquant une vague de frissons sur ma peau. Je me hâte de refermer le battant et décapsule la bouteille avant d'en boire plusieurs gorgées. Quand soudain je sens une présence derrière moi, ou plutôt, un corps tout près du mien.

Je me fige, la bouteille ouverte entre les mains, et le cœur battant très vite. Un souffle chaud s'approche de mon oreille :

— Tiens tiens, qu'avons-nous là ?

Le timbre un peu rauque me fait frémir, à moins que ce ne soit l'eau fraiche que je viens de boire ?

— Tu as perdu ta langue ?

À ma connaissance non, alors pourquoi n'arrivé-je pas à parler ? Il y a quelque chose dans l'énergie qui se communique entre nos deux corps qui provoque de drôles de réactions en moi… Ou alors c'est dû à la fatigue accumulée ces derniers jours ? Ou, plus probablement, la combinaison des deux.

Je ne sais pas où je trouve le courage de me retourner. L'homme qui se tient là est tout près. Je devrais être effrayée, ou au moins méfiante, pourtant ce n'est pas le cas. Il n'y a rien d'agressif en lui. Son visage est plongé dans l'obscurité, m'empêchant de distinguer ses traits. Je comprends qu'il s'agit d'un des garçons de la colocation, je n'ai rencontré que deux d'entre eux jusqu'à maintenant, mais je sais qu'ils sont cinq au total.

Je n'arrive toujours pas à me faire à cette idée ! Moi, la fille qui a résidé toute sa vie chez ses parents, me retrouve à vivre à l'autre bout du monde avec cinq mecs ! Et si j'en juge par celui qui se tient devant moi, en plus de ceux qui m'ont accueillie hier, ce sont des bombes atomiques.

— Tu parles espagnol au moins ?

Je me contente de hocher la tête pour dire que oui, et l'inconnu fait un pas de plus dans ma direction. Une alarme s'enclenche en moi : je devrais m'éloigner. Du moins, ce serait plus prudent, mais je ne bouge pas. Tout ce que je peux faire, c'est regarder cet étranger qui entre dans mon espace intime. Il place une main sur le frigo, près de mon visage, comme pour m'empêcher de m'enfuir, mais de toute façon je n'en ai pas la moindre intention.

Allez Maxine ! Retourne dans ta chambre tout de suite !

Oui, ça, c'est la voix de ma raison, le problème, c'est que mon corps semble être prisonnier de la force gravitationnelle exercée par cet inconnu. Une chaleur nouvelle se répand dans mon ventre, je la reconnais même si je ne l'ai pas sentie depuis très longtemps.

— Eh bien, avec qui passes-tu la nuit ? Alejandro, Rafael, Santiago, peut-être ?

Je comprends alors qu'il me prend pour le coup d'un soir d'un de mes colocataires. Et quelque part, je sais que je devrais m'en indigner, après tout, il me considère comme une fille facile, pourtant je suis flattée. Les deux hommes que j'ai rencontrés en arrivant sont canon et la perspective que l'un d'entre eux puisse s'intéresser à moi est agréable.

Je n'ai pas prononcé un seul mot depuis que l'inconnu s'est approché, et en fait, je sens bien que je ne pourrais rien dire tant ma gorge est nouée. Il va me prendre pour une idiote, mais qu'est-ce que je peux faire ? Mon cerveau s'est fait la malle sans laisser d'adresse. Il faut croire que résider sur un nouveau continent, en colocation avec des mecs, a réduit mes capacités intellectuelles à néant.

Le souffle de l'inconnu frôle ma bouche et je constate qu'il a bu. Cette fois, enfin, je retrouve mes esprits. D'un mouvement souple, je me glisse sous son bras et m'écarte de lui.

— Attends ! Je ne vais pas te manger…

J'ignore ses propos et ne perds pas de temps pour regagner ma chambre. Ce n'est qu'une fois allongée sur mon lit que je me rends compte de ce qu'il vient de se passer : si cet inconnu avait décidé de m'embrasser, je ne suis pas certaine que j'aurais résisté… Qu'est-ce qu'il m'arrive ?

***

— Putain de merde ! Non, mais c'est quoi ce bordel ?

La voix masculine qui éructe tout près de moi me réveille en sursaut. J'ouvre les yeux et me trouve confrontée à un regard turquoise perdu dans un visage bronzé, une mèche de cheveux bruns retombe sur son front.

Je cligne plusieurs fois des paupières pour essayer de donner un sens à cette vision étrangement familière… Il doit y avoir une erreur quelque part… Non, parce que ce mec, là en face de moi, *je le connais* !

La porte de la chambre s'ouvre à la volée, et je reconnais les deux hommes qui m'ont accueillie, Alejandro et Rafael. Ils entrent dans la pièce, une expression inquiète sur le visage. Deux étrangers les suivent de près.

— C'est du délire ! Qu'est-ce que tu fous ici ?

Je reporte mon attention sur celui qui s'adresse à moi, il a l'air d'un dingue.

Erhan…

Soudain, une décharge d'adrénaline se répand dans mes veines, et je me lève d'un bond :

— Toi qu'est-ce que tu fous là ?

Nous nous affrontons, aussi énervés l'un que l'autre. Il fronce les sourcils en m'observant. Son regard quitte mon visage pour parcourir mon corps… Et je me rends compte que je suis en débardeur et en minishort.

Un coup d'œil en direction de nos colocataires m'apprend qu'ils ne perdent pas une miette du spectacle que nous offrons. D'ailleurs, c'est le moment que choisit l'un d'entre eux, un mec super bronzé aux allures de surfeur, pour se présenter :

— Bienvenue parmi nous, Maxine, je suis Santiago.

En dépit de notre échange en français, le nouveau venu s'est adressé à moi en espagnol. Je lui retourne un sourire poli, et un peu forcé aussi.

— Salut.

Il a une expression avenante qui me réchaufferait le cœur en d'autres circonstances…

— Sortez, tonne Erhan.

Ses amis ne réagissent pas tout de suite. En tout cas, ils semblent habitués aux cris d'Erhan, car ils n'ont pas l'air surpris.

— On se voit plus tard, me lance Santiago avec un petit clin d'œil.

D'un pas, Erhan est près de la porte et il repousse ses colocs dehors avant de la claquer. Quand c'est fait, il reste un instant sans me regarder, et lorsqu'il relève la tête, je manque de me noyer dans ses iris turquoise. Ils semblent encore plus clairs maintenant que son teint est devenu plus mat.

Ce n'est que maintenant que je constate qu'il est torse nu, et la vision de sa musculature bien développée provoque quelque chose dans mon bas-ventre, une sensation qui me fait penser à celle que j'ai ressentie cette nuit... Et l'évidence me percute :

— C'était toi dans la cuisine !

Il ne répond rien, mais sa mâchoire se serre.

Un silence passe entre nous, je dois prendre sur moi pour parvenir à soutenir son regard ardent qui menace de me réduire en cendres.

— Pourquoi es-tu ici ? Tu m'as suivi ?

Je ne peux pas retenir un petit ricanement ironique, mais il s'éteint presque sur-le-champ, car Erhan s'est avancé vers moi et je peux sentir de l'électricité crépiter entre nous.

— Maxine.

Sa voix est un grondement grave qui provoque une envolée de frissons sur ma peau. Erhan me fait penser à un jaguar : mystérieux, bon chasseur, solitaire, et par-dessus tout, redoutable.

— Je ne te suis pas. Je ne savais pas que tu étais au Mexique...

Et c'est la pure vérité. J'ajoute :

— Je n'ai plus eu de nouvelles de toi depuis trois ans, Erhan.

Nous avons fait la même école de commerce, mais il a trois ans de plus que moi, et je n'avais aucune idée de ce qu'il était devenu après être parti en stage de fin d'études. Je commence à comprendre à présent...

Je croise les bras sur ma poitrine et le regard d'Erhan suit mon mouvement. Son attention se porte un instant sur mes seins, mais sitôt qu'il s'en rend compte, il détourne les yeux.

Je ne sais pas si je suis déçue ou soulagée qu'il ne me reluque pas. De mon côté, je me permets de faire un peu de lèche-vitrine...

Le torse d'Erhan est musclé, et tatoué aussi ! Je n'ai pas souvenir qu'il l'était quand nous étions en France. Pourtant, ce n'est pas faute de l'avoir vu nu, donc ça n'aurait pas pu m'échapper à l'époque. Erhan était le mec le plus prisé de toute l'école, des tas d'infos circulaient sur lui, et un tatouage aurait défrayé la chronique.

— Tu aimes ce que tu vois ? m'interroge-t-il.

Je relève les yeux et son regard turquoise capture le mien. Son expression est un masque insondable...

Prise en flagrant délit !

Je sens que je rougis violemment.

Il fait un pas vers moi, mais je ne peux pas maintenir le contact visuel avec lui quand il est si près. C'est trop... trop tout ! Erhan m'a fait cet effet dès la première fois où je l'ai croisé dans les couloirs de l'école, alors qu'il ne m'avait même pas remarquée.

Les souvenirs remontent, mais j'érige une barrière mentale pour ne pas les laisser me submerger. Je ne peux pas gérer à la fois l'Erhan du passé et celui qui se tient devant moi.

Même si je fais tout mon possible pour ne pas le regarder, mes yeux s'attardent sur son boxer, et je déglutis.

Eh merde ! Maxine, ressaisis-toi, s'il te plait !

Mais c'est plus facile à dire qu'à faire. Je ferme un instant les paupières, et quand je les rouvre, je reste concentrée sur ce qui se trouve derrière Erhan, à savoir... son lit qui est jumeau du mien.

— Qu'est-ce que tu fais ici ? souffle-t-il à mon oreille.

— Je… Je suis en stage.

Ma voix manque cruellement d'aplomb. J'aimerais être plus sûre de moi et l'envoyer bouler, mais pour une raison que je ne m'explique pas, j'en suis incapable.

J'ai plus que jamais conscience de me tenir devant lui presque nue, et soudain, c'est une autre pensée qui me cloue sur place : je partage la chambre de mon ex !

4

Erhan

La présence de Maxine ici tombe comme un cheveu sur la soupe. Parmi tous les étudiants de l'école, je ne m'attendais pas à ce que ce soit elle qui postule et décroche ce stage… À l'époque, elle était déjà major de sa promo, donc je ne doute pas qu'elle ait ce qu'il faut pour l'obtenir, non, c'est plutôt le fait qu'elle ait choisi ce « stage-planque » qui me laisse perplexe. Mais trois années sont passées et la Maxine que j'ai rencontrée et appris à connaitre a eu le temps de changer.

Je repense à son regard empli d'étonnement et de fureur quand je l'ai réveillée… Je déglutis et glisse une main dans mes cheveux. J'ai quitté la chambre en trombe avant de faire une énorme connerie, comme l'embrasser par exemple. Oui, car au milieu de la colère qui m'a gagné, je n'ai pas pu m'empêcher de ressentir le désir familier envahir mon ventre. C'est étrange de constater qu'après tout ce temps, Maxine provoque toujours les mêmes réactions en moi…

Je pousse un soupir en m'habillant. Il y a tellement de choses qui ne vont pas ! À commencer par le fait qu'elle va rejoindre mon équipe et que je ne sais pas comment je vais gérer ça…

Avoir Maxine près de moi menace de me faire perdre

l'équilibre que je me suis construit ici. Elle me rappelle trop la vie que j'ai laissée derrière moi en quittant l'hexagone. Pour être franc, je n'ai pas l'intention de retourner y vivre, et je n'ai pas du tout envie d'avoir Maxine dans les pattes qui me remettra chaque jour à l'esprit les raisons pour lesquelles je suis au Mexique.

Je sors de la salle de bains pour regagner la cuisine où le reste de mes colocs est en train de prendre le petit déjeuner. J'ignore Maxine qui se trouve en bout de table et me dirige tout droit vers le frigo, mais c'est un mauvais choix stratégique, car les souvenirs de la nuit dernière ressurgissent aussitôt. J'aurais pu reconnaitre l'odeur et le corps de Maxine si j'avais été sobre, mais je suis obligé d'admettre que mon cerveau n'aurait peut-être pas fait le rapprochement. C'est vrai, quelles étaient les chances que mon ex débarque ici ?

— Je suis certain que tu te plairas au Mexique, lance Santiago.

Je n'ai pas besoin de le regarder pour savoir qu'il s'adresse à la nouvelle venue. Une image passe dans ma tête de Maxine endormie dans son lit. Son visage était si paisible… Et la fraction de seconde avant que je ne pète les plombs m'a laissé le temps d'apercevoir l'arrondi de ses seins qui s'élevaient et s'abaissaient au rythme lent de sa respiration.

— Et puis nous serons là si tu as le moindre souci, renchérit Alejandro.

Il est évident que mes colocs ont entrepris un petit numéro de séduction…

La porte du frigo claque quand je la referme subitement. Un silence passe, interrompant la conversation dans mon dos.

J'ouvre la bouteille de jus d'orange que j'ai prise et en

bois une longue gorgée directement au goulot.

— Tu ne pouvais pas trouver de meilleurs colocataires, ajoute Rafael.

Maxine ne répond rien, et je me risque à couler un regard dans sa direction. Mauvaise idée ! Elle porte un top qui dévoile son décolleté et un short qui ne laisse aucune place à l'imagination. Cette fille est canon.

À l'école, ses airs d'intello ne m'ont jamais rebuté, au contraire, j'ai toujours vu ce qui se cachait derrière son look un peu strict, et j'en ai à nouveau la preuve aujourd'hui. Je détourne les yeux de cette vision bien trop stimulante pour moi.

— En plus, Erhan est un boss super cool, continue Rafael.

Je le coupe net :

— Tu risques de changer d'avis dans quelques minutes si tu arrives en retard à la salle.

Même si, sur le papier, je suis leur supérieur hiérarchique, dans les faits, nous sommes tous potes et je ne les considère pas comme mes subalternes.

Il n'en faut pas plus pour qu'Alejandro saute sur ses pieds :

— Okay, le message est clair : il est temps pour nous de filer !

Isak, le géant blond suédois est le dernier à parler :

— Tu prends la deuxième voiture ?

Ce mec ne se fait pas prier pour s'éclater en soirée, mais dans la vie de tous les jours, c'est sans doute le plus sérieux d'entre nous. Il est très à cheval sur les questions d'organisation et autres points pratiques.

Comme je ne réagis pas tout de suite, il continue :

— Nous sommes six maintenant…

Je manque de lui dire que je sais compter et que je vais

effectivement prendre l'autre véhicule, mais je me retiens. Isak n'a rien fait pour s'attirer mes foudres. Je me contente donc d'un hochement de tête.

— Bien ! Puisque le patron a parlé, on peut y aller ! s'exclame Santiago. Tu viens Maxine ?

Mon coloc fait signe à la nouvelle venue de le suivre. Je me rends alors compte qu'ils vont faire le trajet ensemble et que je ne serai pas là pour savoir ce qu'il se dira.

— Elle viendra avec moi.

Mon interruption ne surprend pas mes amis, mais je vois bien l'expression paniquée qui passe sur le visage de Maxine. Je retiens un rictus amer. Elle flippe de se retrouver avec moi ?

Santiago hausse les épaules :

— Comme tu veux. À tout à l'heure !

Ils s'en vont et je reste seul face à Maxine. Elle évite de me regarder, ses doigts triturent nerveusement le bas de son débardeur.

Je lui lance :

— Sois devant la porte dans cinq minutes, si tu n'es pas là, je pars sans toi.

Sur ces mots, je quitte la pièce. Je crois que je suis en train de fuir...

Allez, réveille-toi, mon gars ! Tout est comme d'habitude, pas de raison de te prendre la tête.

Oui, sauf que mon ex vient de débarquer de l'autre bout du monde et, comme si ça ne suffisait pas, je vais partager ma chambre avec elle !

***

Le trajet en voiture s'effectue dans le silence le plus complet. Ceci dit, la Jeep sans toit et sans portières n'offre pas un environnement propice à la discussion. Du moins, c'est ce que je choisis de penser.

Mais plus nous approchons de l'hôtel, plus j'ai conscience que cette situation ne peut pas durer. Tandis que je m'arrête à un feu rouge, je grommelle :

— Tu ne peux pas rester.

Maxine ne répond rien et je suis contraint de lui jeter un coup d'œil pour m'assurer qu'elle m'a bien entendu. Si j'en juge à sa posture figée et à sa mâchoire serrée, je pense que c'est le cas.

— Tu peux trouver un autre stage super facilement. N'importe quelle entreprise sera ravie de te recruter...

Elle tourne la tête vers moi et l'intensité de son regard me force au silence. Sa voix est grinçante quand elle me répond :

— Je rêve ou tu es en train de me dire ce que je dois faire ?

Je reporte mon attention sur la circulation et la voiture repart.

— Crois-moi, tu seras bien mieux ailleurs...

Maxine a un petit rire amer.

— Tu as perdu le droit de me donner des conseils il y a bien longtemps.

Elle fait référence à notre relation qui ne s'est pas bien terminée, et je ne sais pas pourquoi ça me tape sur les nerfs.

— Il ne s'agit pas de nous, Maxine. On parle de nos carrières respectives, là. Pense ce que tu voudras, mais je ne tiens pas à ce que tu gâches ton stage.

— J'hallucine !

Je coule un regard dans sa direction et m'aperçois qu'elle a pivoté sur son fauteuil pour me faire face. Ses yeux marron lancent des éclairs et elle semble sur le point de m'attaquer.

— Je fais ce que je veux, Erhan !

Je ne ralentis pas pour franchir les bosses métalliques rivées à l'asphalte qui sont censées dissuader les excès de vitesse. Le mouvement fait sauter ma passagère sur son siège.

— Est-ce que tu sais au moins quelle sera ta mission dans l'hôtel ? demandé-je.

Maxine croise les bras sur sa poitrine sans répondre. La question est inutile, car je sais très bien qu'elle n'a aucune idée d'où elle met les pieds… Tout comme moi il y a trois ans lorsque je suis arrivé ici.

— C'est un conseil d'ami que je te donne, Max.

Le ton plus doux de ma voix ne semble pas l'apaiser, et quand nos regards se rencontrent, j'ai le sentiment qu'elle est à deux doigts de m'éjecter de la voiture, ou un truc du genre.

— Eh bien, tu sais quoi, Erhan ?

Sa poitrine se soulève rapidement, et je dois faire un effort pour me concentrer sur la route plutôt que sur ce décolleté tentateur.

— Nous ne sommes pas amis, et nous ne l'avons jamais été, continue-t-elle.

Elle a raison, mais ce n'en est pas moins dur à entendre.

— Alors tes conseils tu peux te les garder.

Mes doigts serrent plus fort le volant dans une tentative pour m'empêcher de riposter, mais c'est peine perdue :

— Fais comme tu veux, après tout, ce n'est pas mon problème. Ne viens pas te plaindre quand tu auras compris où tu as atterri !

Le silence hostile qui s'installe entre nous n'augure rien de bon. Je devrais prendre sur moi et faire redescendre la pression, d'habitude j'en suis capable, pourtant quand il s'agit de Maxine plus rien ne va.

Les souvenirs des moments de complicité que nous avons partagés quand nous sortions ensemble menacent de refaire surface, mais je les refoule. Le passé est mort et enterré, ce n'est pas mon genre de ressasser les événements. J'ai tout laissé en France en partant et je n'ai aucune intention de revenir là-dessus. Ce qui est fait est fait. Point à la ligne.

Lorsque je gare la voiture sur le parking des employés, je ne suis pas calmé, et je crois pouvoir dire que Maxine non plus. J'ai carrément l'impression que la tension entre nous est sur le point de créer des étincelles, or je ne veux pas que cela arrive sur mon lieu de travail.

Je prends sur moi et me tourne vers ma passagère.

Son attention est fixée sur le bâtiment qui se trouve devant nous. Il s'agit de son premier jour et je n'ai rien fait pour atténuer le choc qu'elle ne va pas manquer de ressentir en comprenant ce qui l'attend.

Mon regard se perd sur son profil délicat. Son front légèrement bombé est masqué par une mèche qui couvre parfois ses yeux marron en amande. Ils m'ont toujours fasciné, et je me rends compte que c'est encore le cas. Son petit nez retroussé surmonte ses lèvres charnues à souhait. Cette fille est belle, vraiment très sexy.

Tous les mecs de ma promo se sont mis à fantasmer sur elle quand elle a intégré notre école, mais son attitude distante et intello les a vite dissuadés. Pas moi. J'ai réussi à percer sa carapace et à l'approcher. Et j'ai adoré ça.

Je serre la mâchoire, agacé de constater qu'en dépit de mes efforts les souvenirs sont remontés. Je ne dois pas perdre de vue que Maxine est ma kryptonite : quand je suis avec elle, j'oublie tous mes objectifs. Et ce n'est pas bon du tout.

— Tu ferais mieux d'aller au théâtre, on t'attend pour

commencer.

L'expression paumée que je lis sur son visage provoque en moi un mélange de satisfaction et de compassion. Mais je repousse vite la part de moi qui serait prête à prendre Maxine sous son aile pour l'aider. Non, je ne dois pas me laisser aller.

En fait, je dois faire plus que ça : il faut que je convainque Maxine de se trouver un autre stage. Nous ne pouvons pas travailler au même endroit, et encore moins partager la même chambre.

5

Maxine

Sur ces mots, Erhan saute du véhicule et s'en va en direction du bâtiment qui se trouve en face de nous. Un petit soupir s'échappe du fond de ma gorge, et je ne sais pas s'il s'agit de soulagement ou d'exaspération, sans doute un peu des deux. Si Erhan a un superpouvoir, c'est bien celui de souffler le chaud et le froid, bien que depuis ce matin son thermostat semble bloqué sur la position glaciale.

Ses paroles résonnent encore dans ma tête. Je dois me rendre au théâtre. Qu'est-ce que ça veut dire au juste ? S'agit-il d'une mauvaise blague de sa part ? Je reste immobile un instant avant de décider de m'aventurer dans l'hôtel, de toute façon, quel choix ai-je ?

J'arrive devant une porte où les lettres floquées sur la vitre m'indiquent que je suis dans l'aile administrative. Bien ! Ici, je vais forcément trouver quelqu'un pour me renseigner sur la marche à suivre.

Je sors mon téléphone portable de mon sac à dos, et ouvre l'e-mail de confirmation pour la millième fois. C'est bien ça, on me demande de me présenter au bureau des ressources humaines.

Malheureusement pour moi, les lieux ressemblent plus à un labyrinthe qu'à autre chose, et je finis par perdre mon sens de l'orientation dans les couloirs qui ne semblent conduire nulle part.

— Je peux t'aider ?

Je sursaute et pivote pour me trouver face à un jeune homme au regard doux et à l'attitude amicale. Il m'adresse un gentil sourire qui me met tout de suite en confiance.

— Oui, merci.

Je lui explique ce que je fais ici et m'apprête à lui montrer le fameux e-mail quand une silhouette familière nous rejoint. Je marque une pause en reconnaissant Erhan. Son attention passe de moi à mon interlocuteur.

— C'est bon, Ricardo, je m'en occupe.

Le jeune homme n'hésite pas un instant, en fait, il semble redouter Erhan. À moins qu'il ne s'agisse juste de mon imagination qui s'égare ?

Lorsque nous sommes seuls, Erhan se tourne vers moi. Son regard dérive de mes yeux vers ma bouche puis il détourne les yeux avec un soupir exaspéré.

— Je t'ai dit d'aller au théâtre.

Sa voix est basse, sourde, presque animale, et je sens un frisson parcourir ma peau.

— Je n'ai pas d'ordres à recevoir de toi, répliqué-je.

Ma répartie semble le piquer à vif, car il s'avance soudain plus près de moi et je relève la tête. Hors de question que je m'écrase face à lui.

Son regard sonde le mien, à la recherche de quoi, je ne le sais pas bien. L'instant qui suit, ses doigts frôlent la peau de mon épaule et mon corps réagit en retour : mon ventre se contracte. Je m'en veux de ressentir de l'attirance pour Erhan. Cet homme est vraiment impossible et je n'ai pas l'intention de me laisser happer par son énergie sensuelle.

Mais tu n'as jamais pu lui résister…

Et en effet, je n'ai ni la force ni la présence d'esprit de

m'écarter. Je reste figée devant lui, soumise à son regard qui me scrute. Ses iris turquoise exercent une sorte de magnétisme sur moi, je le sens et je suis étonnée de constater que ce sentiment m'est familier. C'est presque comme si nous ne nous étions pas quittés…

— Tout irait mieux si tu écoutais ce qu'on te dit, Max.

L'utilisation de mon diminutif me fait réagir, je retrouve ma présence d'esprit et fais un pas en arrière pour rompre le charme qu'il était en train de jeter sur moi.

— Arrête de m'appeler comme ça, répliqué-je.

Il cille, et je ressens un petit élan de satisfaction. En même temps, j'estime qu'il a perdu le droit de le faire à l'instant où il m'a larguée, il y a trois ans.

Erhan reprend très vite son attitude passive agressive et il fait un signe de tête pour indiquer les escaliers :

— Je vais t'accompagner.

Je ne réagis pas tout de suite, alors il insiste :

— On t'attend, Maxine.

Le ton ironique qu'il emploie pour énoncer mon prénom ne m'échappe pas, mais je ne veux pas le laisser avoir le dessus sur moi :

— Tout ceci n'est peut-être qu'un jeu pour toi, Erhan. Mais en ce qui me concerne, c'est de mon avenir professionnel qu'il s'agit. Alors si tu ne peux pas faire preuve de sérieux, je préfère que tu restes éloigné de moi. Je suis une grande fille et je trouverai mon chemin toute seule.

Joignant le geste à la parole, je passe devant lui et m'engage dans les escaliers. En dépit de ma tirade pleine de fierté, je n'en mène pas large.

Me retrouver ici en compagnie de mon ex a de quoi me déstabiliser… Déjà que je ne connais pas ce pays ni cette entreprise, il fallait qu'un autre obstacle se dresse devant moi en la personne d'Erhan.

Je serre les poings et descends les escaliers le plus vite possible sans risquer la chute. Une fois arrivée au rez-de-chaussée, je m'apprête à emprunter le couloir de gauche, mais la voix d'Erhan s'élève dans mon dos :

— Pas par là.

Je fais demi-tour, les lèvres pincées, sans un regard pour celui qui est en train de s'improviser guide et je le suis jusqu'à l'extérieur.

Il nous faut quelques minutes de marche à travers le vaste complexe avant d'atteindre un grand bâtiment au toit de chaume ou de roseaux, je ne sais pas trop. Je meurs d'envie de poser des questions à Erhan, mais je ne veux pas lui faire ce plaisir. Décidément, ce mec est toujours aussi exaspérant que sexy !

Erhan ouvre la porte de ce qui est de toute évidence le théâtre et il s'y engage sans manifester le plus petit élan de courtoisie pour me laisser passer la première. J'imagine que ça donne une indication assez précise de son état d'esprit envers moi…

Je me ressaisis, il est hors de question que je me perde dans ce genre de considérations. Je suis là pour bosser, pas pour penser au fait que mon ex n'a pas la moindre intention de me reconquérir.

Concentre-toi, Maxine !

Ce n'est qu'une fois arrivée au pied de la grande scène que je comprends que certaines informations m'échappent. Des danseurs sont déjà présents, je reconnais même Alejandro et Santiago parmi les personnes qui sont sur les planches.

Erhan s'arrête et tourne la tête vers moi :

— Voilà, on y est.

— Si c'est une mauvaise plaisanterie de ta part, je…

Il fronce les sourcils, l'air contrarié.

— Je t'ai dit que tu n'avais aucune idée d'où tu mettais les pieds, tu aurais dû m'écouter.

Sans me laisser l'opportunité de répondre, il s'avance vers la scène. On le dévisage. Il émane d'Erhan une aura d'autorité qui m'avait échappé jusque-là.

Une jeune femme se détache du groupe tout en lançant :

— Échauffement au sol, maintenant.

Les danseurs s'exécutent. Je croise le regard de Santiago qui m'adresse un clin d'œil complice, mais même son attitude amicale ne réussit pas à apaiser la crainte que je sens poindre en moi. Où est passé le département gestion ? Je ne suis pas censée être ici. Il doit y avoir une erreur, à moins qu'Erhan ne cherche à saboter mon stage ?

Je lui glisse un regard en coin, mais il m'ignore. Son attention est rivée à la jeune femme qui descend de scène pour nous rejoindre. J'imagine qu'il s'agit de la chorégraphe.

Erhan et elle échangent quelques paroles à voix basse. Aux coups d'œil qu'ils me jettent par intermittence, je comprends qu'ils parlent de moi et ça ne fait que me mettre encore plus mal à l'aise.

Je me prends à regretter de ne pas avoir suivi le conseil d'Erhan, ou de ma sœur avant lui. Mais ce sentiment d'abattement n'est que passager, déjà je redresse les épaules pour me tenir bien droite. Il est hors de question que je me laisse décourager si facilement !

Mais mon élan de bravoure n'est pas assez fort pour résister à ce qu'Erhan m'annonce sitôt qu'il revient vers moi :

— Tu voulais ce stage, il est à toi.

Il désigne la scène d'un geste de la main. Je fronce les sourcils, perplexe.

— Qu'est-ce que tu veux dire ?

Erhan me fixe un instant avant de se pencher vers moi. Pour une raison que je ne comprends pas, mon cerveau interprète ce geste comme les prémices d'un baiser et je reste figée. Mais nos lèvres ne se rencontrent pas, car Erhan s'arrête à quelques centimètres de mon visage :

— Félicitations, tu fais partie de la troupe de danse de l'*Ek' Dream Luxury.*

La troupe de quoi ?

Mon esprit refuse tout simplement de traiter ce renseignement. Je reste figée, muette comme une carpe, le cœur battant sourdement.

Erhan ne dit rien de plus, comme si c'était suffisant pour que je comprenne ce qui est en train de se passer. Il remet une distance convenable entre nous avant d'ajouter :

— Et, pour info, je suis ton boss.

Je sens ma mâchoire se décrocher sous l'effet de la surprise. J'aimerais lui lancer une réplique qui tue, celle qui lui refermerait son clapet pour de bon, mais mon cerveau a décidé d'être aux abonnés absents et j'en suis quitte pour observer Erhan tandis qu'il s'éloigne en direction de la sortie.

Sa haute silhouette a gagné en prestance depuis trois ans, et mon regard glisse en direction de ses fesses…

— Salut, Maxine.

La voix féminine me parvient à peine tant je suis sous le choc de l'annonce d'Erhan, et un peu aussi sous celui de mes pensées qui ont dérivé en territoire miné l'espace d'un instant.

Un nouveau visage entre dans mon champ de vision.

— Je suis Gabriella, la chorégraphe de la troupe. Je suis contente que tu nous rejoignes.

Je cligne plusieurs fois des yeux tandis que les mots se fraient un passage dans mon esprit. Et soudain, c'est comme si un tsunami balayait ma conscience : non seulement Erhan et moi sommes colocs, mais en plus il est mon chef ? Et je suis censée *danser* ? C'est quoi ce délire ?

Mon cerveau tourne à plein régime pour essayer de démêler ce casse-tête. Il y a une erreur, forcément ! Il n'a jamais été question de danse…

Mais pas non plus de contrôle de gestion, maintenant que j'y réfléchis. Je passe mentalement en revue les clauses de la convention de stage, sans trouver la solution.

Dans quoi me suis-je embarquée ?

6

Erhan

La journée a été nulle à chier. Il n'y a pas d'autre mot pour décrire l'état dans lequel je me trouve. Pour la première fois depuis que je suis arrivé sur la Riviera Maya, je regrette presque la France. Presque…

Les souvenirs de ma vie à Paris avant que je décide d'aller poursuivre mes études dans le sud de la France me reviennent. Mes parents, en particulier ma mère, ont toujours insisté pour que je reçoive une éducation d'excellence. Ce qui m'a conduit à prendre des leçons de piano et de sport dès le plus jeune âge. En soi, ce n'est pas un problème, je comprends qu'ils aient souhaité m'offrir le meilleur après m'avoir adopté. Je ne suis pas ingrat au point de ne pas leur reconnaitre ça. Disons simplement que le fantôme de la vie que j'aurais eue s'ils ne m'avaient pas arraché de l'orphelinat turc dans lequel mes géniteurs m'avaient abandonné me hante.

Mes parents ont fait au mieux, sauf que le meilleur n'était jamais suffisant, et c'est là où le bât blesse : je ne peux pas prétendre être un homme que je ne suis pas. Je suis et resterai à jamais ce petit garçon au visage sale et aux pieds nus qui grimpait sur le toit de l'orphelinat dans l'espoir d'apercevoir les étoiles…

Je me secoue. Qu'est-ce qui m'arrive tout à coup ?

Depuis que je suis au Mexique, je ne repense que rarement à mon passé. Et c'est d'ailleurs ce qui m'a poussé à rester.

Mais il aura suffi que ma vie française me rattrape en la personne de Maxine pour que je sois à nouveau en proie aux doutes.

Je rentre à la villa avec l'idée de me doucher et de mettre d'autres vêtements avant de sortir. Mes soirées mexicaines sont bien remplies, et je ne compte pas changer mes habitudes, même si j'ai une colocataire à présent…

— Salut, mec !

La voix de stentor d'Isak me prend au dépourvu. Je pivote pour le voir approcher. Il me rejoint dans le grand hall d'entrée.

— Tu assistes au spectacle ce soir ? me demande-t-il.

Je secoue la tête :

— Je le connais par cœur.

Et pour cause, c'est Gabriella et moi qui l'avons mis au point.

Isak acquiesce avant de boire une gorgée au goulot de la bouteille de jus de fruits qu'il tient à la main. Mon ami fait partie de l'équipe d'animation, il est coach sportif. Si je me fie aux retours des clients, il est plutôt apprécié. Il ne se gêne pas pour me donner des conseils pendant mes entrainements, et j'aime bien son attitude assez directe. Isak n'est pas du genre à prendre des pincettes.

— Et la nouvelle ? s'enquiert-il.

— Eh bien quoi ?

La plus petite allusion à Maxine a le don de me taper sur les nerfs. Ce serait tellement plus simple si elle rentrait chez elle… Mais je ne crois pas que cela fasse partie de ses plans.

Isak hausse les épaules :

— Il faut bien que quelqu'un lui explique ce qu'elle

verra pendant le spectacle.

Il est clair qu'il n'a aucune intention de s'en charger, et pourquoi le ferait-il ? Ce n'est pas sa mission. En revanche, je suis le manager de Maxine, comme je le lui ai fait remarquer ce matin, et donc cette tâche m'incombe.

La perspective de passer une soirée agréable commence à s'éloigner...

La voix de Rafael nous parvient depuis le salon :

— Isak ! Tu la ramènes cette bière ?

Le géant blond m'adresse un signe de tête avant de se diriger vers la cuisine.

En fond sonore, je distingue des rires féminins, et je suppose que les filles de la villa d'à côté se sont jointes à mes colocs. Maxine doit certainement faire partie du groupe.

Je tourne les talons et grimpe les marches qui conduisent à l'étage sans autre motivation que celle de m'éloigner de mon ex.

Je comprends mon erreur lorsque je pénètre dans ma chambre : les vêtements de Maxine sont éparpillés sur le sol, traçant un chemin jusqu'à la salle de bains qui n'a pas de porte. En même temps, la suite n'est pas conçue pour être partagée, du moins pas par deux personnes qui ne sont pas intimes... J'entends l'eau couler et une image de mon ex nue me vient en tête.

Le jet s'arrête et je reste immobile quand Maxine quitte la douche qui est en fait une pièce à part. Rien à voir avec les cabines françaises aux parois en verre, ici on pourrait se croire dans une sorte de petit hammam.

— Erhan !

La surprise se dessine sur le visage de Maxine dont les joues ont rougi. L'eau ruisselle le long de son cou et de ses épaules. Ses mains resserrent leur prise sur la serviette qui masque son corps. Mais je peux apercevoir la peau nue de ses jambes, deviner le galbe de ses seins…

— Tu comptes rester là ? s'écrie-t-elle.

Je ne peux pas retenir un petit sourire en coin tout en répondant :

— Je suis dans ma chambre.

Son regard s'arrondit un peu plus, mais l'instant qui suit, je peux lire la fureur dans ses prunelles.

— Tu es vraiment insupportable !

— De la part de la fille qui a envahi mon espace privé, ce n'est pas peu dire…

— Je n'ai rien demandé, moi !

Ses yeux deviennent humides, et je sens s'effriter la façade de glace que je me suis créée. Je ne dois pas me laisser attendrir par Maxine. Sa vulnérabilité est pourtant bien réelle, j'en ai conscience, mais il en va de mon équilibre personnel.

Comprenant que je ne bougerai pas, Maxine passe devant moi, laissant dans son sillage le parfum vanillé de son gel douche.

— Il faut qu'on mette des règles en place, lâché-je.

Je ne sais pas si c'est à elle que je m'adresse ou à moi-même. Le silence me répond, et je me retourne pour m'assurer que Maxine m'a entendu.

L'intensité de son regard me distrait. Que se passe-t-il dans sa tête ?

— Inutile de perdre ton temps, Erhan, je ne compte pas rester ici plus que nécessaire.

Sans attendre ma réaction, elle récupère des vêtements.

— Si tu permets, j'aimerais m'habiller sans que tu sois là à mater.

Elle s'approche de moi, et place une main sur mon torse

pour me forcer à reculer. Instinctivement, je saisis son poignet, et Maxine se fige. Nos regards sont rivés l'un à l'autre, mais le mien dérive vers sa bouche.

Je me souviens encore de sa douceur quand je l'embrassais... Aussitôt, la frustration familière refait surface : Maxine était peut-être ma petite-amie, il n'en reste pas moins que certaines choses m'étaient interdites...

Que ressentirais-je si je l'embrassais à nouveau ?

— Erhan ! Dehors !

Je file de la chambre sans attendre, trop heureux de fuir cette attraction que je sens renaitre entre Maxine et moi.

Arrête de jouer au con, mon gars, ou tu finiras par le payer très cher...

***

Le sifflement approbateur de Santiago accueille Maxine quand elle nous retrouve sur la terrasse. Nous sommes installés là avec nos voisines. La plupart d'entre elles sont des danseuses de l'hôtel, en plus de Gabriella, il y a Azura, Sila et Saffron. La seule qui manque à l'appel est Kirsten, la styliste attitrée de *l'Ek Belem Luxury*.

Mon coloc se lève pour rejoindre Maxine, il glisse son bras autour de ses épaules dans un geste familier qui provoque une drôle de sensation dans mon ventre.

Si Santiago veut se la taper, ce n'est pas moi qui l'en empêcherai...

Le regard de Maxine croise le mien, mais elle détourne rapidement les yeux. Elle m'ignore. Je serre les dents.

— Tu es sublime ! lui dit Santiago assez fort pour que tout le groupe l'entende.

Les conversations vont bon train et personne ne fait attention à eux à part moi, et Saffron. Tout le monde sait que la jeune chilienne a des vues sur Santiago, mais ce dernier ne la considère que comme une amie… Je ne suis pas du genre à me mêler des affaires des autres, encore moins quand il s'agit d'histoires de cœur.

— Bon, c'est pas tout, mais nous devons y aller, lance Gabriella en se relevant.

Il n'en faut pas plus pour que les danseuses qui l'accompagnent se mettent en ordre de marche. La chorégraphe m'arrive à peine à l'épaule, pourtant elle ne manque pas d'autorité. Elle a cette forme de *leadership* naturel qui fait que tout le monde l'écoute et lui obéit au doigt et à l'œil.

Elle s'adresse à moi :

— On se voit après, chef ?

Gabriella ne loupe jamais une occasion de jouer sur le lien de subordination qui nous réunit au travail. Même si, sur le papier, je suis effectivement son responsable, dans les faits, je nous considère d'égal à égale.

Je hoche la tête. La terrasse se vide, me laissant seul avec Maxine. Je reporte mon attention sur le verre que je tiens, faisant bouger le liquide sans le boire.

— Tu ne pourrais pas dépasser tes aprioris me concernant pour enterrer la hache de guerre ? propose-t-elle.

Elle s'est approchée tout en parlant et un coup d'œil dans sa direction menace de réduire à néant toutes mes bonnes intentions : Maxine a passé une robe courte et moulante qui met en valeur toutes ses courbes. Ses yeux en amande sont presque masqués par la mèche qui lui barre le front. Elle a tressé une partie de sa chevelure tandis que le reste est rassemblé sur son épaule. Elle est magnifique, mais il est hors de question que je me laisse avoir.

J'avale le fond de mon verre d'un seul trait avant de le reposer sur la table. Le bruit fait sursauter Maxine.

— On doit aller au spectacle, fais-je sans répondre à sa demande.

J'avance sans faire cas de ma nouvelle colocataire, mais je l'entends qui marche derrière moi, car ses talons claquent sur le dallage de l'intérieur de la villa.

Le trajet s'effectue en silence, Maxine a assez de bon sens pour ne pas insister. Je n'ai pas envie d'être son pote, ni de redevenir son petit-ami. Non, il faut que je reste loin d'elle, c'est la seule manière pour moi de préserver la vie que je me suis construite ici.

Lorsque nous nous garons dans l'hôtel, à la même place que ce matin, je me hâte de sauter de la Jeep. J'avance un peu avant de me rendre compte que Maxine ne m'a pas emboîté le pas cette fois.

À contrecœur, je me retourne, et je le regrette presque aussitôt : Maxine est en larmes. Je reviens près de la voiture sans savoir quoi faire ni quoi dire. Je ne veux pas d'elle ici, mais je ne suis pas un monstre non plus.

Maxine hoquète :

— Oh ! Ça va… Pas la peine… de le dire.

Je fronce les sourcils, perplexe.

— Tu as envie que je m'en aille, ajoute-t-elle.

Et je ne peux rien répliquer, car c'est tout à fait ce que je souhaite.

— C'est une catastrophe, murmure-t-elle. Évidemment, toi tu t'en fiches, tu as ton diplôme et un job, mais moi…

Je me mets à sa place quelques instants, je remonte le temps trois ans en arrière quand je commençais mon stage ici, au poste qu'elle occupe aujourd'hui. C'était sans doute le meilleur moment de toute ma vie ! La liberté, le fun, tous les élèves en rêvaient à l'école.

— Tu ne vas pas me dire que tu ne savais pas que ce

stage est une planque ? m'étonné-je.

Elle renifle avant d'essuyer les larmes sur ses joues.

— Tout le monde se battait pour obtenir ce job, observe-t-elle.

— Et ça aurait dû te mettre la puce à l'oreille !

Je passe une main dans mes cheveux. Elle n'avait aucune idée de ce qui l'attendait… Ce constat n'adoucit pas mes sentiments pour autant. C'est presque pire.

— Il faut que tu rentres en France, Maxine.

— Je dois vite trouver un autre stage.

Nous avons parlé en même temps. Nous nous dévisageons un instant et je plonge à nouveau dans ses iris noisette si accueillants et si tendres…

Maxine reprend ses esprits la première, elle baisse le pare-soleil côté passager, essuie ses larmes, avant de sauter de la voiture.

— Au moins on est d'accord sur quelque chose pour une fois, constate-t-elle d'un ton froid.

Elle passe devant moi sans me laisser le loisir de répondre, mais de toute façon, il n'y a rien que j'aie envie d'ajouter.

Maxine doit s'en aller. Il n'y a pas d'autre solution.

7

Maxine

Le spectacle est magnifique. J'étais loin de me douter qu'il y avait des shows de cette qualité dans des hôtels... Et pourtant, ce n'est pas faute d'avoir passé la journée à travailler avec le reste du groupe dans les coulisses.

Gabriella a insisté pour que je danse, mais j'ai préféré battre en retraite et m'installer sur le bord de la scène pour les observer. Leur niveau est vraiment proche de celui d'une troupe professionnelle.

Dans ma tête, les équipes d'animation avaient pour mission de divertir une clientèle passive qui ne demandait qu'à tuer le temps avant d'aller se coucher.

Je l'admets, je n'y connais rien du tout. Déjà parce que mes parents n'ont jamais eu les moyens de nous amener dans ce genre d'établissements, et ensuite, parce que je ne me suis jamais intéressée à la question.

Erhan est assis à côté de moi. Je tourne parfois la tête dans sa direction, mais il a les yeux rivés à la scène. Il fait comme si je n'existais pas, et ça ne me plait pas du tout. J'aimerais ne pas y attacher d'importance, cependant force est de constater que je n'ai pas oublié mon ex, et sa simple présence à mes côtés ravive des souvenirs que je voudrais effacer de ma mémoire.

Lorsque le rideau se referme sur la scène, les applaudissements déferlent dans la salle ne laissant aucun doute sur le niveau de satisfaction de l'auditoire.

La main d'Erhan se pose en bas de mes reins et son souffle frôle mon oreille :

— Il faut y aller, les autres vont nous attendre.

Il donne une petite impulsion dans mon dos pour que je bouge. Quand il me parle ainsi, à voix basse, sans animosité, je pourrais croire que rien ne s'est passé, que nous sommes deux jeunes gens qui viennent de se rencontrer. Or, il n'en est rien, et je ne dois pas baisser ma garde.

***

— Tu apprends super vite ! lance Santiago tout en s'approchant un peu plus de moi.

Il a un déhanché digne du meilleur des danseurs professionnels, et je serais très impressionnée si je n'étais pas perdue dans mes pensées. Il faut que je trouve le moyen de me sortir de ce faux pas. Il doit forcément y avoir une solution. Je fais la liste de mes options : il me suffirait de postuler dans quelques boites en France. Mais combien de temps cela prendra-t-il avant que je reçoive une réponse ? Et comment passer les entretiens alors que je suis sur un autre continent ? Je ne peux pas rentrer à moins d'avoir obtenu un nouveau stage. C'est le serpent qui se mord la queue.

Mon corps remue sur la piste de danse, mais mon esprit est ailleurs. Je suis déjà en train de penser aux candidatures qu'il va falloir que je fasse.

— Un duo sur scène, ça te tente ? demande Santiago qui me saisit par les hanches pour me faire bouger sur un son latino.

La troupe entière est présente. Nous avons investi un bar du centre-ville de Playa del Carmen où mes colocs semblent avoir leurs entrées.

Santiago plante son regard dans le mien, il attend ma réaction :

— Je ne pense pas rester assez longtemps… Et puis, je n'ai pas le niveau pour me produire avec vous.

Santiago fronce les sourcils.

— Tu comptes nous fausser compagnie si vite ?

J'hésite sur la réponse à lui donner. Est-ce que je peux lui faire confiance et lui avouer que je n'ai jamais envisagé d'intégrer un groupe de danseurs ? Moi qui me voyais déjà en train de manager des projets en contrôle de gestion, me voilà sur le point de faire partie de l'équipe d'animation d'un hôtel des Caraïbes. C'est insensé !

Si Alexine savait ça…

— Ma sœur ! m'écrié-je soudain.

— Elle est ici ? s'étonne mon cavalier.

Je me mords la lèvre en secouant la tête :

— Elle est en France.

— Si elle est aussi mignonne que toi, je veux bien qu'elle intègre notre villa. Je suis même prêt à lui laisser mon lit si elle le souhaite.

Je m'esclaffe. Le côté dragueur de mon nouveau coloc m'amuse beaucoup. Pour une raison que je ne m'explique pas, je ne prends pas ses avances au sérieux. C'est comme s'il y avait quelque chose dans son attitude qui m'indiquait qu'il n'était pas vraiment intéressé.

— Et donc pour mon offre de monter sur scène, c'est oui ? insiste-t-il.

Son expression bienveillante me rassure et me fait du bien. Santiago est le premier à m'accueillir.

Je n'ai pas le cœur à le décevoir, alors je botte en touche :

— Disons que je vais y réfléchir, d'accord ?

— Je vais faire semblant de croire que tu ne viens pas de

me rembarrer gentiment, réplique-t-il avec un clin d'œil.

La seconde qui suit, il entreprend de me faire parcourir toute la piste en multipliant les pas de salsa. Je me déhanche, oubliant mes soucis pour quelques minutes. Si je ne veux pas monter sur scène, ce n'est pas parce que je n'aime pas la danse, mais parce que ça ne m'apportera rien dans l'immédiat. Je dois rester concentrée sur mon stage et mon avenir professionnel. J'ai beaucoup trop travaillé pour laisser un malentendu mettre un frein à mes projets. Il s'agit d'un simple contretemps, rien de plus. Inutile de m'en faire.

Je décide que la Maxine de demain gèrera ce problème, et je lâche prise. Je peux bien m'accorder une nuit de fun pour une fois, non ? Je crois que Santiago est sur la même longueur d'onde, car il ne me lâche pas de toute la soirée.

En plus d'être adorable et marrant, c'est un excellent cavalier, dans ses bras j'ai l'impression d'être une partenaire acceptable, enfin presque… Quand je lui marche sur le pied pour la deuxième fois d'affilée, je décide de m'octroyer une pause.

Je quitte la piste et m'approche du comptoir. Je mets du temps à déchiffrer la carte et finis par commander la première boisson qui me semble à peu près appétissante. Le barman revient très vite avec un gros verre rempli d'un cocktail rose. Je m'empresse d'en avaler une grande gorgée.

— Doucement avec l'alcool. Il faut que tu commences à avoir une bonne hygiène de vie si tu veux tenir le coup sur scène.

Je n'avais pas remarqué que Gabriella se trouvait près de moi, de son côté, la jeune chorégraphe semble m'avoir dans le collimateur.

— Je ne vais pas…

Elle me coupe :

— Oh que si tu vas y monter, parce que je l'ai décidé. Crois-moi, Maxine, j'en ai maté des plus coriaces.

Je suis le regard de Gabriella qui est tourné vers… Erhan. Mon coloc, ou mon ex, je ne sais pas très bien comment le considérer à présent, est installé à notre table depuis que nous sommes arrivés dans le bar.

Oui, je n'ai pas pu m'empêcher de le garder à l'œil, même si je préfèrerais réussir à l'ignorer totalement.

Gabriella reporte son attention sur moi :

— Tu danseras, Maxine. Et tu seras géniale.

Je m'apprête à protester, mais la chorégraphe n'en a pas terminé :

— J'ai vu comment tu bouges, je peux t'assurer qu'avec un peu d'entrainement, tu pourras faire partie du groupe.

— Et si je n'en ai pas envie ?

Ma réponse pessimiste ne semble pas l'émouvoir outre mesure. Elle fait un vague signe de la main.

— Tu vas t'éclater, et c'est tout ce qui compte. Tu es jeune, Maxine, il faut penser à toi.

Elle porte son regard perçant sur moi et j'ai la sensation qu'elle lit dans ma tête comme dans un livre ouvert. À moins qu'Erhan ne lui ait parlé de moi ?

— Je ne sais pas ce qu'Erhan t'a dit…

— Rien du tout. Ce mec est aussi hermétique qu'une porte de prison.

Gabriella prend une gorgée de son propre cocktail avant de conclure :

— On se voit demain pour la répétition, et je veux que tu sois en forme. Donc pas de bêtises cette nuit.

Et son attention se reporte sur mon ex encore une fois. Je sens que je rougis parce que le sous-entendu ne m'a pas échappé. Mais j'ai aussi envie de rire, car il n'y a pas d'idée plus ridicule que celle qu'il puisse se passer à nouveau quelque chose entre Erhan et moi.

Je retrouve l'ensemble du groupe sur la piste de danse, et l'alcool de ma boisson m'aide à faire un peu plus le vide dans ma tête. De toute façon, il n'y a rien que je puisse faire tout de suite, alors autant en profiter pour m'amuser. Et c'est exactement ce que je fais jusqu'à ce que nous décidions de nous en aller.

Je ne peux pas m'empêcher de chercher Erhan des yeux.

— Il est déjà parti, m'informe Santiago alors que nous sortons du bar.

— Je n'ai rien dit…

— Mais tu pensais à lui.

Le regard de Santiago est rempli de sagesse, à moins que ce ne soit l'alcool qui s'exprime ? Je n'ai consommé qu'un seul verre, il était gros, certes, mais pas au point de me faire délirer, si ?

— Allez, viens.

Santiago passe son bras autour de mes épaules et m'entraine en direction de la deuxième Jeep dans laquelle je ne suis encore jamais montée.

Il y a de la route pour regagner la villa, pourtant quand Alejandro range la voiture à côté de celle d'Erhan, j'ai l'impression que seulement quelques minutes se sont écoulées.

Au moment de quitter le véhicule, je chancelle un peu et Santiago me rattrape de justesse. Il ne manquerait plus que je m'étale dans l'allée…

— Tu vas bien t'amuser avec nous, Max, tu verras, me glisse-t-il à l'oreille.

Je préfère ne pas le détromper, après tout qu'importe. Dans quelques jours je ne serai plus ici, et ils oublieront jusqu'à mon existence. Tous, y compris Erhan. Il l'a bien fait depuis trois ans, il continuera après mon départ…

Une boule se forme dans ma gorge et je sens les larmes envahir mes yeux. Je prends quelques inspirations, le temps de retrouver mon calme avant de pénétrer dans la chambre.

8

Erhan

Le retour de Maxine est tout sauf discret et silencieux : elle se cogne plusieurs fois avant d'arriver à récupérer ses fringues et manque s'affaler dans la salle de bains en allant se brosser les dents. L'obscurité n'est pas totale dans la chambre, et tandis qu'elle retire sa robe, je peux observer sa silhouette qui se découpe à contrejour.

Je devrais fermer les yeux, ou mieux, lui tourner le dos, pourtant je ne le fais pas. Au contraire, j'assiste à ce spectacle, fasciné, essayant de deviner le moindre détail de son corps. Ce n'est pas faute de l'avoir reluquée toute la soirée tandis qu'elle dansait avec Santiago.

Je ne suis pas d'un naturel jaloux, je n'ai jamais été possessif, mais Maxine déclenche en moi des réactions inédites. Par exemple, voir Santiago la plaquer contre lui m'a donné une furieuse envie de me lever pour arracher Maxine de ses bras.

Le bruit que fait Maxine en se cognant contre mon lit couvre le son du soupir agacé qui s'échappe de ma gorge. J'ai beau feindre l'indifférence, une seule journée en présence de mon ex suffit à me mettre sur des charbons ardents.

Soudain, un cri retentit dans la chambre juste avant qu'un corps ne tombe sur moi. Je réceptionne Maxine tant bien que mal.

— Mince ! s'écrie-t-elle. Désolée, je…

Les mots meurent sur ses lèvres quand nos regards se trouvent. Elle est si près que son souffle frôle ma bouche à chacune de ses expirations.

En essayant d'amortir sa chute, une de mes mains a atterri sur sa fesse. J'en prends conscience quand une réaction pas tout à fait inattendue se manifeste au niveau de mon boxer.

Une mèche des cheveux de Maxine me chatouille le visage, mais je ne peux pas l'enlever sous peine de devoir lâcher ma prise sur son postérieur. Et je dois reconnaitre que je n'en ai aucune envie. Bien au contraire, je voudrais explorer l'arrondi de ses fesses, celui de ses seins, gouter à nouveau sa bouche…

— Erhan, souffle-t-elle.

Une lueur familière scintille dans ses yeux. Je suis à peu près certain qu'elle me désire aussi, mais elle trouve le moyen de continuer à parler :

— Je vais rentrer en France.

Ces simples mots sont tout ce qu'il me faut pour me permettre de faire ce dont j'ai envie depuis ce matin : sans prévenir, je m'empare de ses lèvres.

Maxine se fige un instant, mais la seconde qui suit, elle agrippe ma nuque et me rend mon baiser. Notre échange est teinté de toute la frustration accumulée dans la journée et du temps passé loin l'un de l'autre. Pour une fois, une seule, je m'autorise à ressentir ce que j'ai refoulé depuis mon départ. Le manque de Maxine a été puissant, presque invalidant les premiers mois, mais j'ai réussi à surmonter ça.

Tu t'apprêtes à replonger…

J'ignore ma conscience qui a pourtant raison. Tout ce

qui compte, c'est le corps de Maxine contre le mien, ses gémissements quand je presse ses fesses et caresse sa chute de reins.

L'instinct reprend le dessus, et je n'ai aucune intention de réprimer cet élan charnel qui me pousse dans les bras de mon ex.

Je bouge pour faire rouler Maxine sous moi, j'ai besoin de la sentir là où elle ne pourra pas s'en aller.

Mais c'est toi qui es parti, Erhan.

Oui, parce que rester n'avait jamais fait partie de mes plans. Et que Maxine, avec sa naïveté et sa fraicheur, a failli tout remettre en question.

Elle écarte les jambes et je me place sur elle, son bassin plaqué au mien. Les hanches de Maxine bougent sous moi, créant des vagues de plaisir quand mon érection se presse contre son sexe, mais nos vêtements forment encore un barrage entre nous.

Ma langue explore et déguste la bouche de Maxine, elle a la saveur sucrée du cocktail que je sais qu'elle a bu. Et c'est cette pensée qui explose dans mon crâne et me retient d'aller trop loin : elle n'a plus tous ses esprits à cause de l'alcool. Je ne suis pas du genre à profiter d'une fille bourrée.

Je m'écarte légèrement. Ne comprenant pas mon geste, Maxine se redresse un peu pour m'embrasser, mais je détourne la tête, il suffirait qu'elle atteigne mes lèvres à nouveau pour que je perde le peu de contrôle que j'ai encore.

Ma voix est sèche quand je m'exprime :

— Tu ferais mieux de retourner dans ton lit.

Maxine marque une pause, sans doute pour s'assurer que je suis sérieux, puis elle me repousse avec force et se lève d'un bond.

— Tu n'es qu'un connard, Erhan.

Peut-être que je le suis, mais c'est préférable pour nous deux.

Contrairement à ce que je lui ai dit, Maxine ne se couche pas, elle reste debout face à mon matelas. Je peux voir qu'elle a les poings serrés.

— Quand tu as rompu, il y a trois ans, je t'ai cherché un tas d'excuses, car je ne voulais pas croire que j'aie pu autant me tromper à ton sujet. Et franchement, pendant un temps, j'ai réussi à me leurrer.

Sa voix trahit toute la colère qu'elle ressent, et je la comprends, à sa place je n'aurais pas été aussi indulgent. Mais Maxine est une fille bien, et elle a pris sur elle.

Je m'assieds et allume la lampe de chevet. Si Maxine a besoin de vider son sac, autant que je puisse la voir et recevoir tout son courroux en pleine face, je l'ai amplement mérité. Mais elle ne dit plus rien. Je me risque à l'observer, elle reste figée, un peu tremblante, une fureur assassine au fond de ses prunelles.

C'en est trop, je me redresse et m'approche d'elle. Son regard est rivé au mien. Je comprends que si l'alcool l'a grisée à un moment donné, ce n'est maintenant plus le cas.

Ma main se lève sans que j'y réfléchisse, mais elle s'arrête avant d'avoir effleuré Maxine.

—Je...

Pour une raison que je ne saisis pas, les mots restent bloqués au fond de ma gorge.

Tu n'es qu'un lâche, mon gars.

En tout cas, une chose est sûre, je ne brille pas par mon courage.

— Ne te fatigue pas, Erhan. Je n'ai pas envie d'écouter tes excuses de toute façon.

Sur ces mots, Maxine tourne les talons et la seconde

suivante, la porte claque dans son dos.

***

Maxine n'est pas revenue se coucher. Ma nuit était horrible, partagé entre l'envie de la rejoindre et le besoin de me protéger, je n'ai pas tellement fermé l'œil. À quoi ça nous avancerait de remuer le passé ? Il n'y a qu'une chose qui importe désormais : que nous reprenions le cours de nos vies. Je ferai comme si Maxine n'était jamais venue au Mexique, comme si elle n'avait pas dormi si près de moi que je pouvais écouter le son de sa respiration, comme si nous n'avions pas failli coucher ensemble.

Et elle, de son côté, poursuivra la carrière qu'elle est destinée à avoir. Maxine est brillante, je sais qu'elle trouvera facilement un bon emploi qui la comblera. La suite de sa vie se dessine dans ma tête : elle tombera amoureuse d'un connard qui porte un costard tous les jours, il la demandera en mariage en lui offrant un caillou plus gros qu'un chou de Bruxelles, la cérémonie se déroulera dans un putain de château de conte de fées, ils auront trois enfants et vivront heureux à jamais. Oui, voilà ce qui attend Maxine, ce à quoi elle aspire. Elle vient d'un milieu de bourges, et elle y restera. Il n'y a pas de place pour moi dans ce tableau.

J'ai peut-être été élevé par des parents qui sont issus de ce milieu, je n'ai quand même pas le profil d'un prince charmant, encore moins celui du gendre idéal. Tout ce que je peux faire, c'est vivre l'instant présent, or aucune femme ne peut se satisfaire de ce genre de vie.

Au moment de démarrer la Jeep, j'ai la surprise de voir Rafael me rejoindre.

Répondant à ma mine interrogative, il me dit :

— Il n'y a pas assez de place dans l'autre voiture.

Je ne réagis pas et nous prenons la direction de l'hôtel, mais c'est sans compter sur mon ami qui est loin d'avoir sa langue dans sa poche.

— Qu'est-ce que tu lui as fait ?

Inutile de jouer l'innocent, je sais pertinemment qu'il parle de Maxine. Je hausse les épaules :

— Rien de spécial.

— Prends-moi pour un con pendant que tu y es.

Je tourne la tête, surpris par le ton qu'il a employé. Rafael est sans doute le mec le plus cool que j'ai rencontré de toute ma vie.

Il a la mine du gars qui vient d'apprendre une mauvaise nouvelle.

— Santi l'a ramené dans la chambre au milieu de la nuit. Il a dit qu'il l'a trouvée sur le canapé. Elle pleurait, Erhan.

Quelque chose réagit en moi, mais je repousse tout sentiment de remords. Je ne dois pas me laisser attendrir. Peu importe le prix et le moyen, il faut que Maxine rentre en France.

Quitte à la blesser à nouveau ?

Même ma conscience semble jouer contre moi sur ce coup. Étant donné que je ne réponds rien, Rafael continue :

— Elle a fini par s'endormir dans les bras de Santi…

— Elle a dormi avec lui ?

La question est partie toute seule, et la boule qui vient obstruer ma gorge me donne la sensation d'avoir essayé de bouffer un hérisson en commençant par les épines.

— Où tu voulais qu'elle aille ? Apparemment il y avait un grand con qui occupait sa chambre.

— C'est *ma* chambre !

Mais ma réponse passe à la postérité, mon ami n'en a pas terminé :

— Elle est super gentille, je ne vois pas ce qu'elle a pu faire pour te déranger, Erhan.

— Tu la connais depuis combien de temps déjà ? Trois secondes ?

— Parce que toi tu la connais mieux peut-être ?

Je serre les dents et ne lâche plus un mot durant tout le trajet. Je n'ai pas l'intention d'avouer à mes amis que Maxine et moi avons un passé commun. Ils pensent que si je suis en pétard, c'est parce que j'ai perdu le privilège d'avoir ma propre chambre, et je préfère que cela reste ainsi. Ils n'ont pas besoin de savoir que je suis un connard.

Une fois arrivé, Rafael me lance un dernier regard auquel je réponds par un haussement de sourcils. Cela suffit à le dissuader de poser d'autres questions, il s'éloigne dans l'hôtel, et je regagne mon bureau.

Mais il faut croire que le destin qui était si clément avec moi depuis quelques années a décidé de me retirer ses faveurs sans préavis, car Salina patiente devant ma porte.

Je lève une main :

— Ne me dis rien : la *licenciada* m'attend dans son bureau ?

Mon ton hargneux la surprend, elle marque un temps d'arrêt avant de retrouver son attitude fielleuse habituelle. Le sourire torve qu'elle m'adresse achève de me taper sur les nerfs, si la DRH me chauffe aujourd'hui, je ne réponds plus de rien.

— Pas tout à fait, réplique Salina.

Je décide de ne pas entrer dans son jeu et la laisse en plan pour pénétrer dans mon bureau. Elle m'y suit :

— Tu dois la rejoindre dans la salle de restaurant.

Tiens, j'admets que là elle me surprend.

— Laquelle ? demandé-je sans grande conviction.

— Celle qui donne sur la plage.

Sur ces mots, Salina s'en va. Elle ne manque probablement pas de m'adresser un sourire mauvais, mais je ne peux que le supposer, car je l'ignore sans autre forme de procès.

Je prends le temps de répondre aux e-mails qui attendent dans ma messagerie avant de me décider à traverser l'établissement pour rejoindre la DRH. Ce serait bien qu'elle comprenne que je n'ai pas que ça à faire. On pourrait presque croire que mon job consiste à la satisfaire, or ce n'est pas du tout le cas.

Lorsque j'arrive dans le restaurant, une odeur de cuisine me prend à la gorge. Je me rends alors compte que je n'ai pas pris mon petit déjeuner, sans doute trop occupé à réfléchir aux événements de la nuit dernière…

— Bonjour, Erhan.

La voix de la *licenciada* m'agresse les tympans au moins autant que sa vue attaque mes rétines. Tout chez elle m'horripile maintenant que je sais qui elle est vraiment : Beatriz Sanchez fait partie des personnes belles à l'extérieur, mais complètement pourries en dedans.

Qui se ressemble s'assemble…

L'acidité dont fait preuve ma raison me laisse pantois. Je n'ai jamais été porté sur l'autojugement, je suis plutôt du genre à prendre des décisions et à les assumer coute que coute, mais depuis l'arrivée de Maxine, quelque chose a changé.

Et dire que c'était seulement hier…

— Assieds-toi, Erhan.

La DRH désigne une chaise face à la sienne. Je constate qu'elle a commandé un café. À contrecœur, je m'installe et j'attends qu'elle daigne me donner les raisons de ma présence ici.

Elle sirote sa boisson chaude tout en consultant un

document qui se trouve sur le haut d'un dossier posé sur la table. Ce petit jeu menace de me faire sortir de mes gonds et je dois prendre sur moi pour ne pas réagir.

— Tu croyais que je ne le saurais pas ? demande-t-elle enfin.

Ses yeux mettent un temps infini avant de croiser les miens, et ce que je lis dans son regard me fait froid dans le dos : elle a un air de prédateur. Ça sent le roussi pour moi, même si je n'ai aucune idée de ce que j'ai bien pu faire pour le mériter.

— La petite Française…

Elle parle de Maxine. Mon cœur fait une embardée, mais je ne manifeste pas la moindre réaction.

— Vous partagez la même chambre. Il est interdit pour deux employés d'entretenir une relation de ce type…

Je ne peux pas retenir un léger rictus :

— Je me souviens d'une époque où tu n'étais pas contre.

— Silence !

Sa voix est sèche, son regard brille de colère et sa mâchoire est contractée. Tout son corps est tendu sous l'effet de la rage que je sens bruler en elle.

En d'autres circonstances, cela m'aurait beaucoup plu, mais à cet instant, je redoute ce que son cerveau tordu a bien pu s'imaginer.

— Je n'ai pas décidé de partager ma chambre avec elle, relevé-je néanmoins. Et nous n'avons pas couché ensemble, même si ça ne te concerne pas.

— Tout ce qui se passe dans les logements des employés m'intéresse.

Nous nous affrontons du regard, je ne veux montrer aucun signe de faiblesse ni la moindre faille que Beatriz pourrait exploiter contre moi.

— Eh bien tu vas être déçue parce que Maxine a décidé

de rentrer en France, l'avisé-je.

Loin de la déstabiliser, cette information semble la satisfaire. La *licenciada* prend une autre gorgée de café avant de reposer tranquillement sa tasse :

— Tu vas t'arranger pour qu'elle reste.

Je cille plusieurs fois.

— Pourquoi je ferais ça ?

— Sinon tu pourras aller chercher un nouveau job. Et crois-moi, ta mission sera moins facile que tu ne le penses : j'ai énormément de contacts avec les DRH du coin.

9

Maxine

Je n'ai pas croisé Erhan ce matin, et je pense que c'est préférable. Mon orgueil refuse de rendre les armes, déjà que mon ex m'a vu pleurer hier, je ne tiens pas à ce qu'il se rende compte à quel point son attitude de cette nuit m'a blessée.

Trois années sont passées, mais il faut croire que certaines choses, ou plutôt certaines personnes, ne changent pas. C'est le cas d'Erhan. On peut dire qu'il est fidèle à lui-même, toujours aussi rude.

Et pourtant, force est de constater qu'il m'attire. À quoi bon prétendre le contraire alors que nous aurions couché ensemble s'il n'avait pas fait machine arrière ?

Pourquoi m'a-t-il repoussée ? Je ne devrais même pas me poser cette question.

— Maxine !

La voix de la chorégraphe me tire de mes pensées. Je relève la tête et remarque que tous les membres de la troupe ont les yeux rivés sur moi.

Depuis ce matin, je passe mon temps à faire des allers-retours pour rapporter tout ce dont les danseurs peuvent avoir besoin : de la nourriture, des boissons, des pansements...

— Viens par ici.

La chorégraphe donne un coup de canne sur le sol de la scène et je sursaute. Au lieu de lui obéir, je reste figée, incapable de faire un mouvement. La simple idée de monter sur les planches me parait ridicule.

Comprenant que je ne bougerai pas, Gabriella fait un signe à Santiago :

— Va la chercher.

Il n'en faut pas plus pour que mon colocataire saute dans la fosse pour me rejoindre, et sans faire de cérémonie, il me soulève dans ses bras.

— Hé ! me récrié-je.

Santiago m'adresse un petit sourire sans cesser de marcher :

— On ne discute pas les ordres du chef.

Son excuse ne me convainc pas du tout.

— Ce n'est pas Erhan le boss ici ? maugréé-je.

— Si, mais pour l'instant c'est de Gabriella qu'il s'agit et je ne compte pas la mettre en pétard.

Il me repose à l'endroit exact indiqué par la chorégraphe, et je me retrouve presque au centre de la scène. L'unique projecteur qui éclaire l'espace semble ne viser que moi et je suis un peu éblouie.

Gabriella approche de moi, une drôle de lueur au fond des yeux qui me fait redouter le pire.

— Voyons voir ce que tu as dans le ventre.

Je secoue la tête, je voudrais lui dire que je ne peux pas danser avec eux parce que je n'ai pas le niveau et que de toute façon, je suis sur le point de quitter le pays, mais je garde le silence. Je fais un pas en arrière, mais je me heurte à Santiago qui est resté planté là.

— Tu n'iras nulle part tant que je ne l'aurai pas décidé, réplique la jeune femme.

C'est dingue, je la domine d'une bonne dizaine de

centimètres, pourtant elle transpire l'autorité. Est-ce qu'elle a été sergente d'état-major avant de débarquer au Mexique ?

Elle claque des doigts et la musique s'élève dans les airs. Le regard de Gabriella est rivé au mien :

— Suis mes mouvements.

Puis elle entame une série de pas. Ils ne sont pas difficiles et je me mets à bouger en rythme. Très vite, je me rends compte que je n'ai pas la tenue adéquate et je commence à suer, mais la chorégraphe s'en fiche.

Elle enchaine les figures, les déliés et les balancements de hanches que je suis tant bien que mal. J'ai pratiqué la danse pendant de longues années, un peu comme la plupart des petites filles, je suppose. Et j'adorais ça. Mais je me suis arrêtée après le bac, je n'avais plus de temps à perdre et je voulais consacrer la moindre de mes heures libres à étudier.

Mon corps est un peu rouillé faute de répétitions pourtant je reproduis les enchainements sans trop de difficulté. Je suis la première étonnée de m'en sortir à peu près correctement.

— On recommence ! ordonne Gabriella.

Mais elle ne bouge plus, elle fait un pas en arrière sans cesser de m'observer. Presque par magie (mais il s'agit plus probablement d'un des danseurs qui s'occupe du son) la musique reprend au début.

Je me concentre pour reproduire les enchainements sans omettre trop de mouvements. Il me faut un peu de temps, mais j'arrive à me lâcher. Quand je m'arrête, je suis essoufflée et en nage, mais étrangement satisfaite. Sans doute grâce aux endorphines qui circulent dans mon organisme.

Un profond silence règne dans le théâtre et la chorégraphe me dévisage d'un air pensif. Peut-être que je n'étais pas aussi gracieuse que je le croyais…

— Bien, tu resteras après la répétition, dit-elle finalement.

Et c'est tout. Elle se désintéresse de mon sort et recommence à houspiller la troupe de danseurs. Seul Santiago m'adresse un clin d'œil complice assorti d'un pouce levé, signe positif universel. De toute évidence, je devrai me contenter de ça.

Je redescends de la scène et retourne à mes tâches subalternes.

Qu'est-ce que tu fais encore ici, Max ?

Bonne question. Je devrais déjà être en train d'envoyer des candidatures pour trouver un nouveau stage en France. Alors pourquoi la perspective de rentrer ne me semble soudain plus si attrayante ?

***

Lorsque je quitte enfin l'hôtel en milieu d'après-midi, j'ai la surprise de retrouver Santiago qui m'attend.

— J'ai pensé que tu aurais besoin d'un chauffeur pour rentrer à la villa.

Il accompagne sa phrase d'un large sourire qui me fait du bien. Je monte dans la voiture sans rechigner, n'ayant aucune envie d'utiliser un *colectivo*, ces minivans qui prennent des passagers un peu partout et qui les déposent en cours de route.

La Jeep s'éloigne de son emplacement et je savoure l'air qui balaie ma peau. Je dois faire peur à voir…

— Gabriella t'a passée à la moulinette, constate Santiago.

— J'ai l'impression qu'un rouleau compresseur m'a foncé dessus, oui !

Il me jette un regard en coin :

— Elle ne fait pas ça avec tous les stagiaires, tu sais. Seulement ceux qu'elle trouve doués.

Je fronce les sourcils, dubitative. Mes maigres compétences artistiques sont loin d'être ce que l'on peut qualifier de talent.

— Crois-moi, Max. Elle t'a repérée et elle ne te lâchera plus tant que tu ne feras pas ce qu'elle veut.

— C'est censé me rassurer ?

Santiago a un petit rire.

— Peut-être pas. Gabriella est têtue et quand elle a une idée en tête, elle peut être pire qu'Erhan.

Il se tait brusquement comme s'il avait fait une gaffe.

— Tu peux parler de lui, tu sais, le rassuré-je.

Santiago garde les yeux rivés sur la route, mais il secoue la tête.

— Tu avais l'air dévastée cette nuit…

Je hausse les épaules :

— Tout n'est pas de la faute d'Erhan. La fatigue, le décalage horaire, ma famille qui est loin, tout me pèse.

Et je me rends compte que c'est la stricte vérité. Ma sœur, en particulier, me manque beaucoup. Je ne l'ai pas appelée et je vais remédier à ça aussitôt que nous serons à la villa.

Quelques minutes passent pendant lesquelles la voiture file sur la route bordée d'une épaisse végétation. J'ai l'impression qu'une sorte de jungle tropicale s'étend partout où les humains ne sont pas.

— Repose-toi en arrivant, car on sort ce soir.

Je tourne la tête vers Santiago.

— Vous faites ça tous les jours ?

Il a un large sourire qui m'indique que oui.

— Comment vous faites pour tenir le rythme ?

Santiago hausse les épaules, l'air de dire qu'il n'y a jamais réfléchi.

Lorsque nous arrivons, je me hâte de regagner la chambre. Je pousse prudemment la porte et glisse la tête par l'entrebâillement pour m'assurer qu'Erhan n'est pas là. Quand je suis certaine que la pièce est vide, je m'y engouffre.

Je m'empresse de prendre une petite douche fraiche avant d'enfiler mon maillot de bain, bien décidée à lézarder sur un transat en bas. Il est hors de question que je loge dans cette chambre maintenant…

Je récupère mon téléphone et déclenche un appel en visio. Le visage endormi de ma sœur s'affiche sur l'écran quelques instants plus tard.

— Max ! Enfin ! J'ai cru que tu avais été dévorée par un léopard !

Je m'esclaffe.

— Il n'y en a pas ici… En revanche, il y a des jaguars.

Les yeux d'Alexine s'arrondissent :

— Si tu essaies de me rassurer, c'est mort ! Maintenant je vais m'inquiéter pour toi.

— Relax, petite sœur, je ne crains rien. Regarde.

Et à l'aide de la caméra, j'entreprends de lui faire un rapide tour des lieux avant de terminer par la piscine qui jouxte la villa.

Je me laisse tomber sur un transat.

— Ben dis donc ! C'est ouf !

Son air ébahi me fait plaisir.

— Je suis contente que tout se passe bien pour toi, Max.

Elle marque une pause, mais je sens qu'elle a d'autres choses à me raconter.

— Quand tu m'as annoncé que tu partais au Mexique, et que j'ai compris que tu étais sérieuse, je n'ai pas pensé une seconde que tu tiendrais dans ce pays.

La bonne humeur qui m'a gagnée retombe un peu. Ma sœur avait raison, je suis ici depuis quelques jours et je veux déjà rentrer à la maison…

Je mords l'intérieur de ma joue pour m'empêcher de lui avouer la vérité, car une idée est en train de germer dans ma tête. Une de celles qui pourraient changer le cours des prochains mois.

— Et toi, comment ça se passe en classe ? lui demandé-je pour la distraire.

Il sera toujours temps de lui annoncer que je rentre en France plus tard. Alexine me parle de ses projets et de sa vie de tous les jours. Plus je l'écoute, et plus le besoin de regagner l'hexagone s'estompe.

Nous raccrochons et je m'installe sur un transat, à l'abri sous un parasol. Le soleil mexicain est bien plus coriace que celui dont j'ai l'habitude, et je n'ai aucune envie de ressembler à une tomate trop mûre.

Je finis par m'assoupir et le bruit d'un plongeon dans l'eau me réveille. Mais mes paupières sont lourdes de sommeil, et je suis sur le point de me rendormir quand une silhouette arrive près de moi.

Le nouveau venu n'est autre qu'Erhan. Des gouttes ruissellent le long de son corps. À l'abri derrière mes lunettes de soleil, je ne me prive pas du spectacle qu'il m'offre : sa large carrure musclée se découpe à contrejour, ses pectoraux et ses abdos sont parfaitement dessinés et son tatouage s'affiche juste devant mes yeux.

Je me perds dans la contemplation de l'encre qui s'étale sur sa peau… Un jaguar stylisé entouré de feuilles de palmiers, en y regardant de plus près, je distingue également un aigle caché dans la végétation.

— Tu n'as pas fait tes valises, fait remarquer Erhan.

Ses mots ont le mérite de me tirer de ma torpeur. Cet homme est aussi insupportable qu'il est canon. En fait, tout irait bien s'il ne parlait pas, car il suffit qu'il m'adresse la parole pour que les choses tournent mal.

Erhan semble attendre une réponse de ma part, et je lâche du bout des lèvres :

— Je n'ai pas encore trouvé un autre stage.

Son regard passe de mon visage à mon corps et j'ai la sensation qu'il y laisse une trainée brulante, mais je sais qu'il ne s'agit que d'un effet de mon imagination.

— Peut-être que tu devrais rester.

Sur ces mots, il tourne les talons et s'en va.

Je suis sidérée, aurais-je mal entendu ? Erhan qui, jusqu'à hier, m'encourageait à quitter le Mexique au plus vite, me propose maintenant de prolonger mon séjour ?

Ce mec est une énigme…

10

Erhan

Je fuis la terrasse plus rapidement que mon ombre. La présence de Maxine agit sur moi comme un aimant, et chaque fois que je suis près d'elle j'ai envie de faire des choses plus bêtes les unes que les autres… Le désir de la prendre là sur son transat m'a même traversé l'esprit ! Il faut que je me change les idées avant de disjoncter.

Les filles de la villa d'à côté m'accueilleront volontiers alors je passe à travers la haie qui sépare les deux logements. Je ne peux pas m'empêcher de penser à Beatriz et à ce qu'elle m'a demandé de faire cet après-midi. Cette femme est machiavélique, et le pire c'est que je suis entré dans son jeu en suggérant à Maxine de rester.

— Salut, Erhan, lance Kirsten.

La conseillère de mode m'interpelle au moment où je marche près de la piscine de leur villa. Elle m'adresse un clin d'œil complice. Pour une raison que je ne m'explique pas, je m'entends super bien avec elle.

— Tu veux une bière ? Ou autre chose ? propose-t-elle.

Je décline d'un mouvement de la tête et m'assieds sur un fauteuil d'extérieur.

La jeune danoise sirote ce que je devine être un cocktail alcoolisé.

— Dure journée ? demandé-je.

— La routine… Un tas de clientes plus exigeantes les unes que les autres.

— Tu as combien de mariées à préparer en ce moment ?

Je lui pose des questions plus pour m'enlever de l'esprit la sylphide qui ne se trouve qu'à quelques mètres de nous, derrière la palissade, plutôt que par curiosité véritable.

Kirsten n'est pas dupe :

— Depuis quand ça t'intéresse ?

Je hausse les épaules sans répondre. Mon amie sirote sa boisson avant de reprendre :

— Tu vas me parler de la nouvelle ?

Mon regard se dirige machinalement vers la clôture.

— Il n'y a rien à dire…

Kirsten s'esclaffe.

— À voir ta tête, je parierais qu'il y a plein de choses à dire, au contraire.

— Peut-être que je n'ai pas envie d'en discuter.

— Tu attises encore plus ma curiosité, là !

Le regard de Kirsten pétille de malice, et je suis tenté de lui avouer la vérité à propos de Maxine et moi. Mais je me ressaisis vite. Il est inutile de s'attarder sur le passé, surtout quand on sait que Maxine sera bientôt de retour en France.

Je me rencogne dans le fauteuil tout en réfléchissant. Beatriz a été très claire et je n'ai aucun doute sur ce qu'elle fera si je ne lui obéis pas. Mais demander à Maxine de rester ici revient à faire une croix sur ma vie telle que je l'ai bâtie depuis trois ans.

— Je ne sais pas quoi faire, soufflé-je.

Les mots s'échappent sans que je ne puisse les retenir.

Un bruit de paille qui aspire le fond d'un verre me répond. Je lance un regard en coin à mon amie.

— Tu as quelque chose de différent, constate-t-elle

enfin.

Je fronce les sourcils. Maxine me chamboule-t-elle plus que je ne le pensais ?

— Je ne sais pas si les autres le voient, mais pour moi c'est évident, Erhan.

Kirsten a une sorte de sixième sens qui est impressionnant, elle arrive à cerner les gens comme personne. Sauf que cette fois, c'est moi qui suis dans son collimateur, et je trouve ça moins amusant que quand elle le fait avec nos amis.

Je décide de changer de sujet :

— Où tu en es avec Gabriella ?

Kirsten pique aussitôt un fard. On peut dire que c'est l'arroseur arrosé : je lui applique son propre traitement.

— Elle refuse de me parler, avoue-t-elle d'une petite voix.

Les propos de Beatriz me reviennent en tête : les salariés de l'hôtel ne sont pas censés avoir de relation entre eux dans les villas. Autant essayer d'éteindre un feu de forêt avec un pistolet à eau… Comment peut-on empêcher des jeunes gens qui profitent de la vie de se rapprocher ?

L'hypocrisie de la *licenciada* est loin de m'échapper. Elle était la première à me faire du rentre-dedans à mon arrivée, mais elle prétend donner des leçons de morale aux autres employés ?

Je reporte mon attention sur Kirsten :

— Je ne suis pas le mieux placé pour te conseiller…

L'image de Maxine passe dans ma tête.

— Mais si tu veux mon avis, il faut que vous mettiez les choses à plat.

Je me surprends moi-même. D'habitude, je fuis ce genre de discussion. Je préfère m'amuser sans penser au lendemain, et je peux dire que jusqu'à maintenant, ça m'a réussi. Mais l'arrivée de Maxine a le même effet que la présence d'un chien dans un jeu de quilles : tout est chamboulé. Mon ex n'a pourtant rien fait pour ça. Si je suis honnête, je reconnais qu'elle aurait pu être bien plus dure avec moi après ce que je lui ai fait…

— Je serai là quand elle le voudra, répond Kirsten à contretemps.

Elle n'a manifestement aucune intention de faire le premier pas.

— Parfois, il faut savoir mettre son égo de côté pour mieux avancer.

Son regard se plisse tandis qu'elle m'observe :

— Pourquoi j'ai l'impression que tu n'appliques pas ton propre conseil ?

J'ouvre la bouche pour répondre, avant de la refermer. Force est d'admettre qu'elle a raison. Je ne peux pas prétendre lui donner des leçons, d'ailleurs ce n'est pas mon genre. Sans compter que ma relation avec Maxine est le parfait contrexemple à ce que je viens de lui dire.

***

La fête bat son plein au *Captain Frog*. Ce club situé au bord de la plage est notre repaire à la team et moi. J'y ai mes entrées et je connais le staff qui nous offre toujours des consos. En même temps, on leur rapporte un chiffre de dingue, car certains clients de l'hôtel viennent squatter ici uniquement parce que nous y sommes.

La particularité de l'établissement réside dans ses danseurs qui s'emploient à donner du bon temps aux jeunes femmes qui se déhanchent entre et sur les tables. L'ambiance est torride… Des couples éphémères se forment juste pour la soirée, et surtout pour une nuit mémorable.

Je suis le premier à faire du club mon terrain de chasse et à raccompagner certaines femmes jusqu'à leur chambre, mais pas aujourd'hui. Non, car comme la veille, mon attention est rivée à la silhouette magnifique de Maxine.

Elle a bronzé cet après-midi et son teint est lumineux. Sa robe dévoile ses jambes parfaites. Je sais qu'elle s'est fait des amies dans le groupe et que Kirsten a joué un rôle prépondérant dans son choix de tenue. En fait, j'ai pris la tangente au moment où Maxine est arrivée dans la villa des filles. Je ne peux pas me trouver en sa présence sans avoir des pensées lubriques.

Tu es un mort de faim, mon gars.

De fait, je n'ai pas couché avec une femme depuis une semaine. C'est peu pour certains, mais c'est énorme pour moi. J'ai tendance à me considérer comme un épicurien : la vie ne doit être qu'une suite de plaisirs sinon elle ne vaut pas la peine d'être vécue.

Maxine serait un mets de choix… Je secoue la tête et descends le reste de mon verre avant de me lever. L'occupante de mes pensées est en train de danser avec Santi qui semble s'accaparer ses faveurs à la moindre occasion.

J'aimerais croire que c'est l'alcool qui me contrôle, mais je suis en pleine possession de mes moyens. Donc j'ai tout à fait conscience de ce que je fais tandis que je m'approche de Maxine et Santi sur la piste. Mon ex me tourne le dos et ne me voit pas, mais mon coloc m'aperçoit.

D'un mouvement de la tête, je lui fais signe de bouger, et il capte mon message, car il s'écarte de Maxine. Il ne rechigne pas, ce qui me laisse entendre qu'il n'est pas autant à fond sur elle qu'on pourrait le penser.

Mes mains se placent sur les hanches de Maxine au moment où je me plaque contre son dos. Elle tente de se dégager de mon étreinte, sans doute parce qu'elle ne sait pas qu'il s'agit de moi. Quoique… À bien y réfléchir, je ne suis pas certain qu'elle accepterait que je la touche même si elle m'avait reconnu.

Je la retiens fermement et glisse à son oreille :

— Je vais te montrer ce que c'est que de danser.

Mes propres mots me paraissent ridiculement prétentieux, mais je m'en fous. Les mains de Maxine sont posées sur les miennes, et elle n'essaie plus de s'échapper.

Je plaque mon bassin contre ses fesses, leur imprimant un rythme plus lascif. Je suis étonné de constater que nos corps bougent à l'unisson sans aucun effort.

Peut-être que notre attraction est plus que de la simple énergie sensuelle ?

Je chasse tout de suite cette pensée pour me concentrer sur les fesses de ma partenaire qui appuient contre mon bas-ventre. D'un geste rapide, je la fais pivoter face à moi. Les lèvres de Maxine sont entrouvertes et je devine plus que je n'entends le petit cri de surprise qui s'en échappe.

Nos regards se trouvent, mon front se pose contre le sien tandis que j'imprime un mouvement à nos deux corps. Le son des basses semble transpercer tout mon être, le ressent-elle aussi ?

Peu importe. Je la dirige sur la piste et la bachata enfiévrée que nous dansons menace d'embraser toutes mes terminaisons nerveuses. Non, en fait, je suis en feu, électrisé par la musique autant que par Maxine.

Cette femme est une sorcière. Il n'y a pas d'autre explication ! Sans même avoir l'air de faire quoi que ce soit, elle me pousse dans mes retranchements. Je sais qu'en l'approchant, je risque de me bruler les ailes, mais je suis esclave de mes sens, et en cet instant, ils sont tous à l'agonie. Je meurs d'envie de la gouter, de la caresser, de la sentir et de l'entendre gémir mon prénom…

Mes mains remontent le long du dos de Maxine, frôlent le velouté de sa peau. Je sens les frissons qui la parcourent et mes lèvres s'étirent en un petit sourire en coin.

Mon regard trouve le sien. La surprise s'efface au profit du désir. J'ai assez d'expérience pour reconnaitre cette lueur particulière qui embrase les prunelles de mes conquêtes, Maxine n'y échappe pas. Et je sais que le mien trahit la même impatience.

La réaction dans mon pantalon ne laisse aucune place au doute : j'ai envie de Maxine. Ce désir inassouvi me hante depuis des années.

Nous dansons ainsi sans aucune pudeur. Ma jambe se glisse entre les siennes, nos bassins ondulent à l'unisson l'un contre l'autre. Plus rien ne compte que sa présence, son odeur, sa douceur.

Nos souffles se mêlent quand mes lèvres avancent près des siennes. Les paupières de Maxine se ferment, elle attend mon baiser qui ne vient pas. Je reste suspendu là, incapable de m'éloigner ou de m'approcher. Je crois que j'ai atteint ma limite. Embrasser Maxine signerait ma perte, car je sais que je ne pourrai pas contrôler la réaction en chaine qui se produirait ensuite…

Elle rouvre les yeux, une lueur interrogative au fond de ses prunelles. Sa main se place sur ma nuque et ses ongles griffent ma peau en un premier geste qui exprime sa frustration.

Un petit sourire de satisfaction étire mes lèvres. Je ne peux pas m'empêcher d'être content de ce que je provoque en elle, mais le retour de flamme n'est jamais loin quand il s'agit de Maxine, et sans prévenir, elle se détache de moi.

Je reste immobile sur la piste de danse à observer sa démarche chaloupée tandis qu'elle s'en va.

11

Maxine

Erhan n'est qu'un connard !

Je me raccroche à cette pensée tout le temps que dure le trajet de retour à la villa, mais je ne peux pas éviter de croiser son regard dans le rétroviseur central puisqu'Erhan est au volant, et que je suis assise sur la banquette derrière lui. Santiago et Kirsten sont à côté de moi tandis qu'Alejandro occupe le siège passager.

Mon corps vibre toujours de cette énergie chaude et sensuelle qu'Erhan a instillée en moi lorsque nous étions sur la piste de danse. Je ne comprends pas comment il peut me faire cet effet : ma tête dit non, mais le reste de mon être hurle un oui franc et sans appel. Il en faudrait tellement peu pour que je cède…

Est-ce que ce serait si grave ?

La dernière fois que nous avons été proches, Erhan m'a brisé le cœur, alors c'est vrai, ce serait dangereux de lui laisser l'accès libre. Il serait carrément capable de faire des ravages pires que les précédents !

Pour échapper à ses iris turquoise qui semblent scintiller dans la pénombre, je ferme les yeux. Évidemment, je ne dors pas. D'ailleurs, il est probable que je n'arrive pas à trouver le sommeil de toute la nuit, surtout quand je sais qu'Erhan sera dans la même pièce, allongé à quelques

83

mètres de moi seulement.

Lorsque la Jeep se range devant la maison, je suis la première à en sortir. Je prends la fuite, même si je suis consciente que ma chambre ne sera pas tout à fait un refuge puisqu'il m'y rejoindra tôt ou tard...

J'allume la lampe de chevet et reste immobile un instant, les yeux rivés aux ombres qu'elle projette sur le mur blanc, essayant de remettre de l'ordre dans mes pensées. Il ne faut pas que j'aille dans cette voie, je n'en ressortirai pas indemne.

Et si ce n'était que pour le sexe ?

Impossible de savoir si ça me conviendrait, car je n'ai jamais eu ce genre de relation sans lendemain avec un homme.

Mais tu vas rentrer en France, tu ne le reverras plus.

Sans que je ne comprenne pourquoi, ma raison semble avoir décidé de jouer l'avocat du diable, et je suis forcée d'admettre qu'une part de moi est prête à entendre ses arguments.

Mon cœur bat sourdement, et le son de la porte qui s'ouvre et se referme derrière moi en accélère les pulsations.

Les pas d'Erhan s'approchent de moi avant de s'arrêter. Je sens sa présence dans mon dos, mais ne trouve pas le courage de lui faire face. Quelle sera sa réaction en lisant le désir dans mes yeux ? Je ne donne pas cher de ma peau...

Soudain, il effleure mon bras du bout des doigts, provoquant des frissons sur son passage. Je déglutis difficilement, mords ma joue pour m'empêcher de laisser échapper un soupir de contentement quand la main d'Erhan se place sur mon épaule.

Quels que soient les efforts que j'ai dû faire jusque-là,

ce n'est rien en comparaison du tourment qui m'assaille au moment où les lèvres d'Erhan déposent un baiser dans mon cou.

Je souhaiterais trouver la force de me détacher de lui, de me soustraire à son étreinte, mais déjà ses doigts se rivent à mes hanches, plaquant mon bassin contre le sien. Exactement comme sur la piste de danse. Et je peux à nouveau sentir l'érection d'Erhan qui se presse contre mes fesses.

Ma gorge est nouée par l'excitation et l'appréhension mélangées. Mon corps le désire, d'une manière brute et animale, alors que ma tête essaie de tirer la sonnette d'alarme.

Fuis, Maxine, cours tant que tu le peux encore.

Même ma raison semble enfin se rendre compte du danger que représente Erhan, pourtant il est trop tard. La tension qui envahit mon ventre et se répand dans mes veines accélère ma respiration et me donne envie de tellement plus.

Les mains d'Erhan se font plus possessives, soulèvent ma robe pour se faufiler sous le tissu et explorer ma peau frissonnante.

Je sens son sourire contre mon cou :

— Tu m'as manqué, Max.

De belles paroles, voilà ce qu'il est en train de me donner, mais je m'en fiche. J'ai l'intention de rentrer en France, alors autant en profiter avant de retourner à ma petite vie bien rangée.

Cette voie que j'emprunte me parait désormais fade en comparaison avec le soleil et les couleurs mexicaines, ici tout brille et chatoie, c'est un kaléidoscope de senteurs et d'expériences nouvelles. Et j'adore ça. Je ne l'avais pas encore compris, mais c'est la stricte vérité : j'apprécie déjà ce coin de paradis qui commence tout juste à me révéler ses secrets.

Erhan interrompt le fil de mes idées en me faisant pivoter, puis il place un index sous mon menton et soulève mon visage. Ses iris turquoise me sondent et je manque m'y noyer. J'ai l'impression de sauter dans un *cénote*, une de ces cavités d'eau douce qui percent le sol du plateau du Yucatan.

Nos regards sont rivés l'un à l'autre, comme si l'on cherchait à deviner nos pensées respectives, ou bien à percer à jour nos intentions.

L'attention d'Erhan dévie vers mes lèvres qui s'entrouvrent en réponse. Il se penche avec une lenteur infinie, mais je n'y tiens plus : je crochète sa nuque et l'attire à moi. Je m'empare de sa bouche telle une affamée. Et il est tout à fait juste de dire que j'ai envie de le dévorer. Sa peau, son regard, ses bras m'ont manqué.

Tout ce que nous faisons se passe de mots, parce que nous savons très bien que dès que nous commencerons à parler, le charme sera rompu. Or ce n'est pas ce que je souhaite. Tout ce qui m'importe maintenant, c'est d'assouvir mon désir.

Erhan m'attire vers mon propre lit sans que je manifeste la moindre résistance, au contraire, j'accompagne son mouvement et le fais basculer avec moi.

Nous tombons sur le matelas, Erhan au-dessus. Il se fige et me dévisage un court instant. Ses yeux turquoise me sondent, peut-être à la recherche d'un signe qui le ferait arrêter, mais je ne compte pas lui fournir une raison de s'éloigner de moi. Pas cette fois.

Sans prévenir, je m'empare à nouveau de ses lèvres, et il ne me repousse pas. Sa langue se fraie un passage dans ma bouche avant de venir caresser la mienne. Un petit soupir de contentement m'échappe quand Erhan descend le long de mon cou puis de mon décolleté.

Ses mains entreprennent de remonter le long de mes cuisses, et je me cambre. J'ai la sensation que je ne contrôlerai bientôt plus rien, mais ça ne m'ennuie pas. Je n'aspire plus qu'à me livrer à lui, sans aucune réserve.

Advienne que pourra, et j'ai le sentiment que ce sera du plaisir. Oui, ça Erhan sait très bien le faire, au moins aussi bien qu'il arrive à me maintenir à distance quand il l'a décidé.

Quelque part, j'ai conscience de faire preuve d'une forme de faiblesse à le laisser s'approprier ainsi chaque centimètre de mon corps, mais cela n'a plus aucune importance. C'est l'instinct qui parle maintenant et je compte bien rattraper le temps perdu ces trois dernières années.

***

Quand je me réveille, je suis seule dans mon lit. J'ai besoin d'un petit moment avant de me souvenir de ce que nous avons fait… Quelle nuit !

Le moins que l'on puisse dire est que nous étions en forme…

Je roule sur le côté et mon regard rencontre le lit vide d'Erhan. Je récupère mon téléphone sur la table de chevet et constate qu'il est plus de dix heures ! Je me lève rapidement et passe une robe avant de faire une toilette sommaire, obsédée par l'idée que je suis en retard pour aller au travail.

Okay, je ne compte pas rester stagiaire à *l'Ek' Dream Luxury*, mais ça ne veut pas dire pour autant que je me fiche de tout.

Le calme qui règne dans la maison me renseigne assez

vite : les mecs sont déjà partis. Je redoute de savoir ce qu'Erhan a bien pu leur dire pour justifier mon absence. Le rouge me monte aux joues en pensant qu'il a pu leur révéler ce que nous avons fait ensemble…

Je quitte précipitamment la villa avant de me rendre compte que je n'ai aucun moyen de locomotion. Je suis debout face à la maison, le regard perdu dans le vide et l'esprit en déroute.

L'attitude d'Erhan est incompréhensible. Pourquoi ne m'a-t-il pas réveillée ? Est-ce qu'il va encore jouer au connard avec moi maintenant qu'il a eu ce qu'il désirait ?

Toi aussi tu en avais envie.

Oui, c'est la stricte vérité. Je ne veux pas passer pour la fille faible qui s'est laissé convaincre de faire quelque chose qu'elle ne souhaitait pas. Non, je convoitais Erhan, et j'ai fait tout ce dont j'avais envie. Il n'y a aucun mal à ça.

J'en suis là de mes réflexions lorsque je vois Kirsten sortir de la villa d'à côté. La jeune styliste m'aperçoit tout de suite et m'adresse un sourire avenant :

— Salut, Maxine. Tu as besoin d'un chauffeur ?

Le soulagement d'avoir trouvé un moyen de me rendre au travail n'atténue en rien le ressentiment que j'éprouve envers Erhan. Il ne perd rien pour attendre.

Je réponds à ma sauveuse :

— Oui, merci.

Nous grimpons dans une des Jeeps des filles et Kirsten s'engage sur la route.

— Heureusement que tu étais là, fais-je remarquer.

Ma conductrice me lance un regard curieux, mais ne réagit pas. C'est préférable, car je n'ai aucune envie de m'étaler sur les raisons de ma présence ce matin.

Je devrais déjà être au théâtre…

— Gabriella va être furieuse, marmonné-je.

— Elle n'est pas méchante... juste un peu autoritaire, commente Kirsten. Il faut savoir comment s'y prendre avec elle. Même si moi je n'y arrive pas toujours.

Cette fois, c'est à mon tour de la dévisager avec curiosité. J'ai l'impression que Kirsten parle plus pour elle-même que pour moi :

— Gabriella est la plus belle personne que je connaisse, elle est prête à tout pour défendre ceux qu'elle aime. Et je crois savoir qu'elle t'apprécie, Maxine.

Je ne vois pas quoi répondre à ça alors je garde un silence prudent.

Le trajet se poursuit sans que nous n'échangions plus. Je sens bien qu'il y a quelque chose entre la chorégraphe et la styliste, mais quoi ?

Réfléchir à leur situation a au moins le mérite de me distraire de mes propres problèmes. De toute façon, ils me rattraperont bien assez tôt.

— Erhan n'est pas méchant, lui non plus, reprend Kirsten.

Aïe ! Sans le vouloir, elle s'avance en terrain miné. Mon ex est loin d'être dans mes petits papiers là tout de suite, et je ne sais pas encore quoi penser de cette nuit que nous avons passée ensemble, ni de son attitude ce matin.

Il a pris la fuite, encore une fois.

Je ne peux pas m'empêcher de faire le rapprochement entre ce qui est en train de se produire et notre rupture d'il y a trois ans. Or je ne suis pas prête à revivre ça.

— Il est un peu brut parfois, je le reconnais, ajoute Kirsten.

Je lâche un petit ricanement.

— C'est le moins que l'on puisse dire...

La styliste tourne la tête dans ma direction, mais je reste concentrée sur la route qui défile à travers le parebrise.

— Je ne sais pas ce qu'il t'a fait, mais je suis certaine qu'il n'avait pas l'intention de te faire du mal.

Soit Kirsten est médium, soit on peut lire en moi comme dans un livre ouvert. Dans un cas comme dans l'autre, ça me tape sur les nerfs.

— Qui dit qu'Erhan m'a fait quoi que ce soit ? me re-biffé-je vivement.

Je tourne la tête vers la jeune femme pour appuyer mes propos.

Elle a un petit rire qui désamorce la situation.

— Okay, Maxine. Désolée, je ne voulais pas me montrer intrusive. Si tu as besoin de parler à quelqu'un, je suis là.

Je ne réponds rien, et serre les dents. Erhan ne perd rien pour attendre, je compte m'expliquer avec lui, et cette fois, il va m'écouter.

12

Erhan

Maxine va m'en vouloir à mort. Je ne suis pas assez bête pour croire le contraire, mais je ne pouvais pas rester près d'elle ce matin…

La sensualité qui émane d'elle sans qu'elle n'en ait conscience est un appel incessant à la luxure, et je sais bien que je ne suis pas le seul que ses charmes attirent. Mes colocs ont été assez explicites sur le chemin du boulot. Et tout ce que j'ai pu faire, c'est serrer les dents et me focaliser sur la route alors que mon corps n'avait qu'une envie : proclamer ma souveraineté sur un nouveau territoire.

Cet instinct est à peu près digne d'un homme des cavernes, et c'est bien ce qui me pose problème : Maxine réveille une part de moi que je ne veux pas voir émerger.

Je relis le même e-mail pour la troisième fois sans parvenir à me concentrer. De toute évidence, Maxine s'est invitée dans ma tête comme elle est arrivée dans ma chambre : par surprise.

Oui, c'est ça ! J'ai été tellement étonné de la découvrir ici que je me suis laissé aller à faire n'importe quoi. Comme la nuit dernière…

Je peux encore sentir son gout sur le bout de ma langue, ou du moins ma mémoire olfactive m'en donne l'impression. Et ce n'est pas bien du tout. Il faut que Maxine parte, il en va de ma santé mentale autant que de mon avenir professionnel. Car je n'ai aucune illusion sur ce qu'il se produira si elle reste, or je ne veux pas changer ma vie, elle était parfaite avant la venue de Maxine et j'entends qu'elle le redevienne.

Mu par l'instinct, je quitte mon bureau pour me rendre à celui de la *licenciada*. Beatriz m'accorde un coup d'œil ennuyé quand je frappe à sa porte qui est ouverte.

Je suis étonné de ne pas voir Salina dans le coin, mais elle doit sans doute remplir une mission pour sa boss. Et quand je songe à la capacité de nuisance de la DRH, je me demande comment la jeune assistante arrive à travailler avec elle.

— Qu'est-ce que tu veux Erhan ?

Le ton sec de Beatriz ne me déstabilise pas, j'en ai l'habitude. Je me suis souvent interrogé sur la santé mentale de cette femme, envisageant même qu'elle soit bipolaire. De fait, elle peut passer du mode séduction à la froideur la plus totale en moins de temps qu'il n'en faut à une Koenigsegg Gemera pour aller de zéro à cent kilomètres-heure[4].

— Je voulais te parler de...

Je réfléchis un instant pour trouver la meilleure manière de présenter le chantage qu'elle a mis en place.

— De la mission que tu m'as confiée.

Cette fois, le visage de Beatriz s'illumine, mais ce n'est pas la joie qui l'anime, non, il s'agit de malveillance. Ce que je peux percevoir en elle me fait serrer les dents. Si c'était un homme, je lui aurais certainement mis mon poing dans la figure depuis longtemps.

Et tu n'aurais pas couché avec.

Ce brusque rappel à l'ordre de ma raison me hérisse. Je sais que j'ai commis une grossière erreur en ayant une relation avec la DRH, mais je ne peux plus rien y changer.

— A-t-elle prévu de rester comme je te l'ai demandé ? s'enquiert Beatriz.

Je fronce les sourcils et secoue la tête pour dire que non, même si je suis conscient que ce que Maxine et moi avons fait cette nuit complique tout...

Un éclair de fureur à peine masqué traverse le regard de Beatriz :

— Tu peux t'en aller. Je ne veux pas te revoir avant que tu n'aies réussi à la convaincre.

Je me sens comme un gamin qui vient de se faire rabrouer par un adulte et ça me tape sur le système. Pour qui se prend-elle à la fin ? Je ne lui dois rien du tout !

— Je ne le ferai pas.

Les bras croisés sur mon torse en guise d'affirmation, je reste planté debout devant son bureau.

La *licenciada* me dévisage, elle a mis son masque d'indifférence qui fait que je me méfie encore plus d'elle. Quand elle est dans cet état, elle est capable des pires bassesses...

Enfin, elle se lève, contourne son bureau et vient se poster près de moi. Son parfum me parvient et j'ai presque envie de vomir. Cette femme, derrière un physique avantageux, est un monstre.

— Tu le feras, Erhan. Parce que tu tiens trop à ta petite vie ici, à ce poste que tu occupes et à ta position hiérarchique. Je te connais plus que tu ne le crois.

Je ne sais pas si ses mots sont une menace ou bien si elle pense vraiment ce qu'elle dit. Et force est de reconnaitre qu'elle n'a pas tort. Je suis convaincu que si elle le souhaite, Beatriz est capable de faire de ma vie un enfer si elle se met à contacter les DRH du coin.

Mon regard se plante dans le sien, je ne veux pas lui montrer qu'elle gagne du terrain :

— Pourquoi tiens-tu autant à ce que Maxine reste ?

Une lueur de satisfaction passe sur son visage juste avant de se changer en mépris :

— Mon pauvre Erhan, tu aimerais jouer dans la cour des grands, mais il y a tellement de choses qui t'échappent... Tu n'as aucune idée de ce que c'est que d'être un adulte.

Je ne sais même pas comment je fais pour ne pas disjoncter quand elle me parle de cette manière. Elle me traite comme un moins que rien et une part de moi la laisse faire, pourquoi ?

Beatriz me tourne le dos et regagne son fauteuil sans plus se soucier de moi. Je quitte le bureau, la rage vissée au corps et le cœur en berne.

Manipuler les gens ne fait pas du tout partie de mes compétences ni de mes tendances naturelles. La *licenciada* a une idée derrière la tête, et elle a décidé de m'utiliser comme instrument pour atteindre ses objectifs.

***

Je ne peux pas bosser de toute la journée tant je suis sur les nerfs. Si je m'écoutais, je ficherais le camp de cet hôtel, voire de ce pays, mais quelque chose me retient de le faire. Je suis heureux ici, et c'est bien la première fois de ma vie que ça se produit. Enfin, c'était parfait avant que l'arrivée de Maxine ne fiche tout en l'air.

Pour me changer les idées, je me rends au théâtre. Je sais que le groupe est parti depuis une bonne heure et j'ai besoin de me défouler. Peut-être qu'après ça, je trouverai une solution pour me sortir de ce guêpier.

À mesure que je progresse dans les coulisses, je me rends compte que je ne suis pas seul : de la musique me parvient. Les rideaux noirs qui masquent la scène me permettent d'approcher sans me faire remarquer.

Une silhouette fine évolue sur les planches. Je m'arrête net en reconnaissant Maxine. Son petit visage est concentré tandis qu'elle enchaine les mouvements que Gabriella lui a certainement appris.

Je ne savais pas qu'elle était capable de danser. Enfin, je me suis bien rendu compte qu'elle avait le sens du rythme, mais je n'aurais pas cru qu'elle pourrait vraiment faire partie de la troupe de *l'Ek' Dream Luxury* et je me suis trompé.

Sa silhouette gracile habite l'espace, à travers ses mouvements, elle raconte une histoire et je me laisse embarquer malgré moi.

Sans même en avoir conscience, je marche dans sa direction. Quand Maxine m'aperçoit au détour d'une pirouette, elle se fige.

La musique continue à jouer tandis que nous nous observons en silence. Je peux lire les émotions qui se succèdent en elle : la surprise, la colère, le ressentiment. Mais également, le défi.

Et c'est ça qui m'attire à elle et me pousse à saisir sa main. Nous n'avons pas besoin de parler pour commencer à bouger en rythme. Tout s'instaure avec simplicité, comme si nous avions toujours fait ça.

Si hier sur la piste de danse du bar j'ai tout fait pour la séduire, aujourd'hui, sur cette scène, Maxine m'échappe. Le paradoxe me saisit : je la tiens dans mes bras, pourtant je ne l'ai jamais sentie aussi éloignée de moi.

Elle t'en veut.

Et elle a raison. Ce constat devrait me suffire pour arrêter mes conneries, mais ce n'est pas le cas.

Nous évoluons ensemble, chacun prenant le leadership à tour de rôle. Tantôt Maxine m'invite à l'approcher et nos bassins balancent en cadence, tantôt elle me repousse. Nos mouvements sont fluides et j'en oublie jusqu'aux motifs qui font que je ne danse plus sur scène depuis longtemps.

Une pulsion intense et vibrante me saisit aux tripes, je me sens plus vivant.

Mais soudain, la musique s'éteint, et notre élan retombe comme un soufflé. Nous nous dévisageons dans un silence tendu, constellé de non-dits et de ressentiment.

Et je bats en retraite. Je me réfugie derrière cette façade froide et distante.

— Tu n'as pas changé, murmure Maxine.

Je perçois le reproche sous-jacent, je comprends pertinemment qu'elle ne parle pas de la danse, mais de notre passé et de cette nuit. Je suis responsable de tous les griefs qu'elle a contre moi, ce qui ne veut pas dire que je suis prêt à les entendre pour autant.

Je hausse les épaules :

— Tu savais à quoi t'attendre.

Maxine cille plusieurs fois, je sens bien qu'elle essaie de ne pas montrer que mes mots la touchent. Enfin, elle redresse le menton d'un air fier.

— Va te faire foutre, Erhan.

Puis, elle tourne les talons et quitte la scène. Je la laisse s'en aller. Que pourrais-je faire d'autre ? Lui courir après pour m'excuser, pour lui avouer qu'elle compte beaucoup pour moi et que j'ai merdé il y a trois ans ? Je ne peux pas faire ça, autant dire que tout ce que j'ai fait jusqu'ici n'a aucune valeur. Impossible. J'ai choisi chaque étape de ma vie depuis que j'ai postulé pour obtenir ce stage de fin d'études, le même que Maxine est en train de faire, et mes décisions m'ont rendu heureux.

Vraiment, tu en es certain ?

Je tais la voix de ma conscience, je ne suis pas d'humeur à refaire le monde à coup de « et si ».

Je remets de la musique, plutôt hip-hop cette fois, et me laisse aller sur la scène. Je ne l'ai pas fait depuis très longtemps et j'ai l'impression de mieux respirer tout à coup.

Emporté par le tempo autant que par mes émotions qui se fondent les unes aux autres pour ne former qu'une boule au creux de mon ventre, je bouge. Les pas me viennent naturellement et avec fluidité, comme si une part de mon être avait continué à danser dans mon inconscient.

J'avais oublié, ou plutôt fait en sorte d'omettre, à quel point la danse me fait vibrer. Et même si je sais qu'il ne s'agit pas d'une voie pour moi, je ne m'arrête pas.

Les séances de coaching sportif d'Isak m'ont permis de me muscler et quand je tente un salto arrière, je suis surpris de constater que j'ai gagné en détente.

Impossible de dire combien de temps je passe sur scène, mais quand je m'immobilise, j'ai le sentiment d'avoir renoué avec une part de moi trop longtemps délaissée.

Et encore une fois, Maxine n'est pas étrangère à ce changement.

— Tu n'as pas perdu la main.

La voix de Gabriella me fait sursauter. La chorégraphe sort des coulisses et me rejoint. Je regrette de ne pas avoir pris une bouteille d'eau et une serviette.

— Il faut que vous fassiez partie du spectacle, ajoute-t-elle.

Je fronce les sourcils et secoue la tête en signe d'incompréhension.

— Maxine et toi, précise-t-elle.

Un rire profond s'échappe soudain de ma cage thoracique, c'est puissant et incontrôlable. La simple idée que je puisse me produire sur scène, avec Maxine qui plus est, me parait complètement ridicule.

Je sais que Gabriella ne lâchera pas l'affaire, elle est plus têtue qu'une mule, alors je rétorque :

— Cette fille n'a aucun sens du rythme et aucune grâce. Je ne m'afficherai pas avec elle.

Puis je tourne les talons et quitte les planches.

$$13$$

Maxine

Les mots d'Erhan ne me quittent pas pendant deux jours. Il me trouve nulle en danse. Je ne prétends pas avoir un niveau professionnel, mais de là à dire qu'il aurait honte de se montrer avec moi sur scène... Ma fierté en a pris un sacré coup.

Après notre petite chorégraphie improvisée, je suis allée récupérer mes affaires en coulisses, et au moment de partir, j'ai entendu de la musique. C'est presque malgré moi que je suis revenue sur mes pas.

Ce que j'ai vu m'a clouée sur place : je savais qu'Erhan dansait, mais rien ne m'avait préparée à ça... C'était juste hypnotique. Sa manière de bouger et d'occuper l'espace était incroyable. Il est fait pour être sur scène, j'en suis convaincue. Je ne comprends pas qu'il passe ses journées dans un bureau alors qu'il devrait intégrer une compagnie professionnelle.

— C'est tout pour cette fois ! lance Gabriella depuis la fosse. Profitez bien de votre temps de repos, je vous veux de retour avec une pêche d'enfer.

La chorégraphe vient de me tirer de mes pensées. Santiago s'approche de moi :

— Allez, suis-moi, on y va.

Il ne semble pas gêné par le fait que je transpire après

cette répétition corsée, et il m'attrape par la taille pour quitter le théâtre.

Nous retrouvons les autres à l'extérieur. Tout le monde est là, à l'exception d'Erhan. Il n'est nulle part depuis hier, il n'est même pas rentré dormir à la villa. Personne ne s'en inquiète, j'imagine qu'il n'y a donc pas de problème.

Les groupes se forment pour partager les places dans les Jeeps. Je m'apprête à suivre Santiago, mais Azura me retient :

— Tu montes avec nous ?

Elle désigne le véhicule des filles, et j'acquiesce. Je commence à bien m'entendre avec elles. Je m'installe sur la banquette arrière, entre Azura et Saffron. Sila est au volant et Gabriella occupe la place passager. La chorégraphe enfile tout de suite ses écouteurs et ferme les yeux. Le message est clair : elle veut se reposer. Ce qui n'est pas le cas de ses colocataires qui me lancent de drôles de regards dans la voiture. À l'exception de Saffron qui est perdue dans ses réflexions.

— Alors, comment tu trouves le Mexique ? me questionne Sila par rétroviseur interposé.

Du coin de l'œil, je remarque que l'attention d'Azura est fixée sur moi. Je m'interroge sur ce que je peux leur dire. J'écarte Erhan de mes pensées, de toute façon, qu'il soit là ou pas ne change rien.

Ah oui, vraiment ?

Si je suis parfaitement honnête avec moi-même, Erhan fait partie de cette expérience, mais je ne sais pas encore s'il y apporte du positif ou du négatif.

Je me ressaisis :

— J'ai très envie d'apprendre à connaitre ce pays. Tout me parait étrange et nouveau ici, et pour être sincère, c'est bien plus cool qu'en France.

— C'est certain, répond Sila. Si tu veux mon avis, il n'y a pas meilleur endroit pour vivre. Franchement, qui se lasserait de ce genre de vue et de ce climat de dingue ?

Elle désigne la jungle qui entoure la bande d'asphalte et le ciel dégagé. Le soleil est plus bas en cette fin de journée, mais la température reste élevée.

— Perso, je me passerais bien des moustiques, mais en dehors de ça, c'est le paradis sur Terre, renchérit Azura.

La conversation continue sans que Saffron n'intervienne, et Gabriella semble endormie sur le siège avant.

Je me surprends à penser que je pourrais m'habituer à cette vie.

D'ailleurs, tu n'as encore rien fait pour trouver un nouveau stage.

Je ressens une pointe de remords. Je devrais être plus active, me bouger pour chercher une autre entreprise dans laquelle effectuer ma mission de fin d'études, au lieu de quoi je me laisse vivre. La chaleur typique de la Riviera Maya semble avoir un effet apaisant sur mon naturel anxieux.

À moins que ce ne soit un certain brun au regard hypnotique qui ne te fasse rester...

Erhan… Encore et toujours lui. Depuis que je suis arrivée, il est partout, surtout dans ma tête.

Je suis plutôt du genre à faire face à mes émotions, à observer et analyser froidement mes comportements et mes pensées. Et pour le coup, cette fois, j'ai bien du mal à le faire. Dès qu'il s'agit de mon ex, mes réactions sont disproportionnées. Je me surprends moi-même à souhaiter des choses auxquelles je n'ai jamais rêvé. Comme rester ici, continuer ce stage bidon qui ne m'apportera rien dans ma carrière future, si ce n'est une amélioration de mon niveau d'espagnol et de danse.

Mais je doute qu'une entreprise soit séduite par le fait que sa contrôleuse de gestion soit capable de se produire sur scène tous les jours.

— La soirée s'annonce super ! s'enthousiasme Azura. Le *Captain Frog* va être bondé et j'espère vraiment que le serveur que j'ai repéré l'autre fois sera là !

Ma voisine de siège glousse, Sila sourit et même Saffron semble se dérider un peu. La jeune britannique est la plus discrète du groupe, mais j'aimerais apprendre à la connaitre alors je décide d'engager la conversation :

— Et toi, l'Europe ne te manque pas ?

Son regard clair se pose sur moi.

— Tu me demandes si je regrette le brouillard et la pluie londonienne ?

Je ris tout bas :

— C'est sûr que présenté comme ça...

Elle a un petit sourire et continue :

— Le plus difficile pour moi c'était de m'adapter à la nourriture, maintenant j'ai besoin de ma dose hebdomadaire de tacos.

— Tu l'as dit ! renchérit Azura. Heureusement qu'on danse presque tous les jours, sinon j'aurais déjà pris dix kilos !

Le trajet touche à sa fin, et je me rends compte que je suis intégrée. Cela fait tout juste une semaine que je suis arrivée, pourtant les filles agissent comme si nous nous connaissions depuis toujours.

Ça me fait du bien d'être membre d'un groupe, moi qui suis solitaire d'habitude.

***

— Debout là-dedans !

La voix masculine me tire d'un réveil où j'étais poursuivie par un beau brun ténébreux qui voulait danser avec moi sur scène…

Je plisse les yeux et reconnais Santiago dans la pénombre.

— Santi ? Qu'est-ce qui se passe ?

Il pousse le battant pour l'ouvrir en grand.

— Il faut te préparer, on part dans vingt minutes.

Je suis de plus en plus perplexe :

— Mais on est de repos aujourd'hui…

Santiago rit.

— C'est le cas ! On a prévu un truc super cool. Allez, viens.

Je repousse le drap et m'apprête à me lever quand mon colocataire revient sur ses pas :

— Tu devrais mettre des vêtements confortables, on va passer du temps dehors. Pense à prendre ton maillot.

Quelques minutes plus tard, je descends et retrouve les garçons déjà prêts à partir. Santi me tend un petit pain sucré dans lequel je mords volontiers.

À l'extérieur, tout le monde est là, à l'exception de Gabriella et Kirsten. Je ne pose pas de question et nous montons dans les Jeeps, Rafael prend le volant de celle des filles.

Santiago s'assied à côté de moi à l'arrière tandis qu'Isak conduit et qu'Alejandro s'installe à l'avant.

Je décide d'interroger mon ami :

— Tu vas me dire où on va ?

Santiago a un air de conspirateur quand il déclare :

— On va faire un tour à la réserve de Sian Ka'an.

J'ai lu des articles à propos de cette zone protégée où la faune et la flore prospèrent en dépit d'un tourisme important.

— On aime bien s'éloigner de la villa et de l'hôtel pendant nos jours de repos, m'explique Santi. Et j'ai pensé que ça te plairait de découvrir les environs.

— Tu as bien fait.

***

Si j'avais déjà vu des photos de la réserve sur Internet, rien ne m'avait préparée à la beauté de l'espace naturel. Ici, tout est luxuriant, les camaïeux de bleu et de vert sont sublimes. Même l'air semble différent…

— Alors ? Ça te plait ? demande mon coloc.

Je me contente de hocher la tête en guise de réponse, perdue dans la contemplation du paysage qui se révèle à nous. Au loin on aperçoit la mer des Caraïbes, les mangroves sont partout et je peux sentir les embruns qui flottent autour de nous.

Des oiseaux s'envolent sur notre passage. La route s'est transformée en une piste de terre blanche qui trace un sillon au milieu de la végétation.

À ma plus grande surprise, le trajet se poursuit sur une bande de terre bordée de chaque côté par la mer. Du moins, c'est ce qu'il me semble.

Après de longues minutes, nous finissons par approcher d'un village, Punta Allen. Le nom que je viens de lire sur un panneau ne me dit rien, mais je suis loin d'être une experte de la région.

Les deux Jeeps se garent face à un petit restaurant. Les habitants qui se trouvent là ne nous prêtent pas vraiment attention.

— Nous sommes dans un village de pêcheurs, m'explique Santiago. Il y a très peu de gens qui vivent dans la réserve, car il s'agit d'un espace protégé.

— Mais il y a beaucoup de touristes, non ?

— Oui, c'est vrai. Sian Ka'an est une sorte d'attraction

locale, avec les effets négatifs que ça engendre parfois…

Je hoche la tête et regarde autour de moi avec curiosité. Le village est assez petit, les routes ressemblent plus à des pistes qu'à de véritables voies de circulation, les bâtisses sont assez disparates en taille, en mode de construction et en couleurs. Il se dégage de l'ensemble une impression de petit paradis perdu. Je me sens tout de suite à l'aise dans cet environnement.

— On fait une courte pause avant de continuer, m'informe Santiago.

De fait, le groupe se dirige vers le restaurant *La Casa del Jaguar*[5].

J'y pénètre à leur suite. Le décor est très simple, le mobilier est fait à base de ce que je pense être du rotin et du bois flotté. Le toit en chaume est visible au-dessus de la salle.

L'ambiance est agréable, assez intimiste pour mettre à l'aise d'emblée. Une odeur de viande rôtie embaume l'air. Il est trop tôt pour prendre le déjeuner, mais j'en ai quand même l'eau à la bouche.

Azura est en train de parler avec une serveuse, ou peut-être la patronne, de l'établissement. J'approche et l'entends passer commande :

— Il nous faudrait neuf panier-repas, s'il te plait.

La jeune femme acquiesce avant de s'éloigner. Azura m'adresse un grand sourire et engage la conversation :

— Tu vas voir, la réserve est magnifique. On va passer une journée dont tu te souviendras longtemps, je t'assure.

Je hoche la tête avant de lui demander :

— Tu as commandé neuf paniers, mais nous ne sommes que huit…

Azura n'a pas l'opportunité de me répondre, car les garçons se mettent à parler dans mon dos :

— Salut, mec ! s'exclame Alejandro.

— On était sûrs de te trouver là, ajoute Rafael.

Je pivote sur mes talons, et suis tout de suite happée par un regard turquoise familier.

Mon cœur accélère sa course, je sens que je rougis. Je compte sur la pénombre et la chaleur pour couvrir ma réaction malencontreuse. Il ne manquerait plus que les autres s'aperçoivent qu'il y a quelque chose entre Erhan et moi...

Tu fais erreur, il n'y a plus rien entre vous.

Je décide d'écouter ma raison et de me montrer rationnelle. Erhan appartient au passé, un passé certes pas si reculé, mais à une phase révolue. Peu importe que mon corps continue à le désirer en dépit de tous les arguments qui font que cette histoire est vouée à l'échec.

Le regard d'Erhan s'éloigne brièvement du mien quand il répond à ses amis. J'ai la sensation d'être plongée dans une sorte de brouillard...

Je retrouve assez de présence d'esprit pour glisser à Azura :

— Je vais attendre dehors.

Et je quitte la salle.

14

Erhan

Depuis que la silhouette de Maxine a franchi le seuil du restaurant, j'ai le sentiment d'avoir le souffle coupé. Mais son départ n'arrange rien. Je me demande si elle me fuit.

Allez, mon gars, tout ce qu'elle fait n'a pas forcément un rapport avec toi.

Je tente de faire bonne figure auprès de mes amis. En d'autres circonstances, je serais content qu'ils soient venus, mais pas cette fois. Aujourd'hui, ils ont amené avec eux la raison de mon trouble.

Maxine ne me quitte plus, et j'ai eu besoin de prendre du recul. Mais comment arriverais-je à faire le point quand elle est partout ? J'ai le sentiment de n'avoir aucun répit, ce qui provoque en moi une réaction mitigée... En suis-je content ou ennuyé ? Pas moyen de le déterminer.

Ces deux derniers jours ici ne m'ont pas permis de mettre mes idées au clair. En fait, plus j'essaie de comprendre où j'en suis, plus les choses se compliquent.

Je reviens à la réalité au moment où Santi s'approche de moi :

— Je ne vais pas y aller par quatre chemins, Erhan...

Le visage de mon ami est très sérieux, presque fermé, voire accusateur. Oh non, je pressens qu'il va se mêler de mes affaires et je dois déjà prendre sur moi pour ne pas l'envoyer bouler.

— Maxine est une fille bien. Vraiment. Alors si tu lui fais du mal, je t'en voudrai.

C'est bien la première fois qu'il me parle ainsi.

— Il n'y a rien entre elle et moi, répliqué-je.

Le regard de Santi m'apprend qu'il n'en croit pas un mot. Et pour tout dire, moi non plus je n'arrive pas à m'en convaincre, ou du moins, cela exige de gros efforts sans cesse renouvelés. Mon coloc ne s'appesantit pas sur ma mauvaise foi qui est assez évidente, il se contente de me lancer un dernier coup d'œil avant de s'éloigner.

Mon regard se perd en direction de la porte par laquelle Maxine est partie. Je me demande ce qu'elle fait dehors...

Je patiente un peu, essayant tant bien que mal de me joindre à la discussion de mes amis, mais voyant que je n'y parviens pas, je me décide à quitter le restaurant.

La chaleur est aussi étouffante à l'extérieur qu'elle l'est dans l'établissement, mais ça n'a aucune importance. Je cherche Maxine des yeux, sans succès.

L'inquiétude me gagne. Elle est dans un pays étranger qu'elle connait mal pour l'instant. Et s'il lui était arrivé quelque chose ?

Tu délires complètement, mon gars !

Je décide de faire un tour dans les environs pour la retrouver. Je n'ai pas à marcher longtemps, car je l'aperçois près de la plage. Elle fait face à la mer, ses cheveux volent autour d'elle.

Plus j'approche, plus l'envie de la prendre dans mes bras grandit, pourtant quand je la rejoins, j'arrive à garder les mains dans mes poches. Il y a des limites que je ne dois plus franchir.

— On va bientôt partir, lancé-je.

J'ai conscience que mon entrée en matière est naze,

mais quand il s'agit de Maxine, j'ai la fâcheuse tendance à perdre mes mots.

Le regard qu'elle me lance m'achève sur place : si elle avait des mitraillettes à la place des yeux, je serais raide mort à cet instant.

— C'est trop *gentil* de me prévenir.

Je fixe ses lèvres qui forment une petite moue ironique en prononçant ces mots, et tout ce qui me vient à l'esprit c'est que j'ai envie de l'embrasser.

Si Maxine ne rentre pas en France, il faut que je me calme et que je prenne mes distances. À ce rythme-là, je ne tiendrai pas longtemps avant de récidiver.

Sans attendre ma réaction, elle fait demi-tour et marche en direction du restaurant. Je la suis, l'esprit en déroute. Que suis-je censé faire ?

Je n'ai toujours pas trouvé la réponse quand le reste du groupe quitte la *Casa del Jaguar* avec les panier-repas.

— En voiture tout le monde ! lance Azura.

Et c'est à l'instant où Maxine fait un pas en direction de la Jeep des filles que j'ai le déclic : j'attrape sa main pour la retenir.

Maxine m'adresse un regard interrogateur.

— Monte avec moi.

La phrase est sortie d'une manière plus sèche que je ne le voulais et je me reprends :

— S'il te plait.

Elle jette un coup d'œil aux autres. Je vois bien qu'elle hésite, alors j'insiste :

— Il faut qu'on parle. Et puis, tu ne trouveras pas de meilleur guide dans le coin.

— Ce n'est pas la modestie qui t'étouffe !

J'ai un petit sourire :

— Je connais bien les lieux, je t'assure que tu seras en

sécurité avec moi, et puis j'ai plein d'anecdotes à te raconter.

Elle me dévisage comme si elle essayait de déterminer si je suis sérieux, et je redoute qu'elle refuse.

— Okay, lâche-t-elle finalement.

Maxine récupère son sac à dos tandis que je me charge des panier-repas puis nous prenons place dans ma Jeep, et les trois véhicules quittent enfin Punta Allen.

Quelques minutes s'écoulent avant que je ne commence à bavarder :

— Punta Allen et Punta Herrero sont les seuls villages situés dans la réserve. Ce sont des ports de pêcheurs.

J'ai l'impression que Maxine se détend un peu, même si je n'en suis pas tout à fait certain. À mesure que la piste se déroule sous nos pneus, je continue à lui parler de Sian Ka'an et de tout ce que je sais à ce sujet.

— Tu as l'air passionné, fait remarquer Maxine au bout d'un moment.

Je lui jette un regard en coin : elle a pivoté sur son siège pour m'observer. Je hausse les épaules :

— C'est un endroit particulier dans un pays que j'adore.

— Pourquoi es-tu autant attaché au Mexique ?

Elle semble véritablement intriguée et je prends quelques secondes pour réfléchir.

— Ce n'est pas tant le lieu plutôt que ses habitants. Tout le monde est accueillant ici alors que quand on considère leur histoire, ils auraient toutes les raisons d'être méfiants, voire agressifs.

Je pense à la conquête espagnole et aux ravages qu'elle a engendrés pour le peuple maya. Mon cœur se serre, je continue néanmoins :

— La culture maya est riche, même si certains aspects se sont perdus à cause de la colonisation. L'écriture, par exemple, a été éradiquée par les conquistadors qui désiraient rendre la population malléable...

Je me tais, en partie parce que tout ce qu'ont subi les Mayas me semble profondément injuste, mais surtout parce que je ne veux pas ennuyer Maxine.

Un silence passe pendant lequel nous rejoignons une autre partie de la réserve. Cette fois nous plongeons au cœur des marécages.

Je maintiens une distance raisonnable entre notre véhicule et la Jeep qui nous précède, car rouler sur la piste génère beaucoup de poussière.

— Tu t'es isolé ici ces derniers jours pour ne pas avoir à me parler ? s'enquiert Maxine.

Je fronce les sourcils, étonné qu'elle me demande ça.

— Pas du tout. Je viens chaque mois.

— Tu aimes la réserve tant que ça ?

— En fait, j'aide une association qui s'occupe de la sauvegarde des tortues. Nous nous assurons que les plages soient propres et que la ponte ait lieu dans de bonnes conditions.

— Je croyais que Sian Ka'an était un espace protégé ? Qu'est-ce qui la pollue ?

— Les touristes, essentiellement.

Maxine croise les bras et se rencogne dans son siège. Je suis passionné par la faune et la flore du coin, et j'ai soudain envie de lui faire partager ça. Alors, sans prévenir, je m'arrête.

— Qu'est-ce que tu fais ? demande Maxine en regardant la Jeep des filles disparaitre devant nous. Les autres ne vont pas comprendre...

Je récupère mon téléphone et envoie un message à Santiago pour lui expliquer que nous les rejoindrons plus tard.

— Voilà, ils ne s'inquièteront pas.

Je coupe le moteur avant de sauter du véhicule que je contourne. Je tends une main à Maxine :

— Viens. Je veux te montrer quelque chose.

Elle semble hésiter, mais elle finit par obtempérer. Sa paume se glisse dans la mienne, et je sens mon cœur réagir. Je refoule cette sensation qui n'a pas lieu d'être puis marche en direction du bord de la piste.

Nous progressons quelques minutes avant d'atteindre la mangrove. Un cours d'eau cristallin y trace son chemin.

— C'est magnifique, remarque Maxine.

— Oui, ça l'est. Mais ce n'est pas tout à fait ce que je voulais te faire voir.

Nous patientons en silence et quelques minutes plus tard, j'approche de Maxine en lui faisant signe de ne pas faire de bruit. Elle me dévisage, les yeux arrondis par la surprise, mais elle hoche la tête en signe d'assentiment.

Je me place derrière elle, plaquant mon corps au sien, pour lui désigner l'animal qui est apparu dans le cours d'eau. Maxine est tendue contre moi, et les souvenirs des moments où je l'ai touchée, goutée, sentie affluent par vagues.

À ce train-là, je risque de finir avec une érection plutôt malvenue…

Maxine doit se douter de quelque chose, car elle tente de s'écarter, mais je la retiens.

— Je ne… commence-t-elle.

Aussitôt, je plaque ma bouche contre son oreille :

— Chut, pas un bruit.

Elle m'obéit et je chuchote :

— Là, regarde.

Je pointe mon index en direction de la berge en face.

— Tu le vois ? demandé-je tout bas.

Maxine hoche la tête. En face de nous, un crocodile de petite taille est en train de chercher l'endroit idéal pour faire une sieste au soleil.

Nous restons un instant à l'observer en silence. Le corps de Maxine contre le mien, je savoure une tranquillité que je n'avais jamais connue. C'est comme si j'étais… complet et apaisé.

À l'instant où ce constat éclot dans ma tête, je m'écarte de ma compagne :

— Il faut y aller.

Nous regagnons la piste sans faire de bruit, même si maintenant le crocodile ne doit plus pouvoir nous entendre.

Je m'apprête à marcher en direction de la Jeep quand Maxine me lance :

— À quoi tu joues, Erhan ?

Je me fige avant de me tourner pour lui faire face. Les bras le long du corps, les poings serrés, Maxine me dévisage avec dureté.

— Qu'est-ce que tu veux dire ?

De toute évidence, ma réponse l'énerve, car elle pousse un soupir.

— Un jour, tu me demandes de quitter le pays, le lendemain tu me fais l'amour.

Quelque chose proteste dans mon ventre, mais je mets de côté cette réaction. Maxine continue :

— Puis tu danses avec moi avant de partir te planquer le plus loin possible, et maintenant, ça…

Elle marque une pause, mais je sens qu'elle n'en a pas fini avec moi, et si je suis parfaitement honnête, je l'ai mérité.

— Je ne te comprends pas, Erhan. Qu'est-ce que tu attends de moi au juste ?

— Rien.

Maxine semble désarçonnée par ma réponse pourtant, c'est la stricte vérité, je ne lui demande rien. Je veux juste retrouver ma vie d'avant, même si je commence à accepter qu'on ne revient jamais en arrière et qu'il faudra que je trouve un nouvel équilibre après son départ.

— Trop de choses ont changé depuis que tu es ici, Maxine...

— Et c'est de ma faute, c'est ça ?

Sa voix est montée dans les aigus.

— Toi, tu vis ta meilleure vie au Mexique, et j'arrive comme un cheveu sur la soupe pour tout gâcher. C'est ça que tu es en train de me dire ?

Je secoue la tête, mais ne réponds rien. J'ai le pressentiment que tout ce que je pourrais dire serait retenu contre moi.

— Eh bien, à mon tour de te révéler un scoop, Erhan.

Maxine ménage une pause dramatique avant de compléter :

— Moi non plus je ne souhaitais pas te revoir ! Tout ce que je voulais, c'était terminer mes études avec un super stage qui m'aurait ouvert des portes dans le monde du travail. Au lieu de quoi, je me retrouve à partager une chambre avec mon ex, qui est aussi mon boss, et je dois monter sur scène pour danser au lieu d'améliorer mes compétences en contrôle de gestion.

Un silence passe pendant lequel nous ne nous quittons pas des yeux, aucun des deux n'étant prêt à abdiquer. Si je suis têtu, Maxine l'est tout autant, et ce duel peut durer encore longtemps, sauf que nous n'avons pas toute la journée. Je décide donc de désamorcer la situation, mais un mouvement derrière Maxine change mes plans :

— Maxine, viens vers moi sans faire de geste brusque.

<h1 style="text-align:center">15</h1>

Maxine

Je fixe Erhan comme s'il venait de lui pousser une paire de cornes, et surtout, sans lui obéir.

— Maxine...

Sa voix est basse, il a le regard rivé sur moi.

— Oh ! Ça va ! Ne joue pas à Monsieur Intense, le rabroué-je. J'ai bien compris ta technique : tu me rejettes avant de me séduire et ainsi de suite. Mais je ne suis plus dupe. Alors, arrête ça.

Il cille plusieurs fois.

— Je ne suis pas en train de...

— Épargne-moi tes mensonges. Je sais très bien qu'il n'y a jamais rien de gratuit avec toi. Ta petite balade par exemple, c'était pour quoi ? Tu voulais me convaincre de prendre le premier avion pour Paris, pas vrai ? Tu ferais mieux de...

— Bon sang, Maxine, arrête de parler, et avance vers moi. Tout de suite.

S'il croit que je vais obtempérer, il peut toujours courir. Je lui lance un rictus avant de tourner les talons... et de stopper net.

Un gros félin se trouve sur la piste, son attention est rivée à moi. Ses iris d'un marron presque doré ne me quittent pas. Quelques mètres seulement nous séparent, mais je vois bien qu'il est imposant et la peur déferle en moi. Il lui suffirait de se mettre à courir pour me sauter dessus et me dévorer toute crue.

— Maxine, recule sans faire de mouvement brusque, lance Erhan dans mon dos.

Cette fois, je ne me fais pas prier pour suivre les directives d'Erhan. La queue du jaguar se balance tranquillement derrière lui. Je ne suis pas experte dans ce domaine, mais je n'ai pas l'impression qu'il a une attitude de prédateur à cet instant précis. Dans le doute, je préfère quand même reculer.

—C'est ça, tu y es presque, m'encourage Erhan.

Je progresse doucement, mais le temps semble s'être encore ralenti, car j'ai la sensation que je ne rejoindrai jamais Erhan. Quand, enfin, je sens ses mains sur mes épaules, je me remets à respirer normalement.

— On va monter dans la voiture sans faire de geste brusque, d'accord ? souffle-t-il à mon oreille.

Je me contente de hocher la tête, les yeux rivés sur le félin qui n'a pas esquissé le moindre mouvement dans notre direction.

Erhan me raccompagne du côté passager avant de contourner la Jeep pour s'installer au volant. Le véhicule démarre, et le jaguar semble avoir compris le message, car je le vois sortir de la piste pour regagner la végétation. Très vite, il est hors de ma vue.

—J'aurais pu mourir.

La phrase a quitté mes lèvres avant même que je n'y réfléchisse, mais je n'y peux rien, c'est plus fort que moi, et je continue :

— Il aurait pu m'attaquer et me dévorer, puis les charognards auraient terminé le travail, et j'aurais fini comme engrais pour les plantes…

À cet instant, la peur que j'ai ressentie face au félin s'exprime pleinement, mais Erhan ne semble pas s'en émouvoir outre mesure, ce qui m'énerve au plus haut point. Je mets un coup dans son épaule :

— Ça t'aurait arrangé, hein ? Que j'y passe. Là au moins, tu aurais eu la paix pour de bon. Débarrassé de Maxine une fois pour toutes !

Je m'apprête à lui donner une autre tape, mais Erhan saisit mon poignet à la volée, et je me fige. Je respire vite, mon cœur menace de sortir de ma poitrine tant je suis paniquée, mais lui reste stoïque face à moi.

— Tu ne risquais rien, Maxine.

Il dit ça d'une voix super calme ce qui ne fait qu'accroitre ma colère.

— C'est ça, oui ! Comme si j'allais te croire !

— Maxine, je t'assure que ce jaguar n'avait aucune intention de te dévorer.

— Alors qu'est-ce qu'il faisait là d'après toi ?

Erhan hausse les épaules :

— On doit être sur son territoire, voilà tout.

— Tu serais prêt à dire n'importe quoi pour minimiser ce qu'il vient de se passer. Je suis certaine que dans quelques jours tu avoueras que j'ai frôlé une mort atrocement douloureuse et…

Les lèvres d'Erhan qui s'écrasent sur les miennes mettent un terme au flot de paroles qui s'échappait de moi. Son baiser n'a rien de tendre, il envahit ma bouche, provoque ma langue pour que je réagisse. Et je ne me fais pas prier. Je lui réponds avec la même fougue. Je crois avoir entendu parler de l'effet du danger sur la libido : il parait qu'avoir réchappé de la mort donne envie de faire l'amour. En ce qui me concerne, je suis toujours sur des charbons ardents lorsqu'il s'agit d'Erhan, alors je ne sais pas si le jaguar a quoi que ce soit à voir dans ce que nous faisons.

Erhan lâche mon poignet qu'il tenait encore et sa main se glisse dans ma nuque comme pour me retenir, mais je n'ai aucune intention de me dérober.

Un étrange phénomène se produit dans ma tête : j'oublie tout ce qui nous sépare, Erhan et moi, pour me concentrer sur les sensations que ce baiser passionné crée en moi. Et elles me balaient avec la puissance d'une tempête tropicale, c'est violent, dévastateur et incontrôlable.

Je ne sais pas si Erhan m'attire à lui ou bien si je prends les devants, toujours est-il que je finis par grimper sur ses genoux. Ses mains s'aventurent le long de mon dos. Une petite voix en moi me dit que je suis en sueur et que c'est écœurant, mais cela ne semble pas déranger Erhan et cette réflexion s'évanouit sous la force de la passion qui embrase mon ventre.

Erhan n'est pas dans un meilleur état que moi si j'en juge à son érection que je sens contre mon bassin. J'agrippe sa nuque et la griffe, il grogne et ça accentue encore mon désir.

Lorsque nous nous écartons un peu, nous respirons aussi vite l'un que l'autre, et l'envie fait luire les prunelles d'Erhan.

— On dirait que tu as libéré le félin qui est en toi, s'amuse-t-il.

Et voilà, il n'en faut pas plus pour tempérer mes ardeurs. Je regagne ma place du côté passager et détourne la tête pour regarder à l'extérieur.

Un silence s'étire entre nous pendant lequel on n'entend que le moteur de la Jeep tourner.

— Maxine, je ne voulais pas te vexer.

Je croise les bras sur ma poitrine pour me donner une

contenance.

— On ferait mieux de rattraper les autres, grommelé-je.

Je sens le poids du regard d'Erhan sur moi, mais je ne bouge plus.

Le véhicule reprend son chemin et l'air qui circule dans l'habitacle ouvert me fait du bien. Je ne suis plus moi-même quand Erhan est dans les parages, et cela empire chaque fois que nous nous retrouvons en tête à tête... Je ne sais plus quoi penser de notre relation. Elle semble faite de mouvements élastiques : on a beau tenter de s'éloigner, il arrive toujours un moment où la tension cède et où tout revient nous percuter de plein fouet.

Et si vous arrêtiez d'essayer d'être séparés ?

Je mords dans la paroi de ma joue, tout en réfléchissant. Être en couple avec Erhan à nouveau... Est-ce envisageable ? Pas si je rentre en France.

Et si tu restais ?

Impossible ! Pour commencer, je dois obtenir un stage digne de ce nom, ensuite, Erhan n'a aucune envie que je traine dans les parages.

Un soupir s'échappe de ma poitrine, il est profond et chargé de toute cette frustration que je ressens à cause d'Erhan. Il y a des choses qui ne changent pas entre nous : les non-dits. Je devrais me montrer plus mature, tout mettre à plat pour mieux avancer, mais je n'y arrive pas. Quelque chose chez Erhan me déstabilise, j'ai parfois la sensation qu'il émet une sorte de champ gravitationnel qui empêche mes instruments internes de fonctionner normalement.

En d'autres termes, tu es amoureuse.

Je pince les lèvres. Non ! Il est absolument hors de question que je m'engage dans cette voie une seconde fois ! J'ai eu du mal à me remettre de son départ, il y a trois ans, ce n'est pas pour recommencer aujourd'hui.

Mais peut-être qu'il est déjà trop tard… Je suis trop lucide pour arriver à m'aveugler. Erhan me plait beaucoup, et il ne s'agit pas uniquement de sa personnalité (il est génial quand il y met du sien), non, c'est un tout.

— Tu ne vas vraiment plus me parler de toute la journée ? s'enquiert-il après une bonne vingtaine de minutes.

Je reporte mon attention sur lui et admire son profil qui se découpe à contrejour. Sa mâchoire est bien dessinée, son nez est droit, ses cils sont foncés et fournis, presque trop longs pour un homme.

Je me braque :

— Quand je n'ai rien d'intéressant à dire, je préfère me taire.

Il a un petit signe de la tête que je n'arrive pas à interpréter.

— Okay, alors je vais parler pour deux.

— On peut mettre la radio, objecté-je.

Il hausse les épaules :

— Je pensais que tu voulais en apprendre plus sur la région, mais si tu souhaites écouter de vieux tubes mexicains des années soixante-dix, ça me convient aussi.

Erhan fait un mouvement pour allumer le poste, mais je place ma main sur la sienne pour l'arrêter :

— Va pour une anecdote sur la réserve.

Nos regards se croisent brièvement et un petit sourire en coin étire ses lèvres. J'éprouve tout de suite l'envie irrationnelle de les embrasser. Son gout est encore sur ma bouche… Mon ventre se tord en réponse. Je détourne les yeux et reprends ma place. Je suis tout de même consciente que peu importe la distance que je mettrai entre Erhan et moi, le désir que je ressens pour lui ne s'atténuera pas pour autant.

— On a de la route devant nous, alors je vais te raconter l'histoire d'amour la plus célèbre du coin, enchaine Erhan.

Je cille plusieurs fois, le temps que ses mots se fraient un chemin dans ma tête. Il va me parler d'une romance ? Je ne peux pas m'empêcher de rire tout bas.

— Quoi ? s'étonne-t-il. Tu pensais que j'étais insensible ?

— Pas du tout, mais je ne t'imaginais pas comme un romantique…

Il me jette un regard assorti d'un beau sourire, et je sens mon cœur manquer un battement.

— Tu ne sais peut-être pas tout de moi, Maxine.

Un silence passe pendant lequel j'essaie de réguler les émotions qui se succèdent en moi…

— L'histoire d'amour la plus célèbre du Yucatan est celle d'Alma Reed et de Felipe Carrillo. Alma Reed était une journaliste américaine renommée dans les années 20 en Californie. Elle tenait une colonne dans laquelle elle répondait aux lecteurs qui avaient besoin de conseils juridiques. Très vite, elle s'est intéressée à une minorité qui lui écrivait beaucoup : la communauté d'immigrés mexicains. Alma a rapidement été reconnue pour ses prises de position en faveur de cette population opprimée.

Tandis qu'Erhan parle, des images défilent dans mon imagination. J'essaie de visualiser la Californie des années 20, la mode féminine de l'époque, les rues de San Francisco sillonnées par les tramways…

— Un jour, une famille porta à son attention le cas d'un jeune adolescent sur le point d'être mis à mort. Après une campagne féroce, Alma arriva à faire commuter sa peine, et surtout, la loi qui permettait de condamner à mort des mineurs fut changée.

Je suis impressionnée qu'une femme ait réussi à avoir un tel impact dans sa société à une époque où elle ne pouvait même pas voter.

— La presse s'emballa tellement à propos de cette histoire que le président mexicain l'invita à Mexico City. Alma accepta, prit un train, seule, et fit le voyage jusqu'au Mexique.

Cette partie du récit résonne étrangement avec ma propre expérience…

16

Erhan

Mon attention est rivée à la piste de terre blanche qui se déroule devant nous, mais mes pensées sont tournées vers le couple emblématique dont l'histoire m'a touché sitôt qu'on me l'a racontée.

Je n'en avais parlé à personne avant Maxine, et je ressens une drôle d'émotion à la lui transmettre.

— À sa descente du train dans la capitale, des mariachis présents pour accueillir la femme d'un homme d'affaires mexicain entamèrent la chanson « Alma de mi Alma », et Alma crut que ça lui était destiné. Elle fondit en larmes, remerciant chaleureusement les musiciens et l'assistant qui était chargé de la récupérer.

Je marque une pause et Maxine intervient :

— J'imagine son malaise quand elle s'en est rendu compte…

— En fait, elle ne l'a pas su, car les Mexicains, soucieux de ne pas la froisser, n'ont pas corrigé son erreur. Pendant son séjour au Mexique, Alma s'est rendue dans le Yucatan où elle a fait la connaissance du gouverneur Felipe Carrillo. Ce fut un véritable coup de foudre entre eux.

La Jeep passe sur un nid de poule qui nous fait sauter sur nos sièges.

— Et leur relation a été acceptée ? s'étonne Maxine.

Je veux dire, à cette époque, un Mexicain et une Américaine qui s'aimaient en dehors des liens du mariage... Sans compter qu'Alma était un peu un électron libre. Elle ne collait pas avec l'image de la femme au foyer prête à fonder une famille nombreuse...

— Tu as raison, Alma était très moderne pour son temps. Mais sa relation avec Felipe a été bien acceptée par leur entourage, au point d'approuver la demande en mariage du gouverneur. D'ailleurs, on lui avait parlé de l'arrivée d'Alma à Mexico et de sa réaction à la chanson « Alma de mi Alma » et il lui en a écrit une, « La Peregrina », qui raconte leur propre histoire.

— C'est terriblement romantique !

Je souris, content de changer les idées de Maxine, autant que les miennes. Je ne suis pas aussi fleur bleue que Felipe Carrillo, loin de là... Il y a quelques minutes, j'aurais été capable de lui faire l'amour sauvagement dans cette Jeep, et je n'aurais eu aucun remords.

— On se méprend sur le vrai romantisme, objecté-je.

Maxine, qui a pivoté sur son siège pour mieux m'observer, s'étonne :

— Qu'est-ce que tu veux dire ?

Je hausse les épaules.

— Le romantisme, ce n'est pas juste de faire de grands gestes spectaculaires, comme écrire une chanson à la femme que l'on aime... On oublie souvent un ingrédient essentiel.

Je marque une pause, et Maxine mord à l'hameçon :

— Lequel ?

Je lui jette un coup d'œil, son attention est rivée à moi. J'attends encore quelques secondes avant de répondre :

— La douleur.

Elle fronce les sourcils :

— La douleur ?

— Oui. Penses-y. Quelles sont les histoires d'amour fictives les plus célèbres ?

Maxine marque un temps d'arrêt, et j'aimerais stopper notre véhicule pour observer son visage tandis qu'elle réfléchit à ma question.

— Roméo et Juliette, j'imagine.

J'acquiesce :

— Exact, mais on peut aussi noter : Julien Sorel et Mme de Rênal dans le Rouge et le Noir, Jack et Rose dans Titanic. Mais il n'y a pas qu'eux… Tristan et Iseut, et tant d'autres couples encore.

— Mais là tu parles du courant littéraire romantique…

Je hausse les épaules :

— Pas uniquement. Je ne voulais pas créer un débat philosophique, mais simplement te montrer que…

— Que romantique rime avec tragique, j'ai saisi.

Maxine se réinstalle dans son fauteuil, l'air pensif.

— Est-ce que c'est comme ça que tu vois l'amour ? demande-t-elle enfin.

Moi qui espérais alléger l'ambiance et détourner la conversation, me voilà à nouveau ramené à notre relation.

Je finis par répondre :

— Je n'y ai jamais réfléchi sous cet angle, mais je crois que oui, l'amour va de pair avec la souffrance.

— On ne peut pas reconnaitre le jour sans savoir ce qu'est la nuit, commente Maxine.

Le silence s'étire entre nous tandis que j'essaie de ne pas m'abimer dans mes pensées. Pour un peu, je serais presque enclin à nous laisser une deuxième chance. Enfin, si on considère que notre relation en France était la première…

Maxine me tire de mes réflexions :

— Comment se termine l'histoire d'Alma et Felipe ?

— Alma et Felipe prévoyaient de se marier, mais avant, Alma devait régler ses affaires en Californie, donc elle repartit. Pendant ce temps, Felipe devait faire face au climat politique très instable au Mexique. Felipe protégeait les Mayas, sous sa supervision, le peuple construisait des écoles et commençait à prospérer en paix. Mais cela allait contre l'intérêt des révolutionnaires qui savaient que les Mayas ne rejoindraient pas leur mouvement tant que Felipe serait là pour les défendre. Ils complotèrent et finirent par arrêter Felipe et ses hommes pour les abattre.

Je marque une pause. Cette histoire est d'autant plus tragique qu'elle est véridique, là, il ne s'agit plus de fiction.

— Voyant sa fin approcher, Felipe fit promettre au chef du peloton d'exécution de remettre son anneau de mariage à Alma. Les troubles politiques étaient tels que les frontières furent fermées et il s'écoula une année entière avant qu'Alma n'apprenne la mort de Felipe.

Cette fois, je me tais pour de bon. Maxine ne répond rien, mais un coup d'œil dans sa direction me serre le cœur : des larmes roulent sur ses joues.

N'obéissant qu'à mon instinct, je ralentis et arrête la Jeep, avant de me tourner vers ma passagère. Elle pleure doucement.

N'y tenant plus, je l'attire contre moi. Je caresse délicatement ses cheveux et son dos pour la calmer.

— Je suis désolé, je n'aurais pas dû te raconter cette histoire, soufflé-je.

Je m'écarte d'elle, prenant son visage en coupe entre mes mains, je plante mon regard dans le sien. La tristesse que je lis dans ses prunelles me percute en plein cœur. Mais ce n'est rien face à l'interrogation qui suit : était-elle dans cet état après notre rupture ?

Je ne peux pas m'empêcher d'essuyer ses larmes du bout de mes doigts.

— Je suis désolé, répété-je.

Mais cette fois, il ne s'agit pas uniquement du récit que je viens de faire, non, je me réfère aussi à ce que j'ai fait en France, il y a trois ans.

Maxine hoche la tête.

— C'est rien, je suis hypersensible. Et c'est pire depuis que je suis ici…

Elle n'ajoute rien, mais je présume qu'elle parle du fait que je sois présent.

— On devrait y aller, les autres vont nous attendre, dit-elle d'une petite voix.

Je la dévisage encore un instant, partagé entre le besoin de l'embrasser et celui de m'écarter avant de dire quelque chose que je pourrais regretter.

Finalement, je récupère mon téléphone dont je consulte l'écran.

— Je n'ai pas de réseau ici, mais ils savent que je connais la réserve comme ma poche, la rassuré-je.

Elle hoche la tête.

— On va conduire jusqu'au point de rassemblement, mais il est probable qu'ils aient avancé sans nous. L'excursion est prévue pour revenir avant la tombée de la nuit, et il vaudrait mieux qu'on prenne les devants si on ne veut pas dormir dans la Jeep.

— Quoi ? Mais…

Je pose une main sur la sienne.

— Tout va bien se passer, Maxine.

***

Lorsque nous arrivons au point de départ de l'excursion, le bateau n'est plus là. Seules les Jeeps de nos amis sont rangées sur le bas-côté.

— On devait aller où ? s'enquiert Maxine.

— Tu ne connaissais pas le programme ? m'étonné-je.

Elle secoue la tête avant de m'expliquer que Santiago est venu la réveiller ce matin sans lui dire où ils se rendaient.

— Ils ont réservé un tour en bateau pour observer le corail et les espèces marines. Ils vont probablement voir des dauphins…

— Des dauphins ?

Le regard de Maxine s'arrondit et je peux lire la déception sur son visage. J'admets que moi aussi je le serais à sa place.

— Je te promets que tu n'as rien perdu au change.

Maxine a une moue sceptique, mais je ne me laisse pas décourager.

— Je vais t'emmener à Punta Herrero, et nous y passerons la nuit.

— Quoi ? Mais je travaille demain…

J'ai un petit sourire en coin :

— Alors, c'est une chance que je sois ton boss.

Maxine cille plusieurs fois, secoue la tête, mais je continue :

— Je prends la décision de te donner une journée de congé. Voilà, maintenant que c'est résolu, tu m'accompagnes ?

Elle semble réfléchir à la question. Je peux presque la voir peser le pour et le contre de ma proposition, et je sens la tension monter en moi.

Pour une raison inexplicable, j'ai envie qu'elle accepte. Je souhaite passer du temps avec elle en tête à tête. Nous n'avons fait que ça aujourd'hui, mais j'en veux plus.

Tu dérailles, mon gars.

C'est vrai, je ne suis pas très cohérent. Comme Maxine me l'a si bien fait remarquer, mon attitude est changeante… Il faudrait que je me prononce une fois pour toutes : ai-je véritablement envie que Maxine rentre en France ou non ?

De toute façon, ce choix ne m'appartient pas. C'est à elle de décider ce qu'elle veut faire de sa période de stage. Je n'ai aucun droit de l'influencer, dans un sens comme dans l'autre.

— Va pour Punta Herrero, tranche Maxine.

Je plante mon regard dans le sien où je crois déceler une pointe de curiosité.

— J'espère que je ne le regretterai pas, maugrée-t-elle tandis que nous remontons dans la Jeep.

17

Maxine

Punta Herrero est un autre village de pêcheurs typique du Mexique. J'aime tout de suite l'ambiance ici. Tout semble tellement plus tranquille, à l'abri du monde extérieur, les habitants ont l'air de vivre à leur propre rythme.

— On va trouver un hôtel pour passer la nuit, m'informe Erhan.

Quelques minutes plus tard, la Jeep se gare devant un établissement derrière lequel se découpe la mer. Le bleu des flots se confond presque à celui du ciel. Impossible de ne pas être émerveillée dans ce lieu si particulier. Je me sens perdue à l'autre bout du monde. Rien ne peut m'atteindre, pas même mes propres pensées et craintes à propos de mon avenir professionnel.

J'ai presque le sentiment que le village est soumis à un sort, comme dans la série *Once Upon a Time*, et qu'on y oublie tous ses soucis.

— Il est trop tard pour partir en expédition, s'excuse Erhan.

Nous avons passé tout notre temps dans la Jeep, et je ne suis pas mécontente de pouvoir enfin me dégourdir les jambes.

— Je vais nous réserver une chambre.

Erhan n'attend pas ma réponse et se dirige d'un pas

rapide vers le lobby de l'hôtel. J'en profite pour marcher vers la plage qui s'étire derrière l'établissement.

La douceur de la brise me fait du bien. Je respire à pleins poumons l'odeur iodée avant de décider de retirer mes chaussures. Mes pieds s'enfoncent dans le sable chaud et je me sens en accord avec cette nature luxuriante et ses habitants.

Mon regard s'envole en direction d'une nuée d'oiseaux qui passe au-dessus de moi avant de plonger dans l'eau. Ils attrapent des poissons puis remontent dans les airs.

Ce cadre est idyllique, romantique à souhait. Enfin, dans le sens où moi je l'entends, pas celui d'Erhan.

Mon téléphone se met à sonner, et je le sors de ma poche pour constater qu'Alexine tente de me joindre. Je suis étonnée de voir que j'ai assez de réseau pour accepter un appel en visio.

— Salut, Max !

Le sourire familier de ma petite sœur me fait du bien. Je ne saurais pas dire si c'est le fait de me retrouver dans cet endroit hors du temps, mais je ne ressens aucune nostalgie. Au contraire, je me sens à ma place pour la première fois depuis un long moment.

— Coucou Alex !

— Tu ne m'appelles pas assez régulièrement…

Elle est très directe, et comme d'habitude, elle me fait culpabiliser de ne pas la contacter plus souvent.

— Désolée, mais avec le décalage horaire et le boulot, je ne sais plus où donner de la tête…

— Comment se passe le travail ? Tu t'en sors avec les normes mexicaines ?

Mes pensées vont vers la troupe de danse et nos répétitions, avant de comprendre que ma sœur fait référence au contrôle de gestion que je suis censée faire dans l'hôtel.

J'acquiesce :

— Je fais au mieux.

— Ne sois pas si humble, me rabroue-t-elle, je suis certaine que tu dois déjà tout maitriser sur le bout des doigts.

Pour la forme, je tente de relativiser :

— Je ne suis là que depuis une semaine…

— Tss-tss-tss, pas de fausse modestie avec moi. Je te connais bien.

Et c'est la vérité, en plus d'être ma petite sœur, Alexine est aussi ma meilleure amie, ma confidente, pourtant, je ne lui dévoile pas tout. Je passe sous silence le fait que je travaille au sein de l'équipe d'animation de *l'Ek Dream Luxury*, et pire encore, j'omets de mentionner qu'Erhan est au Mexique.

Une partie de moi culpabilise, tandis que la seconde, celle qui ne veut pas parler de ma relation avec Erhan, quelle que puisse en être la nature, garde jalousement ses secrets.

Je crois que je commence à devenir cinglée. Il n'y a pas d'autre explication. Sinon comment interpréter le fait que j'envisage de rester ?

Ce constat me coupe presque le souffle. À quel moment ai-je basculé ?

— Eh oh ! Max, t'es avec moi ?

Je me ressaisis et souris à ma sœur.

— Oui, oui.

— Où es-tu en ce moment ?

Je relève les yeux vers la mer des Caraïbes.

— Dans la réserve naturelle de Sian Ka'an, au sud de l'hôtel, en direction du Belize.

Alexine s'agite :

— Tu ne comptes pas aller là-bas, pas vrai ? Le Belize est encore plus dangereux que le Mexique, je t'assure, Max…

Les paroles de ma sœur se perdent, car mes réflexions s'évadent ailleurs. Je repense à ce pays magnifique et aux gens accueillants que j'y ai rencontrés. Non, il n'y a rien d'inquiétant. Bien évidemment, je n'irais pas me balader la nuit dans un quartier malfamé avec des billets dépassant de mes poches, mais dans l'ensemble, je n'ai pas plus de précautions à prendre qu'en France. Un peu de bon sens suffit.

— Tu me montres où tu es ? demande-t-elle.

Je hoche la tête avant d'appuyer sur un bouton de l'écran et de diriger l'objectif en direction de la mer et de la plage. Quand je remets la caméra en face de moi, Alexine siffle entre ses dents :

— Tu es au paradis ! C'est dingue…

Elle a l'air émerveillée, et ça me rend heureuse. J'ai un petit sourire :

— Maintenant, quand tu penseras à ta grande sœur au Mexique, tu auras une image plus précise et plus juste.

— Je suis rassurée que tu…

Elle s'interrompt, fronce les sourcils, approche sa tête de l'écran, ce qui me donne une vue imprenable sur son arcade gauche qui s'arrondit sous l'effet de l'étonnement.

— Max ! C'est dingue, le mec derrière toi ressemble à Erhan !

Mon cœur manque un battement avant d'accélérer sa course. Alexine ne sait pas que j'ai retrouvé mon ex, et je préfère que ça reste ainsi.

Je feins la surprise :

— Ah bon ? Non, tu dois te tromper.

Mais j'oriente l'appareil de manière à ce que mon ex ne soit plus dans le champ.

— Alex, je n'ai plus de batterie, il faut que j'y aille ! Je te rappelle dès que je peux ! Bye !

Et je raccroche sans lui laisser le temps de répondre juste au moment où Erhan me rejoint. Son regard alterne de mon téléphone à mon visage :

— C'était Alexine ? Tu lui passeras le bonjour de ma part.

Je ne dis rien, et me garde de lui expliquer que ma sœur ne peut pas le voir en peinture après ce qu'il m'a fait. En fait, elle serait susceptible de l'étriper si elle le croisait... Elle est encore plus rancunière que moi.

— Je nous ai pris une chambre.

Je tique à nouveau, mais étant donné qu'il m'invite, il serait un peu malvenu de ma part de jouer la diva. Nous sommes adultes après tout, donc on est capables de bien se tenir, non ?

***

Mais mes bonnes résolutions fondent comme neige au soleil lorsque nous pénétrons dans la chambre : tout est propre et accueillant, le hic, c'est qu'il n'y a qu'un seul lit, et aucun sofa en vue qui pourrait servir de couchage d'appoint.

Je me suis figée à l'entrée de la pièce, les yeux rivés au *king size* qui n'attend que nous. Pour couronner le tout, des pétales de roses rouges sont disséminés sur le drap blanc.

Erhan me lance un coup d'œil :

— Il ne restait plus que la suite nuptiale...

Comment allons-nous résister à la tentation quand tout ici est pensé pour passer une nuit d'amour ? Je sens mes joues chauffer, et prends garde de ne pas croiser le regard d'Erhan. Je suis certaine qu'il peut lire en moi comme dans un livre ouvert, alors je préfère autant ne pas lui faciliter la tâche.

— Je vais dans la salle de bains !

À ces mots, je file sans perdre de temps, soulagée de pouvoir m'isoler un moment. La pièce que je découvre est assez luxueuse, et je me demande combien Erhan a déboursé pour cette nuit...

J'essaie de ne pas laisser mon cerveau s'emballer, mais je ne peux pas faire autrement que de penser qu'il risque d'attendre quelque chose en retour. C'est vrai, quel homme inviterait une femme (avec laquelle il a déjà couché en plus !) dans un tel hôtel sans espérer passer à l'action ?

Je fixe mon reflet dans le miroir. Mes joues et le bout de mon nez ont rougi à cause du soleil qui frappe fort dans la région, et mes cheveux ne sont qu'un immense sac de nœuds à cause du vent... Sans compter ma peau dont l'aspect luisant est moins dû à son niveau d'hydratation qu'à la moiteur ambiante.

Tout bien considéré, je ne crois pas qu'Erhan ait envie de faire quoi que ce soit avec moi. Je me hâte de me déshabiller et de passer sous la douche. Le jet d'eau froide me vivifie, et a le mérite d'apaiser mes pensées parasites.

Ne jamais faire de suppositions. J'ai lu ça dans l'avion, c'est un des quatre accords toltèques[6]. Je devrais m'en souvenir plus souvent, surtout quand il s'agit d'Erhan. Mais... c'est plus facile à dire qu'à faire, et je ne peux pas m'empêcher de m'interroger sur ses intentions : cherche-t-il à se débarrasser de moi ou bien est-il en train de changer d'avis sur nous ?

Je n'ai évidemment pas de réponse à mes questions quand je retourne dans la chambre, où l'objet de mes pensées se trouve. Erhan est allongé sur le lit, un bras replié sur son visage.

Sa poitrine se soulève lentement, me laissant supposer

qu'il s'est endormi. Je jette un coup d'œil à l'autre côté du *king size*, celui qui semble n'attendre que moi, mais je me retiens.

Je quitte la chambre sans bruit, uniquement munie de mon téléphone et d'un peu d'argent. Puisqu'Erhan a décidé de piquer un somme, autant que j'en profite pour découvrir les lieux.

Lorsque je sors, je m'aperçois que le soleil est plus bas sur l'horizon, la fin d'après-midi approche. Délaissant la plage, je me dirige dans le petit village et ne tarde pas à repérer quelques échoppes. De l'artisanat local est exposé, allant des attrape-rêves crochetés aux plaids bariolés typiques du Mexique, en passant par des maracas en bois et des magnets à l'effigie de jaguars.

Je reste un instant immobile face à cet étalage coloré et éclectique. Les félins me retournent mon regard, et je ne peux pas m'empêcher de repenser au baiser qu'Erhan et moi avons échangé dans la Jeep suite à la rencontre avec le gros animal. Je fais quelques achats avant de continuer mon chemin.

Lorsque je regagne la chambre un peu plus tard, j'ai la tête pleine des sourires avenants des femmes qui tenaient les boutiques, mais aussi des enfants qui jouaient dans les rues, ou encore de ce vieil homme qui, assis sur l'unique banc du village, semblait perdu dans une contemplation intérieure. En le dévisageant, je me suis demandé quelle vie il avait menée et de quels changements il avait été le témoin…

— Tu as envie de manger quoi ce soir ?

La question d'Erhan me fait sursauter et je me retourne pour découvrir qu'il sort de la salle œe bains. Il ne porte qu'une serviette autour de la taille, et je ne peux pas faire autrement que contempler le dessin de son tatouage qui s'étale sur son pectoral. Puis je me surprends à compter ses abdos et je détourne rapidement la tête, pas assez toutefois pour ne pas voir son sourire suffisant.

Il sait quel effet il a sur moi, et il en joue éhontément. C'est scandaleux. Mais je peux lui rendre la pareille…

Toi, me semble être la réponse appropriée à sa question au lieu de quoi, j'élude :

— Ce que tu voudras, je ne connais pas le coin. Il y a sans doute des spécialités à découvrir.

Je me concentre sur les achats que j'ai effectués et les transfère dans mon sac à dos. Occuper mes mains me parait plus sage, sans quoi je serais probablement capable de faire une bêtise, comme… toucher le torse d'Erhan, ou son visage, ou…

Et voilà ! Mon cerveau part encore en vrille ! Il faut que ça s'arrête. Je ne peux pas passer mon temps à fantasmer sur mon ex, qui est maintenant mon boss et mon coloc.

Je jette un coup d'œil dans sa direction, et manque de m'étouffer avec ma propre salive : la serviette de toilette git sur le sol tandis qu'Erhan est en train d'enfiler son boxer, m'offrant une vue imprenable sur ses fesses.

Est-il en train de me pousser à la faute ?

Lorsqu'il se redresse et pivote, nos regards se trouvent. Il se fige un court instant, juste avant que ses lèvres ne s'étirent en un petit sourire en coin :

— Un problème, Max ?

J'ai envie de l'envoyer promener, mais je me contente de secouer la tête, car une boule obstrue ma gorge.

Ma réponse ne semble pas le satisfaire, et il s'approche de moi. Je le regarde faire, totalement hypnotisée par le spectacle qu'il m'offre. Je devrais détourner les yeux, ou mieux, quitter la chambre pour lui donner de l'intimité, mais là non plus, je n'arrive pas à le faire.

Je reste figée, mon regard captif de ses iris turquoise. Il s'arrête assez près de moi pour que je sente les effluves du gel douche qu'il a utilisé.

Puis il avance à nouveau et presque malgré moi, je fais un pas en arrière, mais très vite, la porte de la suite m'empêche de m'éloigner plus.

— Tu vas quelque part, peut-être ? demande-t-il tout en posant sa main sur le battant, près de mon visage.

Je secoue la tête.

Ses yeux quittent les miens pour se fixer sur mes lèvres, et une vague brulante se propage dans mon corps. Quoi que j'en dise, quoi que j'en pense, j'ai envie de lui, et il le sait très bien.

Son regard remonte et se plante à nouveau dans le mien :

— Nous allons faire l'amour, Max.

Des frissons balaient ma peau et je déglutis difficilement. Je m'attends à ce qu'il passe à l'action, au lieu de quoi il retire sa main et fait un pas en arrière.

— Mais d'abord on va manger. Nous aurons besoin d'énergie.

18

Erhan

Les options de repas sont limitées dans le petit village, mais je nous trouve rapidement un restaurant en bord de plage.

Depuis notre table, nous assistons au coucher de soleil sur la mer des Caraïbes. Le spectacle est sublime, et j'ai le sentiment qu'il l'est encore plus parce que je le partage avec Maxine.

Elle a enfilé une robe qu'elle a achetée dans une boutique du coin, et elle semble détendue.

Le désir d'elle est chevillé à mon corps, refusant de m'accorder le moindre répit. Je suis condamné à la convoiter. Aucune autre femme n'a jamais eu cet effet sur moi, et j'ai vraiment du mal à savoir si j'aime ce qui m'arrive ou pas.

Il faut parfois arrêter de lutter contre l'évidence.

Quelle est la place de Maxine dans mon existence ? Encore hier, j'aurais répondu aucune. Du moins, dans le présent. Max appartenait au passé, à ma vie française que j'ai quittée sans jamais me retourner. Et pourtant, le destin a remis Maxine sur mon chemin. Pourquoi ? Suis-je censé clore ce chapitre une bonne fois pour toutes, ou alors en écrire de nouveaux ?

On nous apporte nos plats, et Maxine s'attaque avec entrain à la spécialité à base de poisson. Je n'arrive pas à détacher les yeux de ses lèvres qui s'étirent sur la fourchette quand elle enfourne une bouchée.

— Tu ne manges pas ? s'enquiert-elle.

— Si, si, bien sûr.

Je commence à dévorer mes tacos, mais c'est un appétit d'une autre nature que j'ai besoin d'assouvir. Mon être est en proie à une lutte interne, et je ne sais pas quelle partie de moi va l'emporter...

Plus je passe du temps avec Maxine, plus les limites de ce que je veux deviennent floues. Je ne peux pas dormir sans qu'elle ne vienne hanter mes songes, et mes journées ne sont pas mieux : il suffit d'un rien pour que mes pensées se tournent vers Maxine.

Nous mangeons en silence, enfin, disons plutôt sans parler. La musique de la salle nous parvient sur la terrasse, un mélange de rythmes latinos qui me donne envie de bouger. Je ne suis pas le seul, car des couples se mettent à danser.

J'attends que Maxine ait terminé son plat pour me lever. Je baisse les yeux vers elle, son visage exprime l'étendue de sa perplexité lorsque je lui tends une main :

— Tu viens ?

Elle cille plusieurs fois, son regard passant de moi aux danseurs qui évoluent sur la piste improvisée, enfin, elle hoche la tête et me suit. Je serre sa paume dans la mienne et la conduis jusqu'au centre de la terrasse.

Maxine lâche une petite exclamation de surprise au moment où je l'attire à moi et presse son corps contre le mien. J'entame une bachata et elle calque ses mouvements sur les miens sans hésiter.

Je pourrais m'habituer à la tenir ainsi. Non, je corrige : je voudrais l'avoir près de moi chaque fois que c'est possible.

Tandis que mon bassin apprivoise le sien, j'inspire l'odeur de sa chevelure, ma main qui est placée sur sa taille resserre encore sa prise. Le rythme chaloupé guide mes pas, et ceux de Maxine par effet miroir.

— Où as-tu appris à danser ? lui demandé-je.

Ma bouche est posée près de sa tempe.

— J'ai suivi des cours depuis mes trois ans et jusqu'à mon entrée à l'école.

Je la fais tourner d'un mouvement plus rapide. Maxine n'est pas déstabilisée, elle s'adapte sans problème.

— Tu pratiquais la danse de salon ?

Elle écarte un peu la tête pour me regarder dans les yeux, et j'en profite pour la faire glisser le long de mon bras. Elle pivote sur elle-même et je l'attire à moi, son dos contre moi. Ses fesses sont calées sur mon bas-ventre et nous ondulons dans un ensemble parfait.

— Pas du tout, finit-elle par répondre.

Les paroles de la chanson qui passe me percutent : il vaut mieux que je t'oublie, que j'oublie ton odeur et que tu sortes de mon cœur…

Maxine pivote pour me faire face à nouveau :

— Et toi ? Où as-tu appris à danser ?

Des souvenirs que je ne souhaite pas revisiter remontent en moi. Je suis tenté de changer de sujet, mais ce ne serait pas juste pour elle.

— J'avais des amis au collège qui étaient adeptes de hip-hop.

Maxine me regarde entre ses cils.

— Quoi ?

— Rien, élude-t-elle.

— Allez, je vois bien que tu as envie de me demander autre chose.

Elle détourne les yeux, mais elle finit par glisser :

— Je n'imaginais pas que des jeunes gens de bonnes familles puissent pratiquer ce genre de danse.

— Pourquoi ? Le hip-hop n'est pas vraiment de la danse selon toi ?

Les préjugés envers cette discipline m'insupportent, mais au fond, je sais bien que toutes les personnes issues du milieu dont je viens pensent ainsi. Tout comme mes parents… Ils auraient accepté sans sourciller que je choisisse la danse classique, mais dès lors qu'il s'agissait du hip-hop, là, ce n'était plus du tout à leur gout.

— Je n'ai pas dit ça ! s'offusque Maxine. C'est un genre de danse très technique. Il faut beaucoup de polyvalence pour maitriser les mouvements. Je trouve ça génial que tu aies appris.

Je me détends imperceptiblement, et suis surpris de constater que l'approbation de Maxine m'importe. Or ça ne devrait pas être le cas !

Qu'est-ce que ça peut me faire qu'elle trouve le hip-hop sympa ?

— Tu danses très bien, fait-elle remarquer.

J'imagine qu'elle fait référence à ce que nous sommes en train de faire. Tout en parlant, nous progressons sur la piste, nous évoluons entre les autres couples. Ma raison est distraite par notre conversation, mais mon corps, lui, reste connecté à l'énergie sensuelle qui circule entre Maxine et moi. J'en viens à penser qu'il s'agit d'alchimie.

— Mais c'est sans doute ce qui fait que tu es chef du département, ajoute-t-elle.

Je n'ai pas du tout envie de parler du travail, et encore moins de revisiter mon passé, alors je fais ce que je maitrise le mieux : je plaque Maxine contre moi et plonge mon regard dans le sien.

Sans même en avoir l'intention, notre rythme ralentit au point que nous nous arrêtons totalement de danser. Nous sommes maintenant immobiles sur la piste improvisée, et je m'en fiche royalement. Rien d'autre ne compte que la lueur familière que je vois grandir dans les prunelles de ma compagne.

Je sais que je suis dans le même état, voire pire encore.

— On rentre.

Il ne s'agit pas d'une proposition de ma part, mais presque d'un ordre. Maxine acquiesce.

Je règle l'addition et récupère la main de Maxine. Le trajet jusqu'à la chambre d'hôtel est relativement court, pourtant, dans ma hâte d'être seul avec elle, il me parait long.

Une fois arrivé là, je rabats la porte dans mon dos, mon attention fixée sur Maxine. Elle ne me quitte pas des yeux tandis que je ferme les rideaux, puis me dirige vers elle.

D'une main, je saisis sa hanche, et de l'autre son visage. Je n'attends pas pour m'emparer de sa bouche tentatrice. Ma langue cherche la sienne pour entamer un ballet enfiévré qui achève de dévaster mes terminaisons nerveuses.

Je ne sais pas où je trouve assez de self-control pour mettre un terme à notre baiser. Maxine ouvre les yeux, une interrogation au fond des prunelles.

— Dis-moi d'arrêter, soufflé-je, parce que je ne pourrai pas si tu ne me le demandes pas.

Un petit sourire étire ses lèvres, puis elle se hausse sur la pointe des pieds pour poser sa bouche sur la mienne. Elle ne pouvait pas faire mieux pour me donner son assentiment.

Je la soulève et la porte jusqu'au lit, avide de redécouvrir sa peau. La première nuit que nous avons passée dans notre chambre n'était rien en comparaison de ce que j'entends faire maintenant.

J'ai trop besoin de la sentir, de la gouter et de parcourir son corps de mille façons. Je ne sais pas d'où me vient ce besoin viscéral de m'enfouir en elle et de la posséder, mais il y a une urgence qui s'exprime en moi.

Mes mains agrippent le bas de sa robe et le soulèvent pour la faire passer au-dessus de sa tête. Maxine est en sous-vêtements, mais eux non plus ne font pas long feu. Ils forment un barrage insupportable entre sa peau et ma bouche.

D'un mouvement des doigts, je dégrafe son soutien-gorge qui finit quelque part dans la chambre, puis je me baisse pour lui retirer sa petite culotte. À cet instant, Maxine manifeste son impatience : elle tire sur mon t-shirt. Je me hâte de me débarrasser de mes vêtements et nous sommes enfin nus l'un face à l'autre.

Je suis ébloui par sa beauté, par ses courbes enchanteresses que je meurs d'envie d'explorer. Il faut que je la voie, que je la touche, que je la sente. C'est un besoin urgent, aussi vital qu'emplir mes poumons d'oxygène.

— Tu m'as manqué, Max.

Les mots flottent entre nous, et je ne regrette pas de les avoir prononcés. C'est la stricte vérité. Maintenant que j'accepte de laisser libre cours à mes ressentis, je m'aperçois que Maxine représentait bien plus que ce que je croyais à l'époque. Elle apporte une couleur différente à ma vie, quand je suis avec elle, c'est comme si je développais un nouveau sens qui me permettait d'être complet et, surtout, heureux.

Il n'est plus temps de parler ou de s'étaler sur nos sentiments, non, maintenant nous passons à l'action. Et je commence en attirant Maxine sur le lit.

Je m'allonge près d'elle, appuyé sur un coude, je laisse courir le bout de mes doigts sur sa peau satinée. Elle se couvre de frissons sur mon passage et je souris.

— Tu es fier de toi ? grommelle-t-elle.

— Plutôt, oui.

Et je continue mes caresses de plus belle, mais sur son ventre cette fois. Je descends toujours plus au sud. Je ne sais même pas comment j'arrive à prendre mon temps alors que la faim m'habite et me brule à l'intérieur.

Max se cambre quand mes doigts atteignent son sexe, et je ne m'arrête pas là. J'explore chaque centimètre de son anatomie tout en l'embrassant. Sa langue est aussi enfiévrée que la mienne.

Elle gémit quand je m'introduis en elle d'un doigt caressant. Je dois lutter pour ne pas rouler sur elle et m'enfouir en elle.

Non, je veux prendre tout mon temps. Maxine est à moi pour une nuit entière, sans témoin dans les parages. Et c'est mieux ainsi : elle pourra crier si elle en ressent le besoin.

Soudain, cette idée me semble terriblement tentante, et une décharge de plaisir éclate dans mes reins.

Nos regards se trouvent et se sondent. Je la laisse lire en moi sans chercher à lui cacher quoi que ce soit. Qu'elle prenne tout ce qu'elle peut, je suis prêt à tout lui donner.

— Tu es à moi pour toute la nuit, grogné-je.

19

Maxine

Allongés sur le lit, nos désirs enfin assouvis, nous nous détendons. Ma tête est posée sur l'épaule d'Erhan et je ne peux pas m'empêcher de me dire que les événements ne se déroulent pas comme je l'avais imaginé…

Moi qui pensais effectuer un stage de fin d'études très sérieux, je me retrouve à l'autre bout du monde à explorer des territoires inconnus.

Les doigts d'Erhan courent sur mon bras dans un mouvement lascif. Je me redresse un peu pour l'observer. À travers ses cils noirs, ses iris turquoise semblent luire. C'est dingue ce qu'il est beau.

Mon attention se reporte sur son tatouage. Mon index trace le contour du dessin.

— Je sais que ça ne se demande pas… Mais il a une signification particulière ?

Pour être franche, je ne m'attends pas à ce qu'il me réponde. Erhan est tel un animal sauvage : il s'approche quand il le souhaite et s'éloigne de la même manière.

— Dans la culture maya, le jaguar est associé à la nuit et aux forces de la Terre. En ce qui me concerne, il représente ma part d'obscurité.

Il y a une profondeur dans sa voix, et j'ai aussi l'impression d'y déceler une forme de douleur. Je résiste à l'envie de le prendre dans mes bras.

— Quant à l'aigle, il incarne le feu céleste, le soleil. Dans les légendes mayas, il n'y a que lui qui puisse regarder l'astre sans se bruler les yeux.

— L'ombre et la lumière en quelque sorte.

L'attention d'Erhan se reporte sur moi.

— Oui. Je veux me rappeler à tout moment qu'il n'y a pas qu'un point de vue, pas qu'une seule manière d'appréhender le monde. La lumière et l'obscurité se succèdent en un cycle infini que rien ni personne ne peut stopper.

Un silence passe tandis que je réfléchis à ses paroles. Mes doigts se sont arrêtés sur le félin et son regard aussi hypnotique que celui de son propriétaire.

— Le jaguar te correspond bien, constaté-je.

Erhan a un petit sourire en coin.

— Ah bon ?

Je penche la tête sur le côté :

— Ils sont solitaires et territoriaux. C'est tout à fait toi.

Il ne répond rien, et l'espace d'un instant, j'ai l'impression de l'avoir froissé, mais la lueur qui s'allume dans ses prunelles me prouve le contraire.

Erhan me fait basculer avant de se placer sur moi. Son poids pèse sur mon corps, mais j'aime cette sensation de n'être qu'à lui.

— En parlant de territoire… Il est temps que je fasse mon inspection matinale…

Mon ventre réagit immédiatement à cette allusion à peine voilée. Il n'attend pas pour s'emparer de mes lèvres, et je sens bien qu'il me possède. Du moins, il détient une part de moi que je ne pourrai jamais récupérer, et j'ai le sentiment qu'à chaque minute qui passe, il en obtient un peu plus.

***

Nous quittons l'hôtel main dans la main. Erhan a insisté pour que j'enfile un maillot de bain et il m'entraine vers la plage.

— Ce serait dommage de ne pas en profiter, répond-il alors que je lui indique qu'une longue route nous attend pour regagner la villa.

— Si tu continues à me faire manquer des jours de travail, mon patron va me virer.

Un sourire étire ses lèvres et je ne peux pas résister à la tentation qu'elles représentent : je l'attire à moi et me hisse sur la pointe des pieds pour l'embrasser.

— Encore une nuit comme la dernière et je pourrais bien te donner une promotion, réplique-t-il.

Je mets une petite tape sur son bras.

— Ça veut dire que tu souhaites que je reste ? lancé-je du tac au tac.

Il se fige, et je redoute d'avoir abordé un sujet sensible, alors je lance d'un ton plus léger :

— Le dernier à l'eau aura un gage !

Puis je m'élance en direction de la mer. Le sable ralentit un peu ma course, et je suis sur le point de mettre un pied dans l'eau lorsque les mains d'Erhan saisissent mes hanches et me font voler. Il me repose plus loin avant de plonger dans les vagues.

Je l'y rejoins et il m'attire contre lui.

— Je déteste perdre ! bougonné-je.

Erhan replace la bretelle de mon maillot qui était en train de glisser avant de répondre :

— Qui dit que c'était le cas ?

Je fronce les sourcils et il ajoute :

— Peut-être que tu aimeras le gage que je vais te

donner.

J'ai une petite moue pas convaincue.

Accrochée au cou d'Erhan, mes jambes entourant ses hanches, nos bassins frottent l'un contre l'autre au gré des mouvements des vagues. Chaque fois, je ressens cette chaleur qui se diffuse dans mon ventre.

— J'avais oublié comment c'était…

Le regard curieux d'Erhan trouve le mien et je m'explique :

— D'être ensemble.

— Pas moi, répond-il.

Il a un sourire en coin.

— J'ai essayé, mais je n'ai pas réussi à t'oublier, Max.

Cet aveu me laisse pantoise. Erhan a été mon premier amour, et après lui, je n'ai eu qu'un autre petit ami. Une expérience qui était loin de faire le poids face à Erhan. Mais quel homme aurait pu le surpasser à mes yeux ?

Peut-être celui qui ne t'aurait pas larguée comme une vieille chaussette ?

Aïe. La voix de ma raison se remet à me parler, et ce n'est pas pour me féliciter d'être retombée sous le charme de mon ex… Mais je n'ai pas envie d'écouter ses avertissements. Peu m'importe les conséquences de cet interlude avec Erhan. Je prends tout ce que je peux, et tant pis pour demain.

« Mieux vaut vivre avec des remords plutôt qu'avec des regrets » ne m'a jamais semblé aussi vrai qu'en cet instant.

— J'ai trouvé ton gage, m'annonce Erhan.

Je reporte mon attention sur son visage, son expression ne me dit rien qui vaille. Mes mains s'accrochent à ses épaules tandis que les siennes empoignent mes fesses. Je sens que je frissonne, et cela n'a rien à voir avec la température de l'eau…

Erhan approche ses lèvres de mon oreille pour me souffler :

— Tu dois jouir en toute discrétion.

Je cille et déglutis avec difficulté. Il n'attend pas ma réponse pour glisser une main entre nos deux corps. Ses doigts s'insinuent dans mon bas de maillot. Dans cette position, mon sexe est totalement ouvert et offert, prêt à recevoir les caresses qu'il ne tarde pas à me prodiguer. Tandis que le plaisir monte en moi, je plaque mes lèvres sur l'épaule d'Erhan et la mordille, lui arrachant un grognement.

Je ris tout bas :

— Toi tu as le droit de faire du bruit ?

Mais ma question ne trouve pas de réponse, car Erhan presse mon clitoris et je suis obligée de l'embrasser pour me retenir de gémir.

Sa langue attise encore plus le feu qu'il a réussi à allumer sous le niveau de l'eau. Il ne lui faut pas longtemps pour me faire atteindre la jouissance.

Quand je retrouve mes esprits et que je croise son regard, je peux lire sa satisfaction, mais je n'ai pas dit mon dernier mot !

Je saisis son membre durci et le presse à travers son maillot.

— Ça ne fait pas partie du gage, il me semble, constate-t-il.

Je l'observe tandis que je continue mes caresses.

— Les règles du jeu viennent juste de changer, répliqué-je.

Une drôle de lueur passe dans ses yeux, mais je ne m'arrête pas tant que je ne l'ai pas conduit à la jouissance lui aussi.

Sa bouche trouve la peau de mon cou, sa langue goute

l'eau salée qui s'est posée sur moi, et ses mains pressent mes fesses. Il grogne sourdement à la manière du félin qu'il a tatoué dans sa chair, et j'ai la sensation de détenir un pouvoir immense…

— Qu'est-ce que tu me fais, Max…

Lorsque nous regagnons le rivage, j'ai le sentiment que nous sommes repus, mais Erhan me prouve le contraire quand nous rentrons dans la chambre : il me suit sous la douche.

Nous quittons l'hôtel une heure plus tard et entamons le trajet de retour à la villa. Je me sens détendue et heureuse.

À cet instant, la perspective de retourner en France me semble parfaitement incongrue. Pourquoi rentrerais-je dans l'hexagone alors que je peux me la couler douce au Mexique ?

Non, mais tu t'entends, Maxine ?

J'admets que mon moi du passé serait outré du tour qu'ont pris mes pensées, mais pour une fois, j'ai l'impression d'être dans le vrai.

La main d'Erhan se pose sur ma cuisse et son pouce caresse ma peau. Je le dévisage, admirant son profil, ses bras… Dire qu'il me plait est un euphémisme. Erhan me chamboule, il me fait découvrir de nouveaux horizons.

— À quoi tu penses, Max ?

Il me jette un regard en coin. Je n'ai pas envie de rompre la magie de l'instant, mais je décide d'être franche :

— Au stage.

Sa mâchoire se contracte et il ne répond pas tout de suite. Je reste silencieuse, car je redoute ce qu'il pourrait dire sur le sujet.

— Tu as déjà trouvé autre chose ? demande-t-il enfin.

Que souhaite-t-il entendre ?

— Pas encore.

C'est vrai sans l'être. Disons que je n'ai pas commencé à chercher, mais je ne le précise pas.

Il hoche la tête sans rien ajouter, et je me concentre sur le paysage qui défile. Les larmes rendent le décor un peu flou, et je fais un effort pour inspirer et expirer le plus lentement possible. C'est l'arme imparable pour faire refluer les pleurs.

Je finis par retrouver mon calme.

Une question me taraude, mais je n'ose pas la poser : où on en est tous les deux ? Sans doute que je ne la formule pas à voix haute parce que je préfère faire l'autruche pour l'instant.

— Tu devrais te produire sur scène au moins une fois avant de partir, lâche-t-il après un certain temps à rouler en silence.

— C'est une suggestion ou l'ordre de mon chef ?

Tout son corps se crispe, et je me demande ce que j'ai dit de mal.

— Sur le papier, je suis peut-être ton manager, Maxine, mais dans les faits, tu dépends de Gabriella.

Je fronce les sourcils. Qu'est-ce qui lui prend tout à coup ?

— Okay.

Il tourne la tête vers moi :

— Okay quoi ?

Je hausse les épaules, perdue par son changement d'attitude avec moi.

— Rien.

Il reporte son attention sur la route, et la fin du trajet s'effectue dans le silence le plus total. Ce n'est qu'au moment où il coupe le moteur alors que la voiture est garée devant la villa, qu'il pivote sur son siège :

— Pas de baiser ni de geste intime en public, assène-t-il.

Je crois que mes yeux s'arrondissent sous l'effet de la surprise, mais cela disparait très vite au profit de la colère.

— Tu te fous de moi ou quoi ?

— Pas du tout.

Il semble extrêmement calme.

— Je vois que le Erhan taciturne a repris le dessus. Tu veux que je te dise ?

Il reste stoïque, seule sa mâchoire serrée indique qu'il n'est peut-être pas aussi serein qu'il voudrait me le faire croire.

Je continue :

— Pas de gestes intimes en public, mais ne compte pas qu'il y en ait en privé non plus !

Sur ces mots, je récupère mon sac à dos et quitte le véhicule.

Décidément, je ne comprends pas ce mec ! J'en viens presque à me demander s'il n'aurait pas des troubles bipolaires ! Franchement, c'est quoi son problème ?

J'essaie de me calmer un peu en arrivant dans la villa, au cas où je croiserais un de mes colocs, mais l'endroit est désert.

La porte qui claque dans le hall attire mon attention, et je constate qu'Erhan est rentré lui aussi. Il passe devant moi sans même me lancer un regard.

Je renonce à monter les escaliers, et me change dans une salle de bains du rez-de-chaussée avant d'aller m'installer sur la terrasse. Loin d'Erhan.

20

Erhan

Je jette mon sac sur mon lit. Je suis sur les nerfs depuis que nous avons parlé dans la voiture… Maxine n'a pas encore fait son choix, il est plus que probable qu'elle s'en aille bientôt. En fait, je suis certain que lorsqu'elle comprendra que je ne peux pas m'engager, elle fuira.

Alors, autant mettre un terme à cette folie tout de suite. Rien de bon ne sortira de cette pseudorelation que nous avons débutée sans même en avoir l'intention. Du moins, moi je n'en avais pas conscience.

Je tourne comme un lion en cage dans la chambre, les souvenirs assaillant mon cerveau. Maxine est dans chacun d'entre eux. Comment peut-elle prendre autant de place alors qu'elle vient tout juste d'arriver ?

Plus nous approchions de la villa, plus je sentais le stress croitre en moi. Et si ma vie telle que je l'ai construite jusqu'à présent était révolue ? De quelle manière aller de l'avant à présent que je sais ce que cela fait de vivre ma passion pour Maxine ?

Je passe nerveusement les mains dans mes cheveux, les tirant en arrière. J'ai beau retourner la situation dans tous les sens, rien n'y fait. Maxine et moi sommes voués à l'échec, et d'un autre côté, moi sans Maxine, c'est juste carrément impossible. Alors quoi ?

Je me laisse tomber sur mon lit, les coudes sur mes genoux, la tête baissée. Même en fermant les paupières je ne peux pas échapper à Maxine. Elle me hante, ou me possède, au choix. Quoi qu'il en soit, je ne peux plus rien faire sans penser à elle. Et je n'ai que peu d'espoir que cela change quand elle s'en ira.

Tu te goures, mon gars, ce sera mille fois pire.

Son lit vide en face du mien semble me narguer en me rappelant la nuit que nous y avons passée.

— Eh merde !

Je saute sur mes pieds et quitte la chambre comme une tornade. Je dévale les escaliers à la recherche de Maxine. Ses affaires sont posées dans le salon, mais elle n'est pas là. Je regarde autour de moi en essayant de deviner où elle a bien pu aller. Et si elle était partie faire un tour ?

La frustration se mêle à la confusion qui m'habite déjà. Il faut que je lui parle tout de suite.

Je sors par la baie vitrée, et me fige. Maxine est allongée sur un transat. Ses lunettes de soleil masquent ses yeux, donc je ne suis pas certain qu'elle m'ait vu.

La tension familière qui semble avoir élu domicile dans mon être s'éveille à la vue de son corps dénudé et bronzé. Elle a pris des couleurs depuis son arrivée.

Je passe sur le fait que mon cerveau parvienne à se perdre dans des considérations inutiles, et marche d'un pas décidé vers Maxine.

Elle abaisse ses lunettes au moment où mon ombre se profile sur son visage. Son regard trahit son ennui. Elle a toutes les raisons de m'en vouloir.

— Je ne suis qu'un con.

Pour une fois, les mots sortent facilement et je fais taire ma conscience qui me hurle de rester prudent et de ne pas trop me confier. De toute façon, foutu pour foutu, autant que Maxine comprenne ce qui m'arrive.

— Je n'aurais pas dû réagir comme ça. Je suis désolé. C'est juste que...

Mes idées se dérobent, car Maxine s'est levée pour me faire face. Elle est plus petite que moi pourtant c'est moi qui me sens en dessous de tout.

— Tout se mélange depuis que tu es arrivée.

— De quoi tu parles, Erhan ? Il va falloir être plus clair, car je ne lis pas dans tes pensées.

Je pousse un profond soupir avant de me lancer :

— Je ne veux pas être responsable des choix que tu feras. C'est de ta carrière qu'il s'agit.

— J'en suis consciente, figure-toi.

Je fronce les sourcils.

— Je ne peux pas m'engager dans une relation de couple, encore moins à distance...

— Qui a dit que je désirais être en couple ?

J'en reste bouche bée.

— Tu veux que je te dise, Erhan ? Tu as souvent tendance à te faire des films dans ta tête. Le truc, c'est que tes suppositions ne sont pas le reflet de la réalité. Alors, s'il te plait, aie assez de respect pour moi pour me laisser décider par moi-même.

— Tu as raison sur une chose : tu dois faire ton choix sans que j'intervienne.

Un silence s'étire entre nous pendant lequel nous nous dévisageons. Si j'écoutais ce que me dicte mon corps, je la prendrais dans mes bras pour mettre un terme à cette conversation, mais ça ne règlerait rien, donc je me contiens.

— Nous sommes d'accord, conclut-elle.

— En ce qui nous concerne...

Je passe une main dans mes cheveux, sans trop savoir

dans quoi je m'embarque. C'est Maxine qui enchaine :

— Tu m'as déjà dit que tu ne voulais pas que notre liaison soit de notoriété publique. Tu peux compter sur moi pour ne rien ébruiter. Je ne risque pas d'aller crier sur tous les toits que nous avons baisé pendant notre séjour à Punta Herrero.

Je tique quand elle emploie le verbe « baiser ».

— Ce n'est pas ce que nous avons fait, et tu le sais, Max.

Elle croise les bras sur sa poitrine et détourne les yeux :

— Ah non ?

Je place mes mains sur ses épaules pour qu'elle me regarde, mais elle refuse, alors du bout des doigts, je fais pivoter son menton vers moi. Lorsque je suis certain d'avoir toute son attention, je déclare :

— C'était plus que du sexe.

Je ne peux pas dire mieux.

Maxine me dévisage intensément. Attend-elle que je prononce ces mots que je n'ai jamais dits à une femme ? Est-ce que je le ressens pour elle ? Peut-être. Mais la situation étant ce qu'elle est, je ne peux pas m'autoriser à emprunter cette voie.

Elle a plus de courage que moi, car elle précise :

— Mais moins que de l'amour.

Je pince les lèvres. Je ne veux pas répondre à ça. Maxine se dégage de mes mains.

— Je ne te demande rien, Erhan. Je n'ai jamais souhaité mettre ta vie sens dessus dessous. D'ailleurs, je ne savais même pas que tu étais ici depuis tout ce temps. Personne n'avait de tes nouvelles, tu n'es sur aucun réseau social ou professionnel…

J'ai un petit sourire en coin.

— Tu as vérifié ?

Elle cille plusieurs fois et ses joues s'embrasent.

— Peut-être.

— Avoue que tu voulais savoir ce que je devenais.

— Tu essaies de me faire passer pour la fille pathétique qui traque son ex sur les réseaux pour l'espionner ?

— Ce n'est pas ce que j'ai dit. En fait, je trouve ça mignon que tu aies eu envie de savoir ce que je faisais de ma vie.

— Pas comme toi...

Elle pince les lèvres comme si elle en avait trop dévoilé.

— Moi aussi je t'ai cherchée sur les réseaux, avoué-je presque malgré moi.

Maxine relève les yeux vers moi, l'air étonné.

Je hausse les épaules :

— La curiosité est un vilain défaut et il parait que personne n'est parfait.

Elle semble réfléchir puis elle demande :

— Donc tu sais que je suis sortie avec...

— Oui.

Nous n'avons pas besoin d'en dire plus. Je suis bien au courant qu'elle a eu une relation avec Anthony, un de mes anciens potes de l'école.

La vague de jalousie que j'ai ressentie quand je l'ai appris rejaillit au moment où on évoque le sujet.

— Ça n'a pas duré, admet-elle.

Je ne souhaite pas du tout entendre parler des mecs avec lesquels elle a eu une aventure, mais elle continue :

— Il n'était pas toi.

Je meurs d'envie de la serrer contre moi, pourtant je ne le fais pas. Une sorte de force extérieure m'en empêche. Je me suis mal comporté avec Maxine, donc je préfère attendre qu'elle vienne vers moi.

Mais elle vient de faire un pas dans ta direction !

Et puis merde !

Je m'approche et la prends dans mes bras. Tant pis si elle m'envoie sur les roses, je l'aurais bien mérité. Mais Maxine ne se dérobe pas à mon étreinte, elle se love contre moi.

— Que vont penser les autres s'ils arrivent maintenant ?

Le menton posé sur le sommet de son crâne, les yeux perdus sur l'étendue d'eau bleue de la piscine, je rassemble mes idées.

— Ce ne sera pas la première fois qu'ils me verront avec une femme…

Je sens que Maxine se raidit contre moi.

Désolé, ce n'est pas ce que je voulais dire. Je m'y prends mal.

Maxine laisse échapper un petit ricanement :

— Ça, tu peux le dire.

Je m'écarte un peu d'elle pour la regarder droit dans les yeux.

— Je me fiche de ce qu'ils peuvent bien penser.

— Ce n'est pourtant pas ce que tu disais tout à l'heure…

Elle a toutes les raisons de douter, à sa place je ne me ferais pas confiance non plus. Je n'arrête pas de changer d'avis et de discours depuis une semaine !

— Il m'arrive d'être très, très con.

Le sourire en coin de Maxine ne m'échappe pas.

— Je l'avais remarqué.

Je hausse les épaules :

— Comme je l'ai dit : personne n'est parfait. Je fais de mon mieux.

Elle hoche la tête en silence, et je me penche pour poser un bisou sur ses lèvres. Au moment où je m'éloigne, Maxine me retient et me donne un vrai baiser, profond et intense.

— Si tu continues, les autres vont nous surprendre dans une situation compromettante...

Maxine hausse les épaules comme si cela lui importait peu, mais moi je n'ai aucune envie que mes colocs puissent se rincer l'œil en matant son joli petit cul.

***

Le retour de mes amis se passe sans incident. Les gars ont invité les filles à manger avec nous. Et pendant le repas, ils nous posent des questions sur notre court séjour à deux. Santiago en tête de file :

— Vous avez réussi à ne pas vous étriper ?

— Crois-le ou pas, mais Maxine a été très sage, répliqué-je.

Je jette un coup d'œil à cette dernière. Elle rougit, et je souris.

— Oh, mais ce n'est pas Maxine qui m'inquiétait, rétorque Santiago en me dévisageant avec insistance.

Je lève les mains en signe d'innocence :

— J'ai été doux comme un agneau ! Et j'ai même sauvé la vie de ta petite protégée, alors tu pourrais me remercier au lieu de me cuisiner comme si j'étais un criminel notoire.

Aussitôt, Azura s'écrie :

— Tu as fait quoi ? Qu'est-ce qu'il s'est passé ?

Des réactions similaires s'élèvent tout autour de la table et je raconte notre rencontre avec le jaguar, à grand renfort de détails :

— Je pense qu'il était à ça de lui sauter à la gorge, heureusement que j'ai eu la présence d'esprit d'écarter Maxine.

Azura ouvre des yeux ronds comme des soucoupes, mais Maxine éclate de rire et je m'adresse à elle :

— Merci, tu viens de gâcher toute mon histoire !

— Il n'y a pas eu de jaguar, tranche Rafael.

— Le mieux, c'est que Maxine nous raconte la vérité, intervient Santiago.

L'intéressée le dévisage avant de reporter son attention sur moi :

— Le félin n'était pas menaçant, mais je suis contente qu'Erhan se soit trouvé là. Sans lui, j'aurais pu avoir une réaction inappropriée, et qui sait s'il ne m'aurait pas dévorée toute crue…

Je le fixe, des souvenirs plein la tête de moments où moi je l'ai « dévorée toute crue ». Je crois que Maxine suit le cours de mes pensées, car elle rougit de plus belle et détourne les yeux.

— Bon, puisque tout le monde est en parfaite santé, je propose qu'on aille au *Captain Frog* ! lance Kirsten.

Des exclamations enthousiastes s'élèvent autour de la table.

Lorsque nous nous regroupons dans le hall pour partir, j'approche de Maxine pour lui glisser à l'oreille :

— Monte dans la voiture des filles. J'ai quelque chose à faire avant de te rejoindre au club.

Elle a une expression intriguée, mais je m'éloigne pour ne pas répondre aux questions qu'elle ne manquerait pas de me poser.

Je lui adresse un dernier clin d'œil au moment où elle passe la porte, puis je mets mon idée à exécution, et je dois faire vite.

21

Maxine

Une demi-heure après notre arrivée Erhan n'est toujours pas là. Je meurs d'impatience de savoir ce qu'il peut bien faire pendant ce temps, mais je mets de côté ma curiosité. Je ne veux pas passer pour la fille qui le flique. Il a quand même le droit d'avoir une vie privée...

Même si cela implique une autre femme ?

La curiosité laisse place au doute. Erhan et moi n'avons jamais spécifié que nous étions exclusifs. En fait, jusqu'à il y a quelques heures, il n'y avait même pas de « nous ».

Mon cœur se serre sous l'effet de l'appréhension.

— Tu m'accordes une danse ?

Je lève les yeux vers Santiago qui est debout devant moi tandis que je suis installée à notre table. Un rapide tour d'horizon m'apprend qu'Erhan n'est toujours pas arrivé, et les griffes du doute et de la jalousie se plantent dans ma poitrine. Je finis par acquiescer et je suis Santiago sur la piste.

Le DJ du club passe des sons pop ce soir, et je ne tarde pas à onduler. La musique a le don de me vider la tête, ce qui n'est pas de refus étant donné mon état d'esprit. Santiago s'approche de moi, plaquant ses mains sur mes hanches pour me faire bouger en rythme avec lui. Très vite, nous improvisons une petite chorégraphie inspirée des enchainements que nous répétons chaque jour.

Santiago se penche vers moi :

— Tu as fait de gros progrès !

Je pense que je suis en train de retrouver le niveau que j'avais avant d'arrêter la danse, mais je ne lui en parle pas, jugeant la musique trop forte pour discuter.

Santiago ne s'écarte pas, en fait, il se rapproche encore. Nos bassins ne sont pas l'un contre l'autre, mais ce n'est pas loin. Je peux sentir son parfum. Mon coloc est séduisant, d'ailleurs je crois que Saffron a un crush sur lui. En tout cas la jeune femme nous lance des regards meurtriers chaque fois que nous passons près d'elle.

— C'est quoi l'histoire avec Saffron ?

Santiago hausse les épaules :

— Rien, pourquoi ?

Je fronce les sourcils. Soit il n'est pas du tout conscient de lui plaire, soit il le sait, mais il s'en fiche. Impossible à dire. Et il n'a pas l'air de vouloir s'étendre sur le sujet.

Au moment où le DJ enchaine sur des rythmes plus latinos, Santiago me prend carrément dans ses bras pour entamer une sorte de bachata revisitée. C'est agréable de danser avec lui, et surtout, c'est sans arrière-pensée.

Nous sommes sur la piste depuis quelques minutes, quand je sens qu'on me tire en arrière. Je pivote et découvre le visage fermé d'Erhan.

— On s'en va, dit-il assez fort pour que Santiago et moi l'entendions.

Je fronce les sourcils, mais le suis à travers la salle jusqu'à l'extérieur du bar. Une fois dehors, il se tourne vers moi :

— Tu t'amuses bien ?

Ses yeux lancent des éclairs et il ne me laisse pas le temps de lui répondre :

— J'aurais dû m'en douter…

Il passe les mains dans ses cheveux sans me quitter du regard. Je perçois une sorte d'accusation, mais n'en comprends pas la raison.

— De quoi tu parles à la fin, Erhan ?

— C'est ta manière de me faire payer notre rupture ?

J'en reste carrément bouche bée.

— Est-ce que tu as fait exprès de venir au Mexique pour prendre ta revanche ?

Je cille plusieurs fois, et j'ai besoin de quelques secondes pour remettre de l'ordre dans mes pensées. Quand j'y parviens enfin, je lui réponds :

— Je ne vois pas de quoi tu parles ni ce que tu es encore allé t'imaginer. Je n'ai jamais eu l'intention de me venger, comme tu dis, et je ne sais pas combien de fois je vais devoir te répéter que je n'avais aucune idée que tu étais au Mexique. Donc non, je ne te fais rien payer du tout. En ce qui me concerne, tout allait bien jusqu'à ce que tu me fasses une scène. Pour quoi au juste ?

— Ce que tu faisais avec Santiago sur la piste, c'est ça que tu appelles rien ?

— Nous dansions ! Rien de plus.

Erhan me dévisage d'un air suspicieux.

— Tu ne me crois pas.

Mon ton est las. Je ne sais pas pourquoi rien n'est simple lorsqu'il s'agit d'Erhan. On ne pourrait pas vivre une histoire ordinaire ? Est-ce trop demander ?

Je reprends :

— Si on veut que ça marche entre nous, il va falloir que tu me fasses confiance.

Le regard d'Erhan se fige par-dessus mon épaule. Je tourne la tête et vois Santiago s'avancer. Je ne sais pas qu'il a entendu de notre discussion, en tout cas il a l'air normal.

— Tout va bien ? s'enquiert-il.

— Pas maintenant, grogne Erhan.

La perplexité de Santiago est visible. Il ne comprend pas ce qui est en train de se passer, et je dois reconnaitre que moi non plus.

— Si tu as un problème, je peux t'aider…

Erhan carre les épaules, et je sens le moment où tout va partir en vrille. J'ai le ventre noué d'être responsable de cette situation. Je m'interpose et place une main sur son torse avant de répondre à Santiago :

— Je suis fatiguée, Erhan a proposé de me raccompagner.

Notre coloc acquiesce.

— Okay. On se voit demain.

Erhan garde le silence pendant tout le trajet du retour à la maison, et lorsque nous arrivons il s'enfonce dans la villa sans même s'assurer que je le suis.

Je suis tellement déçue que les choses tournent mal, on pourrait presque croire que nous sommes maudits. Chaque fois que ça s'arrange entre nous, il faut qu'un grain de sable fasse dérailler la machine.

Je n'essaie même pas de retrouver Erhan, et décide de regagner l'étage. Si ça se trouve, il va faire la tête et ne viendra pas dormir dans son lit… Ce qu'il peut être insupportable quelquefois !

Le spectacle qui s'offre à moi au moment où je pénètre dans notre chambre me laisse sans voix…

Je comprends alors pourquoi Erhan a mis du temps pour nous rejoindre : nos deux lits sont maintenant côte à côte, formant un seul et même couchage. Il a disposé des fleurs sur le drap et il y a une bougie sur la table de chevet.

— Je n'aurais pas dû…

Erhan entre dans la chambre et se dirige vers le lit, mais je l'intercepte au passage et m'accroche à son cou pour l'embrasser. Il est d'abord surpris, mais il finit par se détendre entre mes bras.

— Merci, Erhan.

Je mets toute la douceur que j'ai en moi dans le baiser qui suit. Je voudrais qu'il comprenne qu'il n'y a que lui qui compte, qu'aucun homme ne fait le poids face à lui et que je ne le tromperai pas.

Je l'attire vers le lit, bien décidée à lui démontrer qu'il est le seul qui m'intéresse. Suivant mes ordres muets, il s'assied et je me place debout entre ses jambes. Il relève la tête pour accrocher mon regard. Je tiens son visage entre mes mains et plonge dans ses iris turquoise :

— Si on veut que ça marche nous deux, il faut qu'on communique mieux, Erhan. Je te jure qu'il ne se passe rien avec Santiago ni avec aucun autre homme.

Il ne dit rien, mais je peux voir qu'il s'apaise.

Cet homme est complexe, insondable, imprévisible, mais il peut aussi se montrer protecteur, prévenant, voire romantique, quand il le décide.

— Je crois que tu vas devoir me le prouver de multiples manières, réplique-t-il avec un sourire coquin.

Je réponds sur un ton léger :

— Dis donc, tu n'aurais pas fait tout ça pour obtenir des faveurs de ma part ?

— Admettons que ça soit le cas… Ça a marché ?

J'ai un petit rire :

— Tu sais qu'on n'a pas besoin de se disputer pour faire l'amour ?

— Ah bon ?

Il fait semblant de réfléchir.

— Je commence à être fatiguée de l'ascenseur émotionnel, Erhan.

Je suis très sérieuse et ça ne lui échappe pas. Il adopte la mine concentrée de l'élève respectable.

— Si je promets d'être sage à l'avenir, tu me donneras un bon point ?

Il a l'art et la manière de passer de la dispute au jeu puis à la séduction.

— Tu m'épuises, soufflé-je.

Tout le temps que dure notre échange, ses mains ne cessent de caresser l'arrière de mes cuisses, remontant chaque fois un peu plus haut.

— Mais je n'ai même pas commencé, réplique-t-il.

— Des paroles, toujours des paroles…

D'un mouvement brusque, il m'entraine sur le lit. Je me retrouve allongée sur lui, mes cheveux tombent autour de nous, formant un rideau qui nous isole de l'extérieur.

Erhan place sa main contre ma joue, son pouce suit le contour de ma bouche juste avant qu'il ne m'embrasse. J'ai l'impression que mon cœur est en train de fondre dans ma poitrine. C'est fou ce qu'il est capable de me faire ressentir.

Être avec Erhan est aussi grisant qu'un tour de montagnes russes : il y a des hauts et des bas, et chaque fois des sensations fortes pour passer d'un extrême à l'autre.

***

Erhan me conduit à l'hôtel, et pour la première fois depuis que je suis arrivée au Mexique, je me sens apaisée. Je suis certaine de ce que je veux faire.

Je pivote sur mon siège :

— J'ai pris ma décision.

Erhan me lance un regard en coin.

— À propos de quoi ?

— De mon stage.

Un silence passe.

— Tu ne préfères pas monter sur scène avant de te prononcer ? demande-t-il avec précaution.

Je secoue la tête pour dire que non. Erhan fronce les sourcils, et l'espace d'un instant, je redoute une nouvelle dispute, mais ce n'est pas le cas.

— Annonce la couleur, Max. Je suis prêt à encaisser.

Il parle comme s'il était convaincu que j'allais partir...

Peut-être que c'est ce qu'il veut en fin de compte ?

Je mets de côté mes doutes sur les souhaits d'Erhan. Il ne s'agit pas de lui, mais de moi. C'est de ma carrière qu'il est question.

Erhan gare la voiture sur le parking des employés et arrête le moteur avant de se tourner vers moi, l'air interrogateur.

Je prends une inspiration avant d'annoncer :

— Je vais rester.

Seul le silence me répond.

— Tu m'as entendue, Erhan ?

Il me dévisage tranquillement avant de hocher la tête.

— Tu restes.

Je me mets à parler très vite :

— Je ne sais pas si c'est ce que tu souhaites, et à vrai dire, peu importe ! Je veux dire, oui, j'accorde de l'importance à ton avis, mais il ne doit pas supplanter le mien. C'est de ma carrière qu'il s'agit... Okay, c'est vrai que ce stage est totalement bidon. Enfin... Pas dans ce sens-là. C'est juste qu'il n'a rien à voir avec le genre de mission que je suis censée accomplir en entreprise. Mais je m'en fiche. On n'a qu'une vie, tu crois pas ?

Je suis à bout de souffle d'avoir tout déballé d'une seule traite. J'attends une réaction de la part d'Erhan qui semble-t-il n'arrivera jamais, alors je m'apprête à quitter la Jeep.

Mais Erhan attrape mon bras et je me retourne. Il m'accorde un bref regard avant de m'embrasser. Il se fiche complètement que nous soyons au travail et que l'on puisse nous voir. Il me donne un baiser susceptible d'embraser ma petite culotte. Et je crois que si nous n'étions pas à l'hôtel, nous ferions l'amour.

Quand il se détache de moi, je suis à deux doigts de la syncope et je reprends une goulée d'air.

— Je suis content que tu restes, lâche-t-il enfin.

22

Erhan

L'annonce de Maxine m'a mis la pêche. Je n'aurais jamais imaginé être si heureux qu'elle reste ici… Il faut croire que je ne suis plus moi-même depuis qu'elle est au Mexique. Quelque chose a changé en moi, je n'arrive pas à comprendre quoi, et je n'en reviens pas que ça ait été si rapide. À moins que ça ait toujours été là depuis trois ans ?

C'est le cœur léger que je regagne mon bureau, mais mon enthousiasme est atténué par la présence de Salina dans la pièce. Décidément, cette fille est pire que la vermine : on peut la chasser, mais elle revient toujours…

Je sais que je devrais être plus indulgent, mais bon, ce n'est pas ma faute si elle fait tout pour m'ennuyer.

Je la salue froidement :

— Salina. Les jours passent et se ressemblent…

La jeune femme ne s'offusque pas de ma remarque acide. De toute façon, j'imagine que pour être le mignon de Beatriz, elle doit avoir un sacré manque d'amour propre.

— La *licenciada* m'attend ?

Je fais demi-tour, déjà prêt à rejoindre la DRH dans son bureau, ou tout autre endroit de son choix. Autant en finir tout de suite.

— Non, je suis là par pure courtoisie.

Je me fige, surpris par cette réponse. Salina n'a jamais été polie avec moi. Ce revirement subit ne prend pas avec moi.

— Qu'est-ce que tu veux, Salina ?

Je croise les bras sur mon torse, bien décidé à lui montrer que je ne suis pas dupe de ses manœuvres. Elle écarquille les yeux sous l'effet d'un étonnement qu'elle surjoue. Franchement, elle devrait envisager de changer de carrière, elle aurait de beaux jours dans l'audiovisuel.

— Tu es parano, Erhan…

— C'est ça, oui.

Elle marque une pause, comme si elle attendait que je continue la conversation, mais voyant que je n'ajoute rien, elle demande :

— Est-ce que tu penses qu'il serait possible que j'assiste au spectacle un de ces soirs ?

Okay, tout s'éclaire : elle est venue solliciter une faveur. Elle sait très bien que les employés n'ont pas le droit de profiter des installations de l'hôtel.

À moins que ce ne soit un piège que sa boss me tend ? Je m'attends à tout venant de cette femme, et surtout au pire.

— Pourquoi tu ne demandes pas à Beatriz ?

Pour la première fois depuis que je l'ai rencontrée, Salina manifeste de l'embarras. Si tant est que ce ne soit pas de la comédie, impossible à savoir avec elle. Tout compte fait, elle pourrait aussi devenir une redoutable joueuse de poker si elle le voulait. Le bluff semble être sa seconde nature…

— Tu connais la politique de l'hôtel, élude-t-elle.

Oh que oui ! Et d'ailleurs, les règles stipulent que les salariés de sexe opposé ne doivent pas partager leur logement, et encore moins la même chambre, et ce sont encore ces règles qui indiquent que nous ne devons pas entretenir de liaison entre employés, ou du moins, rester extrêmement discrets sur le sujet.

Maxine et moi enfreignons à peu près tous les points... Il y a quelque temps, ce constat m'aurait mis en rogne, mais plus maintenant. Tant pis. C'est tout ce que j'arrive à me dire. Si le prix à payer est de trouver un autre job, je suis prêt à le faire.

Tiens, c'est nouveau ça !

Cette prise de conscience me libère d'un poids : je ne suis pas lié corps et âme à cet hôtel. Et même Beatriz ne pourra rien contre moi si je décide de m'en aller.

— Alors, tu acceptes de m'aider ? insiste Salina.

Je pousse un soupir et regagne mon bureau où je m'installe. Je ne suis pas meilleur qu'elle à la faire lambiner en attendant ma réponse, mais c'est en quelque sorte une revanche pour toutes les crasses qu'elle a pu me faire depuis trois ans.

— Je verrai ce que je peux faire, mais si on le découvre, je m'en lave les mains.

Un air de soulagement traverse son visage. C'est fugace, mais je l'ai aperçu. Peut-être qu'elle ne ment pas pour une fois ?

— Merci, Erhan.

Je vois bien que ça lui écorche presque la bouche de prononcer ce mot, et j'ai un petit sourire en coin tandis qu'elle quitte la pièce.

***

En début d'après-midi, je me rends au théâtre. Officiellement, pour m'assurer que les répétitions du nouveau spectacle roulent, officieusement, pour retrouver Maxine.

Elle est la première personne que je repère en arrivant

dans la salle. Son corps ondule en reproduisant la chorégraphie créée par Gabriella et je suis subjugué par le charme qui émane de Max.

Si j'aime ce que je vois au début, cela change très vite lorsque Santiago entre en scène. Ils évoluent tous les deux, et même si je reconnais que le duo fonctionne, quelque chose grince à l'intérieur de moi.

Je ne veux pas qu'elle danse avec un autre homme.

Tu es jaloux, mon gars.

Oui, je le suis, c'est viscéral, imprévisible et incontrôlable. Je ne sais même pas pourquoi je réagis ainsi.

Sans doute parce que tu tiens plus à elle que ce que tu veux bien dire.

Gabriella m'aperçoit et me rejoint :

— Salut, Erhan.

— Salut.

— On avance plus vite que je ne l'aurais cru. Nous avons déjà bouclé deux tableaux. Tu es satisfait du résultat ?

La musique continue, et bien que le reste de la troupe évolue avec Maxine et Santiago, je n'ai d'yeux que pour l'objet de mes pensées.

Je réponds :

— On aurait besoin d'un autre danseur, mais dans l'ensemble c'est super.

— Tu connais mon avis sur le sujet…

— Comment oublier quand tu me le rappelles chaque fois que tu en as l'occasion ?

— Ce n'est pas ma faute si tu es un bon danseur. D'ailleurs, j'ai déjà une idée pour t'intégrer au spectacle.

Je me tourne vers elle, son attention est rivée à la scène, mais elle a un petit sourire en coin. Elle finit par pivoter vers moi pour me regarder :

— Reste jusqu'à la fin, on va essayer un truc ou deux et

si vraiment ça ne te convient pas, je n'en parlerai plus.

— Tu es dure en négociation… Tu sais que tu pourrais envisager de te reconvertir en commerciale ?

— Une reconversion ? Tu es en train de me dire que je suis vieille, c'est ça ?

— Mais pas du tout !

Je lève les mains en signe d'innocence.

— Pour la peine, tu feras tout ce que je te demande et je ne veux pas t'entendre te plaindre, tranche-t-elle.

— On a un deal.

De fait, quand la répétition s'achève et que les danseurs quittent la scène, Gabriella me lance :

— En piste !

Puis elle s'adresse à la troupe :

— Maxine ! Ne pars pas tout de suite.

J'échange un regard avec cette dernière qui, trop occupée à discuter avec les autres ne m'avait pas remarqué jusque-là. Son visage s'illumine quand elle m'aperçoit.

D'un bond, je la rejoins sur la scène. Je suis tenté de la prendre dans mes bras et de l'embrasser, mais je ne le fais pas. Notre relation est privée pour l'instant. Max le comprend et elle ne fait aucun geste qui pourrait nous trahir.

Gabriella monte sur les planches :

— Bien. J'ai une petite idée pour le tableau final.

Elle marque un silence, mais elle a toute notre attention.

— La tendance est à la nostalgie, donc c'est ce qu'on va offrir à nos clients : un retour dans le passé. Et quoi de mieux pour ça que de reproduire les scènes cultes des plus grands films musicaux ?

Je ne l'interromps pas. Gabriella est une excellente chorégraphe et elle a toute ma confiance.

— Je pense que vous feriez un bon Johnny et Bébé, conclut-elle.

C'est Maxine qui demande :

— Johnny et Bébé… comme dans Dirty Dancing ?

Gabriella donne un petit coup de canne sur le sol :

— Exact !

Puis elle s'adresse à moi :

— J'imagine que tu as vu le film ?

Je croise les bras sur mon torse sans répondre. Maxine me dévisage :

— Attends… Ne me dis pas que tu ne l'as jamais regardé ? Comment c'est possible ?

— C'est pas mon genre de prédilection, marmonné-je.

— Mais quand même ! s'exclame-t-elle. C'est un film incontournable ! Il fait partie de la culture pop. Qui de nos jours ne l'a jamais vu ?

— Faut croire que je suis une exception…

Maxine a les poings plantés sur ses hanches, tandis que Gabriella a un petit sourire en coin. Je capitule :

— Bon, ça va les filles ! Je vais le regarder votre fichu film !

— C'est mieux si tu veux apprendre la chorégraphie du final, approuve Gabriella. Ça nous aidera beaucoup, mais ce n'est pas obligatoire. Tu connais un peu le mambo ?

Je crois que mes yeux s'arrondissent de surprise et j'entends Max s'esclaffer.

— Tu sais très bien que non, Gabriella.

— Alors on a de la chance que tu percutes vite. Placez-vous au centre.

Nous obtempérons et je me retrouve face à Maxine. Son beau regard capte le mien et j'en perds un instant le fil de mes pensées.

Depuis le bord de la scène, Gabriella nous lance des directives :

— Maxine, je veux que tu mettes ta main gauche sur l'épaule d'Erhan. Erhan, tu saisis sa taille, s'il te plait.

Nous prenons nos places sans difficulté.

— Ça va bien se passer, me souffle Maxine. Je me souviens des pas de base.

Pendant une heure, Gabriella nous fait danser sans relâche.

— Bien ! Félicitations ! Vous avez atteint le niveau débutant en mambo. Il va falloir accélérer si on veut être prêts pour la semaine prochaine.

Je ne suis pas le seul à manifester mon étonnement, Maxine et moi parlons en même temps :

— C'est beaucoup trop court !

— Je n'ai pas encore accepté de monter sur scène ! m'écrié-je.

La chorégraphe agite sa main dans notre direction :

— Vous formez un super duo, la connexion entre vous est évidente.

À ces mots, ses yeux passent de l'un à l'autre et je peux presque jurer qu'elle sait.

— Vous allez nous faire un superbe show. Allez, filez avant que je ne change d'avis et vous fasse répéter une heure de plus. On se voit demain à la même heure.

Maxine et moi échangeons un coup d'œil avant de filer en direction des coulisses. La voix de Gabriella nous parvient :

— Erhan, regarde le film !

Max pouffe à côté de moi, mais je décide qu'elle ne s'en tirera pas si facilement : je l'attire à moi et la plaque contre le mur tout proche.

— Qu'est-ce que tu fais ? murmure-t-elle. On peut nous voir...

Je me penche vers elle, mon souffle frôlant sa bouche

entrouverte :

— J'ai envie de faire ça depuis tout à l'heure.

Et je m'empare de ses lèvres. Notre baiser fait rapidement grimper ma température, au point de menacer de me faire faire des choses indécentes dans les coulisses du théâtre. Heureusement, Maxine est plus sérieuse que moi, et elle s'écarte.

— On ferait mieux de rentrer.

Une lueur de désir brille dans ses yeux, sa bouche est un peu rougie par nos baisers et elle respire plus vite. Mes mains pressent ses hanches, mais Maxine se soustrait à mon emprise.

Elle tire sur mon bras :

— Tu as un film à regarder, je te rappelle.

— Tu ne serais pas en train de te moquer de moi par hasard ?

— Je n'oserais pas…

Mais son petit sourire en coin m'apprend tout ce qu'il y a à savoir.

— Tu es consciente que tu vas le visionner avec moi, pas vrai ?

— Quoi ? Non !

— Oh que si !

— Mais je le connais par cœur, je peux même réciter des répliques de mémoire. Tu vas détester le regarder avec moi.

— Au contraire, je pense que je vais l'apprécier justement parce que tu seras là.

Cette fois, elle ne trouve rien à redire, son visage s'adoucit et elle dépose un rapide baiser sur ma bouche.

— Allez, on y va.

23

Maxine

— C'est du délire ! s'exclame Erhan.

Installés dans notre chambre, nous venons de regarder le film. Je roule sur le ventre pour le dévisager.

Erhan baisse les yeux vers moi :

— On est censés reproduire cette choré ?

Il pointe le doigt sur l'écran où la scène du final se termine.

— Tu as entendu Gabriella…

— Cette femme est folle !

— Je ne vois pas où est le problème.

— Sans doute parce que ce n'est pas toi qui es supposé porter ta partenaire à bout de bras au-dessus de ta tête !

Je fronce les sourcils d'un air faussement offusqué :

— Dis que je suis grosse tant que tu y es !

— Tu es parfaite.

Ces trois mots suffisent à faire battre mon cœur plus vite. Inconscient de l'effet qu'il a sur moi, Erhan continue :

— Ce n'est pas la question. Mais je suis certain que c'est déjà difficile de porter un enfant d'une vingtaine de kilos dans cette position, alors une adulte…

— Il faudra que tu fasses plus de musculation, voilà tout.

— Mais bien sûr !

— Je suis sûre que si on s'entraine suffisamment ça ira.

— Tu n'as pas le vertige j'espère…

— Pas du tout ! D'ailleurs, j'ai pratiqué l'escalade pendant quelque temps.

Je souris d'un air innocent. Erhan me dévisage et je perçois le changement s'opérer en lui… Il s'allonge près de moi pour m'embrasser.

— Tu ne voudrais pas m'escalader moi ?

J'éclate de rire :

— Je n'ai jamais entendu une plaisanterie aussi naze !

— Quoi ? Tu te moques de mon sommet ?

Il fait semblant de se vexer, et je me penche vers lui pour déposer un baiser sur sa bouche.

— C'est le petit nom que tu donnes à ton sexe ? demandé-je innocemment. Remarque, ça ne manque pas d'originalité…

— Je ne l'ai pas baptisé, si tu veux tout savoir, répond-il sur le même ton.

J'ai une grimace amusée.

— Bien, je crois que sur ces jolies paroles, je vais me coucher.

Je fais mine de me lever, mais Erhan me retient par la main :

— Oh non ! Si tu tiens à ce qu'on fasse ce porté de l'enfer, il faut qu'on s'entraine.

— Maintenant ? m'étranglé-je.

Erhan se redresse déjà.

— Maintenant, répète-t-il d'un air très sérieux. Enfile ton maillot.

— Tu veux faire ça dans la piscine ?

— Prends une serviette, le reste je m'en occupe.

Il se dirige vers la salle de bains et passe son short sans même se cacher, m'offrant une vue imprenable sur ses fesses. Le désir familier commence à éclore dans mon ventre…

— Tu te changes ou tu continues à me mater ? m'interroge-t-il en me lançant un regard en coin.

Je me ressaisis et enfile rapidement mon maillot avant de le suivre à l'extérieur. La terrasse est plongée dans l'obscurité, les insectes grésillent dans la nuit. Les quelques rayons en provenance du croissant de lune éclairent tout juste les lieux.

— À l'eau, ma belle !

Erhan ne m'attend pas pour plonger dans la piscine. Il s'y prend tellement bien qu'il fait très peu de bruit. J'opte pour une entrée moins spectaculaire, mais tout aussi efficace : je m'assieds sur le rebord et me laisse glisser dans le bassin.

Il ressurgit pile devant moi, en profitant pour se plaquer contre mon corps.

— C'est le moment de vérité : on va voir si on a une chance de réussir ce porté.

Erhan m'attire plus loin dans la piscine, où nous faisons une première tentative qui se solde par un échec cuisant : j'atterris la tête dans l'eau.

— Je t'avais dit que ce n'était pas gagné, observe Erhan.

— Tu n'as fait aucun effort, grommelé-je.

— Euh… Tu penses que tu es arrivée dans les airs par l'opération du Saint-Esprit ? Je t'assure que j'ai fait un effort !

Je ris tout bas, et nous recommençons. Nous avons besoin de nous y reprendre à plusieurs fois avant de parvenir à quelque chose de potable.

— Je propose qu'on arrête pour ce soir, me glisse Erhan tout en m'entrainant vers le bord.

Il me coince entre la paroi et son corps, et laisse courir

ses lèvres dans mon cou. Je crochète mes jambes autour de sa taille.

— J'ai envie de toi, Max…

Sa voix n'est qu'un souffle, mais j'ai l'impression que tout le monde peut l'entendre.

— Pas ici !

Erhan plante son regard dans le mien.

— Pourquoi pas ?

— On pourrait nous surprendre !

— C'est ce qui rend les choses plus excitantes… Et puis, on l'a déjà fait en public à la plage.

— Ça, c'est parce que tu ne sais absolument pas te tenir, éludé-je.

Il plaque son bassin contre le mien et je déglutis.

— Ose me dire que tu n'en as pas envie ! Qu'il n'y a pas une petite partie de toi qui souhaite faire de nouvelles expériences !

Je me contente de secouer la tête, même s'il a raison. Non, en fait, ce n'est pas tellement le changement qui est excitant, c'est juste Erhan qui me met dans cet état à chaque fois. Je ne comprends d'ailleurs pas comment c'est possible…

— De toute façon, on n'a pas de protection, argumentai-je.

Cette fois, je pense l'avoir ramené à la raison, mais l'instant suivant, il me soulève et m'assied sur les margelles de la piscine. Son regard ne quitte pas le mien :

— On n'en aura pas besoin.

Et il écarte mes jambes. Mon bas de maillot ne le freine pas du tout, car il le fait glisser et sa bouche se pose sur mon intimité.

Je me sens encore plus exposée, mais mon excitation en est décuplée. Sa langue fait des miracles, tout comme ses mains qui s'aventurent sous mon haut de bikini pour caresser mes seins.

Je me cambre quand la jouissance me percute. Je dois mordre dans ma lèvre pour ne pas gémir.

Quand il remet ma culotte en place, Erhan a un petit sourire victorieux. Il m'aide à me lever et à me sécher avant que nous regagnions notre chambre.

Sitôt la porte refermée, je m'approche de lui. Il hausse un sourcil interrogateur.

— Maxine, qu'est-ce que...

Mais je ne lui laisse pas le temps de poser des questions, car je m'occupe de lui retirer son short. On peut être deux à jouer à ce petit jeu, et je veux qu'Erhan le sache.

***

Les répétitions s'enchainent à un rythme effréné. Le jour, je danse, et la nuit je me réfugie dans les bras d'Erhan. Cette nouvelle vie ne m'a jamais paru aussi belle. Et le grand soir arrive bien trop vite.

Je suis debout dans les coulisses, prête à faire ma première entrée sur scène.

Des lèvres se posent dans mon cou. La caresse est légère comme une plume. Je tourne la tête vers mon petit-ami qui m'adresse un large sourire :

— Ça va très bien se passer.

Je fronce les sourcils.

— Si on considère que je ne vais pas m'exploser le crâne sur le sol à la fin, oui, on peut imaginer que ça ira bien.

— Je ne te laisserai pas tomber, Max.

Erhan a perdu son sourire et il a un air grave quand il me dit ça. Mon cœur fait un bond dans ma poitrine. Il ne semble pas parler uniquement du show. À moins que je ne me fasse des idées ?

Il place ses mains sur mes épaules et accroche mon regard.

— Respire, Max.

Sa voix m'apaise un peu, et j'en ai bien besoin. J'ai fait des représentations de danse, mais à l'époque, le public était composé de parents d'élèves. Cette fois, c'est très différent… Il y a de vrais spectateurs qui en veulent pour leur argent. Et ça me met une pression énorme. Je ne souhaite décevoir personne, surtout pas Erhan.

Comme s'il lisait dans mes pensées, il me glisse :

— Tu vas être géniale.

— C'est facile à dire pour toi…

— Euh… Tu oublies que c'est moi qui dois te soulever ?

J'ai un petit sourire en coin. Contre toute attente, nous avons réussi à maitriser le porté en peu de temps. Erhan est bien plus costaud qu'il ne le croyait. Selon ses propres mots, ce sont les entrainements avec Isak qui donnent des résultats. Il faut dire que notre coloc a mis les bouchées doubles sur les exercices de musculation qu'il prodigue à Erhan quand il a su ce que nous projetions de faire.

— Allez, c'est bientôt à nous.

Erhan dépose un léger baiser sur ma bouche.

Je crois que certains membres du groupe ont compris la nature de notre relation, mais personne n'y a fait allusion, alors peut-être que je me trompe…

Ce n'est plus le moment de penser à ça. Il faut que je monte sur scène. Je reconnais le changement de musique qui est le signal de départ pour notre prestation.

Je m'avance sur le plateau. Les projecteurs braqués sur moi m'empêchent de distinguer la foule qui se trouve dans le théâtre, et ce n'est pas plus mal.

Les notes familières s'élèvent, et les applaudissements retentissent. Pourtant, je n'ai pas encore esquissé le premier pas de danse…

Soudain, Erhan me rejoint et nous reproduisons la fameuse scène culte à l'identique. Il va même jusqu'à soulever mon menton pour que je le regarde droit dans les yeux, comme dans le film.

Je ne sais pas si c'est un effet imaginaire de mon cerveau, mais à partir du moment où je me concentre sur le bleu turquoise de ses yeux, j'en perds le sens de la réalité. Je pourrais aussi bien être plongée dans un rêve intense…

Erhan dirige, et je le suis sans hésiter. Nos corps se meuvent à l'unisson, comme si nous avions toujours fait ça. Sans doute qu'il s'agit d'une forme de connexion, à l'image de notre libido.

Il me fait tourner, et l'espace d'une seconde, mon regard se pose sur la foule. Loin de me stresser, cela me galvanise parce que les applaudissements me parviennent chaque fois que nous effectuons un porté.

L'énergie du public est communicative, elle m'emplit et me transcende. Je ne ressens aucune fatigue, bien au contraire, je suis dans un état que je n'ai jamais expérimenté. La partie rationnelle de mon cerveau me dit qu'il doit s'agir des endorphines qui circulent dans mon organisme, mais je m'en fiche. Tout ce qui compte, c'est que je me sente à ma place.

À ma place sur scène ?!

Je n'ai pas le temps de m'interroger sur cette réflexion, car nous arrivons au passage où Erhan/Johnny danse avec les autres membres de la troupe. La configuration du théâtre ne nous permet pas de reproduire le passage du film à l'identique, donc au lieu d'être dans la fosse, les danseurs restent sur les planches.

Mon regard est ancré à celui d'Erhan. Au moment où je m'élance, il n'y a plus que nous. Je cours vers lui, jusqu'à ses bras tendus vers moi. Ses mains se placent sur mes hanches et je m'envole.

Tout se déroule comme dans un rêve : je suis dans les airs, et l'instant qui suit, c'est déjà la redescente. Erhan me garde contre lui, et nous terminons la chorégraphie.

— On l'a fait ! me souffle-t-il.

Je lui souris et soudain, ses lèvres trouvent les miennes. Le baiser est bref, mais il n'a pas pu échapper au reste de la troupe, et pire encore, aux spectateurs.

Quand tout est fini, que les applaudissements se sont taris et qu'il n'y a plus que les danseurs dans les coulisses, Azura s'approche de moi.

Les mecs sont dans leurs loges et les filles dans les leurs.

— Je savais que vous étiez ensemble !

Elle m'adresse un sourire qui me va droit au cœur. Même Saffron, d'habitude si réservée, m'offre un petit rictus.

Azura a parlé si fort que toutes les danseuses ont entendu. Elles m'entourent et chacune y va de son commentaire :

— C'est l'effet Dirty Dancing, décrète Gabriella. Qui peut résister à une telle chorégraphie ?

— Moi je pense qu'ils étaient déjà attirés l'un par l'autre avant ça, lance Kirsten.

La jeune femme s'est occupée de nos costumes, et elle a assisté au show depuis les coulisses.

— Ça ne nous regarde pas, tranche Sila non sans m'adresser un sourire.

Gabriella tape dans ses mains pour attirer l'attention de toutes les danseuses :

— Changez-vous et on se retrouve à l'extérieur.

Nous obéissons sans discuter avant de quitter le

théâtre. Les mecs sont déjà là, et je me dirige vers Erhan sans hésiter. Il passe son bras autour de ma taille.

— Je crois qu'on a fait notre *coming out*, constaté-je en levant les yeux vers lui.

Il a un petit sourire en coin avant de me répondre :

— Sans doute la meilleure chose que j'ai faite depuis longtemps.

24

Maxine

Cela fait maintenant deux mois qu'Erhan et moi nous produisons dans le nouveau spectacle. J'ai le sentiment d'avoir trouvé ma place, et ça me fait tellement de bien !

La répétition du jour est bouclée et je me dirige vers le parking des employés pour rejoindre la Jeep quand mon téléphone se met à sonner. C'est ma sœur. Je décroche tout de suite :

— Salut, Alexine !

— Coucou ma sœur préférée ! Comment tu vas ? Ils ne t'exploitent pas trop au bureau ?

— Au bureau…

— Ben oui, tu sais cet endroit où tu bosses chaque jour ?

— Oui, oui, je m'en souviens, merci.

De fait, je n'ai pas mis les pieds dans un bureau depuis mon arrivée au Mexique. Je n'ai même pas ouvert un tableur depuis des semaines…

— Tout se passe bien, rassuré-je ma sœur.

— Tant mieux.

Un silence s'étire entre nous et je me rends compte que je ne lui ai pas demandé de ses nouvelles depuis un moment. J'ai soudain mauvaise conscience, et pas que pour ça : je ne lui ai toujours pas révélé la vraie nature de mon stage.

— Et toi ? Comment ça se passe en cours ? Tu travailles sur un nouveau projet ?

— Oui !

Mais elle n'en dit pas plus.

— Vas-y, fais-moi rêver ! C'est quoi cette fois : peinture, sculpture ?

Alexine rit à l'autre bout du fil.

— Je ne vois pas ce qu'il y a de si drôle, marmonné-je.

Pendant que nous parlons, je continue à marcher à travers les jardins de l'hôtel et regagne le parking. Erhan est déjà là, et je lui fais signe de m'attendre. Il hausse un sourcil étonné, mais il n'approche pas. Il ne manquerait plus qu'Alexine entende sa voix et je serais cuite.

— Qu'est-ce que tu penserais si je te disais que j'envisage de venir te voir ? demande-t-elle.

Je cille plusieurs fois, mon cerveau tourne dans le vide en essayant de mesurer le merdier intersidéral que la visite potentielle de ma sœur engendrerait... Car je ne me fais aucune illusion : si Alexine était là, elle se rendrait tout de suite compte que je sors avec Erhan, et ce ne serait qu'une question de temps avant qu'elle ne comprenne que mon stage n'est qu'une vaste fumisterie. Et par effet de ricochet, mes parents seraient également au courant. Or je ne peux pas me le permettre. Que penseraient-ils de moi s'ils apprenaient que je me la coule douce au Mexique alors qu'ils se sont endettés pour me payer une école hors de prix ?

Mon cœur se met à battre plus vite, et cette fois, ce n'est pas du tout agréable.

— Max ? T'es toujours là ?

Je me racle la gorge.

— Oui, oui. Eh bien, euh, je te dirais bienvenue. J'imagine...

Ma sœur a un nouveau petit rire.

— Alors tant mieux, parce que je suis dans le bus pour Tulum et j'ai besoin d'avoir ton adresse exacte.

Je crois que mon visage reflète mon état interne de panique totale, car Erhan s'avance vers moi.

— Tu plaisantes ? couiné-je.

— Pas du tout ! Punaise, ce qu'il peut faire chaud ! Je suis en sueur depuis ma sortie de l'aéroport de Cancún…

Les paroles d'Alexine se perdent dans le vide incommensurable qui a envahi ma tête.

— Alors, tu me la donnes cette adresse ?

— L'adresse…

— L'endroit où tu vis, bon sang, Max ! Tu m'écoutes au moins ?

Erhan me dévisage, les sourcils froncés. Je pose une main sur son bras tout en répondant à ma sœur :

— Bien sûr que je t'entends, Alex. Tu es dans un bus pour Tulum et tu veux que je te donne mon adresse.

Les yeux d'Erhan s'arrondissent sous l'effet de la surprise. Il connait très bien Alexine, et on ne peut pas dire qu'ils s'accordent très bien tous les deux… Déjà qu'elle ne l'appréciait pas quand nous sortions ensemble, c'est encore pire depuis notre rupture.

Je donne les informations à ma sœur en lui assurant que je serai là pour l'accueillir, puis je raccroche. Je suis à la limite de l'état de choc.

— Alexine est en route, marmonné-je.

Erhan me saisit par la taille :

— C'est si grave que ça ?

Je me détache de lui et commence à faire les cent pas sur le parking. Le soleil tape fort, mais ce n'est rien en comparaison de l'annonce de l'arrivée d'Alexine.

J'ai la sensation que la bulle dans laquelle je vivais

depuis quelques mois vient d'éclater et je me prends la réalité en pleine face.

La lune de miel est terminée.

— Max ?

Je jette un coup d'œil à Erhan.

— Tu ne peux pas comprendre.

Il croise les bras sur son torse et s'appuie à la calandre de la Jeep sans cesser de me regarder :

— Tu n'as qu'à m'expliquer.

Je marche encore un peu pour tenter de mettre de l'ordre dans mes pensées, avant de lui dire :

— Si Alex apprend qu'on est ensemble, elle va péter les plombs.

— Et c'est tout ? Tu as peur de la réaction de ta sœur ? Qu'est-ce que ça peut bien lui faire qu'on soit ensemble ?

Je me fige et plante mon regard dans le sien :

— C'est elle qui m'a ramassée à la petite cuillère quand tu es parti, Erhan.

Il ne bronche pas, et je sens que ça ne l'a pas convaincu.

— Et c'est sans compter sur mes parents…

— Quoi ? Ils viennent eux aussi ?

Sa réponse aurait pu me faire sourire si je n'étais pas en stress total.

— Pas du tout. Mais s'ils apprennent que mon stage dans l'hôtel n'est que du vent…

Erhan se détache de la Jeep et me coupe :

— Donc si je comprends bien, ta sœur arrive chez nous et tu ne veux pas qu'elle sache ce que tu fais ici ni que nous sommes ensemble ?

— Ça a l'air si simple quand tu le dis comme ça…

— Simple ? C'est ta définition de la situation ? J'aurais utilisé n'importe quel mot, mais certainement pas celui-là.

Il serre les dents, comme si je l'avais mis en pétard.

— Tu peux entendre que je ne tienne pas à ce qu'on apprenne que je suis en train de faire un stage bidon, non ?

— C'est comme ça que tu considères la troupe ? Bidon ?

— Ne me fais pas dire ce que je n'ai pas dit.

— Tel que je le vois, on te fait honte. *Je* te fais honte.

— Tu n'y es pas du tout…

Mais Erhan n'a aucune envie d'entendre mes explications, il lève une main vers moi pour m'arrêter :

— On va faire en sorte que ta sœur ne se doute de rien.

Il ne dit rien de plus et grimpe dans la Jeep. Je m'installe en silence sur le siège passager. Je devrais être rassurée qu'Erhan prenne les décisions, mais je me sens mal. Quelque chose cloche sans que je comprenne quoi au juste.

***

Je regagne notre chambre, Erhan sur mes talons. Sitôt entrés, il se met à bouger les lits.

— Qu'est-ce que tu fais ?

Il me lance à peine un coup d'œil :

— Ta sœur doit être convaincue que je dors seul ici. D'ailleurs, tu ferais mieux de rassembler tes affaires.

Mon cœur se serre.

— Tu me vires ?

Il continue à déplacer le mobilier et met un peu de temps à me répondre.

— Pas du tout. Mais si tu veux qu'elle y croie, il faut tout remettre comme c'était au départ.

— Tu penses qu'elle va faire une inspection ?

Mais ma tentative pour détendre l'atmosphère tombe à plat. C'est dans un état second que je fais mes valises. Une boule obstrue ma gorge quand je constate que la chambre a retrouvé sa disposition initiale… Comme si Erhan et moi n'avions pas partagé nos lits depuis deux mois.

Il m'aide à descendre mes affaires, et c'est au moment où nous atteignons le rez-de-chaussée que je pose la question :

— Où est-ce que je vais aller ?

Erhan ne m'accorde pas même un regard, il se dirige vers l'entrée en tirant mes gros bagages. Il pousse la porte :

— Je vais m'arranger avec les filles.

Je le suis jusqu'à l'entrée de la villa voisine où il ne prend pas le temps de nous annoncer. Il pénètre dans le grand hall comme s'il était chez lui.

Gabriella est la première à nous repérer. Sa bouche s'ouvre en grand quand elle voit mes valises.

— Maxine va rester un peu avec vous, l'informe Erhan.

Il pourrait au moins leur demander leur avis, mais l'ancien Erhan, taciturne et autoritaire, semble avoir repris le dessus.

Azura et Kirsten nous rejoignent et Erhan continue :

— Sa sœur arrive dans pas longtemps, il faudra lui faire une place aussi.

Il laisse mes valises au pied des escaliers et tourne les talons sans rien dire de plus. Je le suis du regard tandis qu'il refait le chemin en sens inverse et quitte la villa.

Ce n'est qu'au moment où Azura pose une main rassurante sur mon épaule que je me rends compte que j'ai les larmes aux yeux.

— Ça va aller, Max. On va se serrer.

La boule dans ma gorge a encore grossi, et j'ai du mal à déglutir. Comment passer du bonheur total à la rupture en moins de dix minutes ? La rupture… Non, Erhan n'a pas dit ça.

Mais ça y ressemble pourtant beaucoup.

J'essaie de ne pas écouter ma petite voix intérieure et de me rassurer, mais je comprends bien qu'il y a un froid entre nous. Même si Erhan a fait ce qu'il fallait pour me couvrir vis-à-vis de ma sœur, et par extension, de ma famille, je ne me sens pas mieux pour autant.

— Je vais te laisser mon lit, m'informe Gabriella qui prend le relai après Erhan.

— Où tu vas dormir ? demandé-je.

Gabriella et Kirsten échangent un regard éloquent. Je ne sais pas à quel moment elles se sont réconciliées, mais j'ai le sentiment que cette histoire de chambre n'est qu'un prétexte pour qu'elles partagent le même lit.

Je m'en fiche. Tant mieux pour elles. De toute façon, je serais mal placée pour les juger…

La chorégraphe saisit la poignée d'une valise tandis qu'Azura se charge de la seconde.

— Je peux le faire !

Mais aucune des deux ne veut entendre raison, et je suis condamnée à les suivre jusqu'à la chambre de Gabriella. C'est la seule qui se trouve au rez-de-chaussée.

La jeune femme, que je considère comme une amie maintenant, s'active pour rassembler ses effets personnels. Quelques minutes lui suffisent pour vider les lieux et Azura entreprend d'ouvrir mes valises. Comme je la dévisage avec étonnement, elle m'explique :

— Tes affaires doivent être déballées si tu veux que ta sœur y croie…

Je hoche la tête et reprends mes esprits. Il ne nous faut pas longtemps pour tout mettre en place. Juste au moment où nous en avons terminé, mon téléphone sonne.

Je n'ai jamais été si peu contente de répondre à Alexine.

25

Erhan

Je tourne comme un lion en cage dans le salon de notre villa. Le regard de Maxine me hante et me serre le cœur au moins autant qu'il attise ma colère.

Elle préfère cacher notre relation à son entourage.

Sans doute parce qu'elle a honte de toi.

Mes poings sont fermés, et je suis à deux doigts de balancer un crochet dans le mur le plus proche.

— Salut, mec !

Je lance un coup d'œil furibond à Rafael qui vient d'entrer dans le salon. Il n'est pas au courant des derniers rebondissements, ce qui veut dire que je dois le mettre au parfum pour qu'il ne fasse pas de gaffe quand on verra les filles.

Je lui résume la situation en quelques mots.

— Okay, je serai muet comme une tombe.

Mon coloc hoche la tête avec conviction. Il semble réfléchir un instant avant de demander :

— Elle est mignonne sa sœur ?

Au regard mauvais que je lui adresse, il lève les mains en l'air et bat en retraite.

— J'ai compris… Je vais te laisser et si je vois les autres je leur dis de ne pas faire de gaffe.

— C'est ça.

Je ne croise pas les filles du reste de la journée, et c'est seulement le soir quand nous allons tous au *Captain Frog* que je retrouve Maxine.

Nous nous installons à une table, et aux regards de travers qu'Alexine me lance, je comprends qu'elle n'est pas ravie que je sois là.

Je garde mes distances avec Maxine, mais quand je la vois s'éloigner seule en direction des toilettes au cours de la soirée, je lui emboite le pas.

Elle ne me remarque pas, et je me faufile à sa suite dans les W.-C. Si les jeunes femmes à côté de nous sont surprises, elles ne disent rien. J'imagine qu'elles ont dû assister à bien pire...

Maxine repère mon reflet dans le miroir et elle se retourne vers moi :

— Erhan !

— Il faut qu'on parle.

— Dans les W.-C. ?

Je hausse les épaules.

— Tu peux m'attendre dehors plutôt, propose-t-elle.

— Non, je ne peux pas.

D'un pas, je fonds sur elle et l'embrasse. Je ne supporte pas que nous nous disputions, et je ne veux plus me séparer d'elle.

Lorsque nous nous écartons, le regard de Maxine s'est rempli de larmes. Je fronce les sourcils et place ma main en coupe contre sa joue.

— On ne peut pas continuer comme ça, Max. Je n'ai pas envie de me cacher, et je ne veux pas non plus prétendre que nous ne sommes pas ensemble.

Elle cille plusieurs fois.

— Laisse-moi lui en parler.

Je m'apprête à répliquer, mais elle ajoute :

— S'il te plait.

Je hoche la tête.

— Tu as une journée, après ça je ne réponds plus de rien…

Je l'embrasse à nouveau avant de quitter les lieux.

***

J'ai dit à Maxine que je lui accordais une journée pour qu'elle parle à sa sœur, ce qui ne veut pas dire que je compte rester loin d'elle pendant tout ce temps.

Tu ne l'as pas vue pendant trois ans, tu peux tenir vingt-quatre heures, non ?

Justement, je ne peux pas. Maintenant que je suis au clair avec mes sentiments, je ne peux plus reculer. Peu après être rentré du *Captain Frog*, j'envoie un message à Max pour lui donner rendez-vous à l'extérieur de la villa des filles.

Je patiente à l'endroit indiqué, et quelques minutes plus tard, Max me rejoint. Je la prends dans mes bras et nous nous installons sur la terrasse de la maison.

Les mots ne sont pas nécessaires, tout ce qui compte à cet instant, c'est que nous soyons l'un près de l'autre. Allongés sur un transat, nous regardons la voute céleste qui s'étire au-dessus de nous. Cela me rappelle les moments où, enfant, je m'échappais pour grimper sur le toit de l'orphelinat…

Nos doigts sont enlacés et, du bout du pouce, je caresse sa peau.

— Je ne connais rien à l'astronomie, avoue-t-elle soudain.

— Moi non plus…

Je repense au bulletin météo que j'ai entendu dans la voiture plus tôt à la radio :

— On entre dans la saison des tempêtes tropicales…

Elle me coupe :

— Quand on en arrive à parler astronomie et météo, c'est qu'on n'a vraiment rien à se dire…

Elle a un petit rire amer qui attire mon attention dans sa direction et j'en oublie mes considérations sur le temps qu'il fait. Le profil de Maxine se découpe contre le mur blanc de la villa.

— Qu'est-ce qu'on est en train de faire, Erhan ?

Max pivote pour me dévisager, et je replace une mèche de cheveux derrière son oreille.

— De quoi tu parles ?

— Tu veux que j'avoue à ma sœur qu'on couche ensemble, et ensuite quoi ? Je suis censée lui présenter les choses sous quel angle ? Amis avec avantages en nature ? Juste des amants ?

— Si tu souhaites m'entendre dire qu'on est un couple, je ne peux pas, Max.

Elle fronce les sourcils en réfléchissant.

— Pourquoi ?

— Je suis incapable de m'engager.

Elle se redresse un peu sur le transat. Je précise ma pensée :

— Est-ce que notre relation est exclusive ? Oui, elle l'est. Est-ce que ça fait de nous un couple ? Je ne sais pas. Pour moi, un couple, c'est deux personnes qui se projettent dans l'avenir. Et c'est quelque chose que je ne fais pas, même seul. Je comprends que ça puisse te sembler bizarre…

— Donc on prend juste les choses comme elles viennent, sans tirer de plans sur la comète ? C'est bien ça ?

Je hoche la tête :

— Si ça te va.

— Pourquoi voulais-tu que je lui parle de nous, s'il n'y a pas de nous à proprement parler ?

— Parce qu'il n'y a aucune raison d'avoir honte de ce que nous vivons, ou de se cacher. Parce que je ne veux pas qu'on perde du temps inutilement.

Plus qu'on ne l'a déjà fait par ma faute.

Mais ça je ne le dis pas à voix haute.

Maxine reporte son attention sur le firmament. Je peux presque l'entendre réfléchir et j'ai besoin de mettre les points sur les i pour qu'il ne reste aucun doute sur ce que je peux être pour elle :

— Je ne suis pas un mec romantique, Max. Tu le sais, tu me connais.

— Non.

— Non, quoi ?

— Je ne te connais plus. Tu n'étais pas comme ça en France. Pas tout à fait, du moins…

Quelque chose se froisse dans ma poitrine. Est-elle en train de mettre un terme à notre relation ? Ça ne ferait que confirmer ce que je pense depuis le départ : aucune femme ne peut accepter ce que j'ai à offrir. En même temps, je ne lui en veux pas. Elle mérite d'avoir un petit ami romantique, avec lequel elle ferait un tas de projets d'avenir, comme fonder une famille, par exemple.

— C'est peut-être mieux que tu n'aies encore rien annoncé à ta sœur…

Max tourne la tête vers moi :

— Pourquoi ?

Je hausse les épaules :

— Si tu n'acceptes pas d'être avec moi dans ces conditions, inutile d'émouvoir toute ta famille…

Elle a un rire qui me surprend.

— Je n'ai jamais dit que je refusais d'être avec toi. Quant

à ma famille, mes parents se fichent bien de savoir avec qui je sors. Enfin… Ils veulent que je sois heureuse, c'est tout. La seule qui a une dent contre toi, c'est Alexine…

Un mouvement sur la terrasse attire mon attention une fraction de seconde avant que la voix féminine ne s'élève :

— Tu m'étonnes que je le déteste !

Maxine saute sur ses pieds pour faire face à sa sœur qui nous rejoint.

— C'est là que tu te cachais, remarque Alexine. Avec lui…

Elle me regarde comme si j'étais une sous-merde, et franchement, j'ai été un connard avec Max il y a trois ans, alors je mérite son mépris. Sauf que j'ai changé. Enfin, je crois.

— Vous vous êtes remis ensemble. Je m'en suis doutée à la minute où tu m'as dit qu'il était là aussi.

Maxine croise les bras sur sa poitrine :

— Je ne voulais pas t'en parler…

— Tu m'en diras tant ! réplique Alexine. Tu savais que j'avais envie de le dépecer avant, alors maintenant…

J'interviens :

— Ah carrément ? Tu vas un peu loin, non ?

Alexine plante ses yeux dans les miens, et malgré la pénombre, je peux lire toute l'animosité qu'elle ressent à mon encontre.

— On ne t'a pas sonné, toi.

— Alex, arrête, s'interpose Maxine.

Les deux sœurs s'affrontent du regard, et je ne supporte pas d'être la raison de leur désaccord. Pourtant, je ne m'en mêle pas. C'est à elles de régler ça.

— Tu prends sa défense ? s'indigne Alexine.

— Je n'ai pas besoin de le faire, et il ne t'appartient pas

de décider si je peux ou non être avec lui. C'est ma vie, Alex !

Cette dernière émet un petit ricanement :

— Et on voit où ça te mène.

— Qu'est-ce que tu veux dire ?

Alexine détourne la tête :

— Rien.

Mais Maxine ne se laisse pas démonter :

— Non, puisqu'on y est, déballe ton sac. Vas-y, je t'écoute.

— Très bien ! Tu as envie de savoir ce que j'en pense ? Ce mec se fout de ta gueule. C'est un putain de coureur de jupons et il te jettera comme une vieille chaussette dès qu'il aura trouvé sa prochaine conquête. Il ne sait pas faire autre chose qu'aller de nana en nana.

— Tu ne le connais pas.

— Mais toi non plus ! éructe Alexine. Tu lui as pardonné tout de suite parce que tu l'as dans la peau. Tu ne t'es jamais remise de votre rupture.

— Alexine !

La voix de Max est proche du grognement, mais ça n'empêche pas sa petite sœur de continuer :

— Il va te faire souffrir à nouveau, je peux te le dire. Mais cette fois, je ne serai pas là pour recoller les morceaux. Tu m'entends, Max ?

— Tu fais comme tu le sens.

— Toi aussi.

Alexine tourne les talons et lance par-dessus son épaule :

— Pas besoin de rentrer dormir dans la chambre. J'imagine que tu préfères être dans son lit de toute façon.

Et elle s'en va.

Sitôt qu'elle a dépassé l'angle de la villa, Maxine

s'effondre sur le transat, la tête entre les mains. Je m'assieds à côté d'elle.

Je garde le silence parce que je sais que rien de ce que je pourrais dire ne l'aiderait. Quelques minutes s'écoulent ainsi.

— Tout ça pour rien, souffle Maxine.

Elle se redresse et je peux lire la détermination sur son visage. Je redoute le pire.

— Je viens de me disputer avec la personne qui compte le plus dans ma vie, pour quoi au juste ?

Je secoue la tête, impuissant.

Maxine se lève, elle me jette à peine un regard avant de s'en aller. Et je la laisse faire.

Je me réinstalle sur le transat, les yeux rivés aux étoiles, comme si la réponse à mes problèmes y était inscrite. Mais aucune inspiration divine n'en descend pour m'éclairer, et je reste avec mes incertitudes.

Quand il s'agit de Maxine, j'ai l'impression d'avancer sur des sables mouvants. Tout allait pourtant bien jusqu'à présent… Nos passages sur scène sont géniaux, je ne pensais pas qu'il était possible pour moi d'apprécier une discipline telle que le mambo, mais le pratiquer avec Maxine transforme toute l'expérience. Ça devient presque magique.

Tu délires, mon gars.

Je suis dans la merde jusqu'au cou, sans aucune idée de comment rattraper la situation…

26

Maxine

Plusieurs jours se sont écoulés depuis la dispute sur la terrasse, et en dépit de mes efforts pour renouer avec ma sœur, Alexine est toujours distante avec moi. J'aimerais lui assurer que c'est terminé avec Erhan, mais avonsnous seulement commencé ? Est-ce que je me suis fait des idées ?

Je n'étais pas en train de nous imaginer mariés avec des enfants et un chien, mais je pensais qu'on allait de l'avant dans notre relation...

Mon cœur se serre et je m'y reprends à deux fois pour coller mes faux cils. Je redoute le spectacle de ce soir, car je vais être sur scène avec Erhan, et j'ai peur que la proximité de son corps ne me fasse perdre de vue mes bonnes résolutions...

J'ai décidé de me tenir loin de lui tant que je ne saurai pas si je suis prête à accepter le type de relation qu'il est capable de partager avec moi. Mais danser ensemble revient à abolir toute forme de distance physique entre nous et donc à m'embrouiller les idées.

Quelques minutes avant le début de la représentation, je m'isole dans un coin des coulisses dans l'espoir d'arriver à me concentrer. Cependant, je crois que j'aurais beau passer tout mon temps seule, cela ne changera rien à ma situation.

Mes pensées se reportent sur ma sœur. Ce soir, elle se trouve à la villa, car nous avons prétexté un événement de boulot. Ce n'est pas tout à fait un mensonge, mais ce n'est pas la vérité non plus.

— Ah ! Je te déniche enfin !

Je lève les yeux vers Azura qui s'approche de moi. Son sourire s'évanouit face à ma mine défaite.

— Qu'est-ce qui se passe, ma biche ?

Je l'apprécie vraiment, et je lui fais confiance, alors je lui explique la situation en quelques mots.

— Tu es amoureuse ? demande-t-elle.

Un petit rire m'échappe :

— Tu es très directe.

Azura hausse les épaules :

— Il me semble que c'est à la fois le nœud du problème et la solution. Tu ne crois pas ?

Je fronce les sourcils. Je n'avais pas considéré les choses sous cet angle.

— Max, si tu l'aimes, tu dois lui laisser une chance. De son côté, il est prêt à tenter le coup, ce n'est pas le plus important ?

— J'imagine que si…

Azura pose sa main sur la mienne :

— Qui peut dire de quoi demain sera fait ? Si on est parfaitement honnête, la seule chose qu'on peut promettre à l'autre, c'est d'être sincère et d'essayer. Alors, on en revient à la question initiale : est-ce que tu l'aimes ?

Elle n'attend pas ma réponse et se lève. Son regard est tendre quand il se pose sur moi :

— Allez viens, on a un spectacle à assurer. Ils seraient perdus sans nous.

Azura ponctue sa phrase par un clin d'œil complice. Je

la suis, et elle passe un bras autour de mes épaules :

— Franchement, on est les stars du show, pas vrai ?

Je ris et ça me fait du bien. Azura est super forte pour remonter le moral, il n'en reste pas moins que je vais devoir danser avec Erhan, et que je ne sais pas si cette idée me fait plaisir ou pas.

Les tableaux se succèdent, et j'attends mon tour derrière le rideau des coulisses. Mon niveau de stress a grimpé en flèche depuis ma discussion avec Azura.

Une main se pose sur mon épaule et je sursaute.

— Ça va être à nous !

Je tourne la tête pour découvrir Santiago. Mon expression étonnée parle pour moi, car il m'explique :

— Erhan n'est pas là, alors je prends la relève.

Ma bouche s'ouvre, mais aucun son n'en sort.

Je vais danser avec Santiago ?

Difficile de savoir si je suis soulagée ou encore plus stressée par cette nouvelle donnée.

— Fais-moi confiance, tout va bien se passer, m'assure mon partenaire d'un soir. Je connais la chorégraphie sur le bout des doigts.

La musique qui s'élève annonce qu'il est temps pour moi d'entrer en scène, et je n'ai même pas l'occasion de lui demander comment nous allons faire pour le porté final.

Mon cœur se met à battre la chamade tandis que j'avance sur les planches sous les applaudissements des spectateurs. Notre show fait parler de lui : des clients des hôtels alentour achètent des billets pour venir y assister. C'est ce que Gabriella nous a dit.

Les projecteurs sont braqués sur moi, m'empêchant de voir qui se trouve dans la salle, mais de toute façon, cela n'a aucune importance. Mes pensées sont tournées vers le seul qui n'y est pas : Erhan.

Il t'a abandonnée encore une fois.

Ce constat me choque, et c'est à peine si je prête attention à Santiago tandis que nous commençons la chorégraphie parce que mon esprit choisit cet instant pour faire un bond en arrière de trois ans…

***

Une certaine fébrilité s'est emparée de tous les étudiants de l'école. Les résultats de nos examens sont sur le point d'être affichés. Je ne suis pas particulièrement inquiète, car je sais que j'ai réussi ma deuxième année, en revanche, je me demande quel sera mon classement général.

Je suis compétitrice de nature, mais depuis que j'ai intégré cette école de commerce directement après le bac, c'est pire.

— Tout va bien se passer !

J'entends les autres élèves se parler, mais je reste seule dans mon coin. Je ne suis pas ici pour me faire des potes, mais pour obtenir le meilleur enseignement. C'est l'unique chose que je garde à l'esprit.

Un mouvement de foule en direction des tableaux d'affichage attire mon attention. La direction aurait pu choisir de poster nos notes en ligne, mais pour une raison qui m'échappe, les professeurs continuent à publier les relevés à l'ancienne.

Je ronge mon frein pendant que les autres convergent vers les listes et quand, enfin, il est possible de me frayer un chemin sans difficulté, je m'approche.

Je retiens une exclamation de victoire quand je découvre mes résultats… Je suis première de ma promo !

Satisfaite, je quitte le grand hall et marche à travers le petit jardin qui se trouve devant l'entrée principale du bâtiment, quand une silhouette familière attire mon regard… Erhan est là.

Je me hâte dans sa direction et lui adresse un large sourire :

—J'ai réussi mon année !

Son visage ne trahit aucune réaction particulière à mon annonce.

— Comment ça s'est passé pour toi ?

Erhan est en dernière année, ce qui veut dire qu'il ne lui reste plus que son stage de fin d'études pour terminer son cursus. Il ne sera plus là, à la rentrée prochaine.

Mon cœur se serre. Je le savais depuis le début, mais j'ai fait en sorte de ne pas y songer. Quand nous avons commencé à sortir ensemble, je me suis convaincue que ça ne durerait pas, et qu'il n'y avait donc aucune raison de penser à un futur commun. Mais les mois sont passés, et Erhan n'a pas rompu. Maintenant, il faut que je regarde la réalité en face : il va quitter Nice.

— C'est terminé, Maxine.

Sa voix est coupante, son visage fermé.

— Oui, tu as de la chance. Tu n'auras plus jamais de partiels et...

— C'est fini entre nous.

Je comprends alors ma méprise, et mon cœur saisit le message d'Erhan un peu avant mon cerveau qui tourne soudain au ralenti.

— On savait que ça ne pourrait pas durer. Ce n'était pas sérieux de toute façon.

Plus Erhan parle, plus j'ai l'impression que quelque chose est en train de se déchirer dans ma poitrine.

— Je te dirais bien qu'on reste amis, mais tu sais comme moi que ça ne fonctionne pas ainsi.

Je sais ça moi ? Je cille plusieurs fois, mon regard rivé au visage sévère d'Erhan. On croirait entendre quelqu'un d'autre. Je ne peux même pas envisager qu'il soit en train de plaisanter, sa mine est bien trop grave. Où est passé l'Erhan que je connais et que...

Je déglutis en mettant un terme au cours de mes réflexions. Je ne peux pas penser à mes sentiments, sinon je vais m'effondrer. Et si je dois craquer, je ne veux pas que ce soit face à Erhan.

Pourquoi fait-il ça ? N'ai-je été qu'une distraction pour lui ces derniers mois ? Nous n'avons jamais fait de plans, se projeter ne faisait pas partie de notre relation, mais rien ne m'a préparée à ça.

La rupture.

Le mot claque dans ma tête avec la force du boulet de canon tiré chaque midi dans la ville de Nice. À moins que le coup ne vienne de retentir ? Je ne sais plus, j'ai le sentiment de perdre pied.

Je me rends compte que je suis plantée devant Erhan, et qu'aucun son n'a franchi mes lèvres.

— Okay...

Et c'est tout ce que je trouve à dire. Pathétique. Pitoyable.

Erhan se redresse, il fait un pas vers moi, mais je n'arrive pas à le regarder en face. J'ai le sentiment que plonger à nouveau dans ses iris turquoise si particuliers n'arrangera rien à la situation.

Il me prend brièvement dans ses bras, et je reste tout aussi figée.

— Est-ce qu'il y a une autre femme ?

Où ai-je trouvé la présence d'esprit de le lui demander ? Impossible de le savoir. Il faut croire qu'une partie de mon cerveau est toujours lucide malgré le choc.

Je relève les yeux vers son visage. Il a la mâchoire serrée et il ferme les paupières un court instant avant de lâcher :

— Pas encore, mais ça ne tardera pas.

Que suis-je censée répondre à ça ? Il vient de prononcer une petite phrase assassine parce qu'elle sous-entend que je ne suis pas importante pour lui. Il pourra me remplacer rapide-ment. Donc il ne ressent rien de spécial pour moi. En tout cas, moi je m'étais attachée à lui...

J'ai l'impression d'étouffer, et j'inspire par la bouche.

— Au revoir, Max.

L'utilisation de mon diminutif est comme une flèche qui se plante en plein milieu de mon cœur. Comment peut-il rompre avec moi de manière aussi violente et à la fois marquer notre lien intime en m'appelant Max ?

Erhan s'écarte de moi, et il s'en va. Il ne me donne pas plus d'explications, comme si cette rupture brutale coulait de source. Sauf que la logique m'échappe complètement.

Quand je trouve le courage de me retourner, c'est pour observer sa grande silhouette franchir le portail. Alors seule-ment, je m'autorise à pleurer.

Les larmes brouillent ma vision tandis que je rentre chez moi, et la joie d'être major de promo s'est totalement évan-ouie. Partie en fumée à cause d'Erhan.

Les souvenirs défilent dans ma tête. Ma raison essaie de détecter les indices annonciateurs de ce qu'il vient de se passer, mais je ne vois rien. Pas le moindre panneau indica-teur avec notre date d'expiration inscrite dessus.

Pourquoi a-t-il fait ça maintenant ? Je crois que je suis condamnée à me poser la question.

Je me suis attachée à lui pendant le semestre qu'a duré notre histoire. Je suis amoureuse d'Erhan. Et c'est la première fois que j'avais une relation aussi longue et aussi agréable. Car le temps que nous avons passé n'a rien à voir avec cette rupture brutale.

Erhan est une belle personne. Du moins, c'est ce que je croyais. Mais j'ai dû me tromper, car je ne comprends pas comment on peut être quelqu'un de bien et me larguer de cette manière-là.

En même temps, y-t-il vraiment une bonne manière de le faire ? Franchement, c'est quoi la procédure acceptable ? Un bouquet de fleurs avec une carte « au fait, je te quitte » ? Un diner au resto avec la discussion fatidique à la place du dessert ? Une longue lettre ? Un beau discours ?

J'ai conscience de me perdre dans des considérations inutiles afin de tenir la douleur à distance. Et tandis que je rentre dans mon immeuble, les souvenirs de nous m'assaillent, et je comprends que ce sera le plus difficile à présent : occulter de ma mémoire toutes les images de nous et de nos moments heureux. Parce qu'il y en a eu beaucoup et, surtout, ils sont gravés dans ma tête.

À partir de maintenant, je vais être ma propre ennemie. Il faudra que je me tienne constamment occupée pour ne pas penser à Erhan.

Je marque une pause dans les escaliers, ma poitrine est comprimée et j'ai la sensation qu'on essaie d'en faire sortir mon cœur meurtri.

Si seulement je pouvais l'expulser de mon corps et tout le chagrin avec lui...

***

Le visage de Santiago se matérialise en face de moi. J'ai dansé dans un état second. Les souvenirs se fracassant dans mon esprit.

Erhan m'a quittée encore une fois.

— Ça va aller, Maxine, je te rattraperai.

Santiago m'adresse un sourire encourageant avant de continuer la chorégraphie. Dans quelques instants, je vais devoir faire un saut dans le vide, et ce sera mon ami qui devra me réceptionner. En aura-t-il la force ?

Je l'espère sinon la chute sera douloureuse pour moi.

27

Erhan

J'ai planté Maxine. C'est clair, net et précis. Il n'y a pas d'autre manière de le formuler. Mais avais-je une alternative ? Il est impératif que je prenne mes distances avec elle, sinon nous n'arriverons jamais à aller de l'avant tous les deux.

Maxine n'est pas faite pour moi. Il faut que je me rende à l'évidence. Je ne peux pas être assez égoïste pour la garder près de moi alors que notre relation n'ira jamais nulle part.

Je me demandais pourquoi elle était au Mexique. Eh bien, j'ai trouvé la réponse pendant ma nuit d'insomnie : Maxine est là pour me faire payer ce que je lui ai fait il y a trois ans.

Non pas que ça ait été une partie de plaisir de rompre avec elle à l'époque, mais une chose est certaine : à mes yeux, il est plus facile d'être celui qui part que celui qui reste.

Or, dans la situation actuelle, nos rôles sont inversés. Au bout du compte, ce sera Maxine qui partira et moi qui resterai ici. Sans elle.

Mon cœur fait une embardée dangereuse au fond de ma cage thoracique. Je ne suis pas assez con pour ignorer que je tiens à elle. Cela a toujours été le cas, depuis la première fois où je l'ai vu débarquer à cette soirée « jungle » organisée par le bureau des élèves[7].

Je refoule les souvenirs, ce n'est pas le moment d'avoir un coup de nostalgie. J'ai du travail devant moi, et les bulletins météo qui ne cessent d'être retransmis par les autorités ne font qu'accroitre la charge.

Il faut préparer l'établissement et les clients au passage potentiel de l'ouragan Henrietta[8] qui s'est formé dans les Antilles et qui menace de toucher les côtes du Yucatan et du Golfe du Mexique dans quelques jours.

Je m'apprête à quitter le bâtiment, lorsque Beatriz me rejoint.

— On va marcher un peu tous les deux, Erhan.

Son ton n'a rien d'amical, et je redoute le pire. Elle me précède à l'extérieur.

Je me garde bien d'engager la conversation, si elle a des choses à me dire, autant la laisser parler.

— J'ai cru comprendre que tu faisais partie du nouveau spectacle…

Si elle attend que je lui réponde, elle peut toujours courir.

Je marche d'un bon pas, mais Beatriz est rapide et se maintient à mon niveau. Elle est pire qu'un pitbull !

— Tu n'hésites pas à mettre la main à la pâte, continue-t-elle. Tu vises une promotion peut-être ?

Sa voix est acide, mais je ne réagis pas.

— Si c'est le cas, tu peux l'oublier. Il y a des preuves qui indiquent que tu as une relation avec la stagiaire de ton département.

Cette fois, je m'arrête net, et je peux lire la satisfaction sur le visage de la DRH. Je serre les poings pour me contenir.

— Tu es mal informée, Beatriz.

— Pour toi, c'est *licenciada.*

Sa bouche se tord en une petite grimace condescend-
ante.

— Donc, je disais que tes renseignements sont erronés,
Beatriz.

J'insiste bien sur son prénom. C'est une guéguerre stu-
pide, de niveau bac à sable, mais je prends un certain plaisir à ne pas lui obéir.

— Je ne danse plus, continué-je. J'ai juste aidé le temps
qu'un autre danseur parvienne à reproduire la chorégraphie. Rien de plus.

C'est un gros mensonge. Une lueur mauvaise brille
dans les yeux de Beatriz.

— Ça aussi c'était en attendant qu'un autre danseur
puisse le faire pour toi ?

Elle me fourre l'écran de son téléphone sous le nez. Une
photo de Max et moi s'y affiche. Nous sommes en train de
nous embrasser. Il n'y a pas trop de place pour l'imagination... Mon estomac se retourne.

Je ne l'étreindrai plus jamais de cette manière.

Le constat est sans appel. J'aurais dû percuter avant,
pourtant c'est à cet instant, alors que Beatriz m'a pris
pour cible et scrute la moindre de mes réactions, que je
me rends pleinement compte de ce que cette rupture implique.

Le manque. L'absence. La douleur.

Tout afflue en même temps dans ma tête, et c'est une
cacophonie insupportable. Je dois faire un effort énorme
pour parvenir à me concentrer sur la *licenciada.*

— Je dois reconnaitre que tu as accompli ta mission,
Erhan. Je t'avais demandé de faire en sorte qu'elle reste.
Tu as parfaitement réussi.

Je fronce les sourcils. Beatriz croit que je lui ai obéi ? La simple idée que j'ai pu me rapprocher de Maxine parce que la DRH me l'a ordonné me donne la nausée.

— Ce n'est pas ce que j'ai fait !

La *licenciada* est en train de jubiler, je peux le sentir, et ça attise ma nervosité.

— Ah non ? Pourtant les faits sont là…

Soudain, je comprends comment elle a obtenu ces photos : Salina ! Son assistante ne m'a pas vraiment demandé de faveur, elle m'a piégé. Du moins, elle a tenté de le faire.

Je hausse les épaules :

— J'ai embrassé la stagiaire, et donc ?

— C'est une faute professionnelle.

Je plisse les yeux et lui lance un regard mauvais.

— Tu crois que c'est pire que ce que tu as fait avec moi, Beatriz ?

La DRH prend un air innocent :

— Qu'est-ce que nous avons fait ? En ce qui me concerne, je suis une femme mariée, bien sous tous rapports. J'ai la conscience tranquille.

Le sous-entendu est clair : je n'ai pas de preuve pour étayer ce que j'avance.

Cette discussion me tape sur le système, et je décide de l'abréger.

— Bien, maintenant que nous avons tout mis à plat, j'ai du travail.

Et je lui tourne le dos.

— Je n'en ai pas terminé avec toi, Erhan. Crois-moi, tu regretteras de ne pas m'avoir écoutée.

Je lui fais un geste de la main qui signifie qu'elle peut toujours causer, je m'en fiche.

Le théâtre est calme quand j'y entre, mais cela ne dure pas, car l'instant suivant, la musique envahit l'espace. La troupe prend possession de la scène, et je m'arrête dans les premières rangées de la salle pour les regarder.

La complicité qu'ils partagent est perceptible, et c'est ce qui rend le spectacle d'autant plus beau et entrainant. Les retombées du show pour l'hôtel se font ressentir. La direction m'a informé qu'ils ouvrent officiellement une billetterie afin d'accueillir du public externe à l'établissement. C'est la raison de ma présence aujourd'hui.

Et tu veux aussi voir Maxine.

Mon regard est rivé à elle tandis qu'elle évolue au milieu des autres danseurs. Je constate qu'elle a le poignet bandé et je ne peux pas m'empêcher de ressentir un élan d'inquiétude pour elle. Mais elle ne semble pas souffrir outre mesure, car elle se donne à fond dans la chorégraphie.

J'attends que la musique s'achève pour m'avancer. Gabriella est la première à m'apercevoir.

— Bonjour, Erhan.

— Bonjour à tous, lancé-je.

Je fais de mon mieux pour ne pas rester focalisé sur Maxine. Quand mon regard passe sur elle, je me rends compte qu'elle fixe le sol.

Elle m'ignore… Okay, je crois que je peux vivre avec ça.

Mais bien sûr !

Je dois faire appel à toute ma concentration pour poursuivre :

— Je voulais vous féliciter pour l'excellent travail que vous faites lors de chaque représentation. Les clients sont impressionnés, et ce ne sont pas les seuls.

Je ménage mon petit effet, avant d'annoncer :

— La direction aussi. En fait, ils sont tellement satisfaits, qu'il est prévu d'ouvrir une billetterie spéciale pour recevoir les clients d'autres établissements.

Des exclamations s'élèvent du groupe. Certains se tapent dans la main pour se congratuler.

Je reprends :

— Mais ce n'est pas tout… Vous allez avoir de nouveaux créneaux de représentation, ici et en extérieur.

— Qu'est-ce que ça veut dire ? m'interroge Gabriella.

— Cela signifie que d'autres hôtels vont vous engager pour vous produire chez eux.

— On va faire une tournée ?

Je dévisage Santiago qui vient de poser la question, et hoche la tête :

— Oui. Ce sera toujours dans les environs, mais certains soirs, vous danserez ailleurs.

Gabriella a un large sourire. Pour une troupe, c'est une forme de consécration, en tout cas, c'est la reconnaissance du travail fourni.

— Donc on va bosser plus.

Je croise le regard brillant de Maxine qui vient d'intervenir.

— Tout à fait.

Elle a une petite moue qui suggère que l'information n'est pas à son gout.

— Et vous serez aussi plus rémunérés, terminé-je.

Maxine détourne les yeux. Les autres applaudissent. J'enchaine :

— J'ai commencé par les bonnes nouvelles, mais vous avez tous entendu que l'ouragan Henrietta s'est formé dans les Antilles.

Des murmures parcourent les danseurs.

— Sa trajectoire ne devrait pas nous toucher, mais il faut nous tenir prêts au cas où cela changerait. C'est pourquoi je vais vous donner quelques consignes de sécurité. Je sais que vous les connaissez déjà, mais mieux vaut prévenir que guérir.

Je consacre les minutes suivantes à leur indiquer la conduite à adopter en cas de passage de l'ouragan, mais je vois bien que Maxine ne m'écoute pas. Elle semble plongée dans ses pensées, et plus d'une fois je me retiens de l'apostropher.

Je crois qu'une approche moins publique serait plus adaptée.

Quand j'en ai terminé, Gabriella annonce la fin de la journée de travail, et avant que je n'aie pu me diriger vers Maxine, la chorégraphe engage la conversation :

— Je suis hypercontente que le show s'exporte, en quelque sorte.

— Ton talent est reconnu, c'est amplement mérité, réponds-je d'un air distrait.

Maxine a quitté la scène et je ne la vois plus. N'y tenant plus, je pose la question à Gabriella :

— Qu'est-ce qu'elle a au poignet ?

Au regard qu'elle me lance, je comprends qu'elle n'est pas dupe. Gabriella sait très bien que ma préoccupation va au-delà de mon rôle de manager.

— Elle s'est blessée pendant le spectacle. Le porté ne s'est pas bien terminé… Santiago n'a rien, mais Maxine a une légère entorse. J'ai exigé qu'elle consulte le médecin de l'hôtel.

Mon cœur manque un battement. Autrement dit, c'est à cause de moi si Maxine a mal. Si j'avais tenu mon rôle dans le spectacle, rien de tout ça ne serait arrivé !

— Il faut que je lui parle.

Je fais un pas en direction des coulisses, mais Gabriella me retient :

— Elle ne dansera pas demain. Je veux qu'elle se repose. Maxine est un élément important du show. Dès qu'elle sera rétablie, il faudra qu'elle répète avec Santi pour s'assurer qu'ils peuvent reproduire la chorégraphie à l'identique.

Je hoche la tête, avant de m'en aller. Mais j'ai beau la chercher partout dans les coulisses, je ne repère Maxine nulle part.

C'est Azura qui me renseigne lorsque je la croise :

— Elle est partie avec Santi. Ils rentrent à la maison.

Je ne réponds rien, et me dirige vers l'extérieur, juste à temps pour voir le duo disparaitre sur le chemin qui conduit au parking des employés.

Mon cœur se serre, et un sentiment familier envahit mon ventre : la jalousie. J'envie Santiago, car il peut passer du temps avec Maxine, et même danser avec elle. Ce que je ne peux plus faire maintenant.

Je glisse une main dans mes cheveux, désemparé. Je ne devrais pas ressentir tout ça. C'est de ma faute si nous en sommes là.

Malheureusement, ça n'en est pas plus facile à vivre. Et je suis en train de l'apprendre à mes dépens. Il faut croire que j'ai besoin de répéter mes erreurs pour progresser. La première rupture était difficile à digérer, mais j'avais au moins la « chance » de ne plus côtoyer Maxine.

Cette fois, je suis condamné à avoir constamment l'objet de mon désir sous les yeux. Je suis bien trop impliqué dans cette histoire pour apprécier l'ironie de la situation.

Tu n'as que les problèmes que tu te crées, mon gars.

Je serre les dents, et tourne les talons. À défaut de pouvoir changer ma vie personnelle, je peux me concentrer sur ma carrière. Et j'ai du boulot pour préparer les clients au passage éventuel de la tempête.

28

Maxine

Une lumière blanche pénètre par la fenêtre de la chambre. Je me suis habituée à la villa des filles, et je retrouve un peu de ma complicité avec ma sœur. Alexine se dégèle petit à petit.

Je me tourne sur le matelas et lâche un petit gémissement de douleur, le mouvement a réveillé l'élancement dans mon poignet.

— Il faut que tu prennes un cachet, s'écrie immédiatement ma sœur.

Je lui jette un regard. Assise sur son lit, elle pianote sur son téléphone. Depuis qu'elle est ici, elle abreuve les réseaux sociaux de photos de son séjour. Ce que je n'ai pas du tout fait. Mais, sans être comme Erhan qui est totalement réfractaire à ce genre d'applications, je n'y suis pas très présente.

À croire que ma sœur et moi sommes bien différentes sur ce plan-là, car Alexine a une communauté de followers assez conséquente. Ce sont ses œuvres d'art qui lui valent cet intérêt, c'est sûr que c'est plus « instagramable » que mes projets de contrôle de gestion…

— Non, grogné-je. Il faut juste que je ne le sollicite pas trop. Ça va aller.

Je ne lui ai pas donné la véritable cause de ma blessure,

à savoir que le porté avec Santi a failli tourner au désastre et que je me suis tordu le poignet en me retenant à lui dans ma chute. J'ai expliqué à Alexine que j'avais glissé à cause du système d'arrosage de l'hôtel et que j'étais tombée.

Ma sœur a une petite moue dubitative, mais elle change vite de sujet :

— On va faire un peu de tourisme toutes les deux ? Autant savourer ta journée libre. J'ai l'impression qu'on ne se voit pas beaucoup depuis mon arrivée…

— Je ne suis pas en vacances, moi, je te signale !

— Raison de plus pour en profiter !

Je quitte le lit et passe dans la salle de bains attenante. Je me douche rapidement et m'habille avant de retrouver Alex dans la chambre.

— Qu'est-ce que tu veux faire ?

Le visage de ma sœur trahit son excitation, elle bat presque des mains tandis qu'elle me déroule le programme qu'elle nous a concocté :

— D'abord, on va prendre un petit déjeuner dans un bar intimiste en bord de plage. J'ai déjà passé leur carte en revue, je suis certaine que tu vas adorer ce qu'ils proposent. Il y a des pancakes et autres pâtisseries super appétissantes !

Je me garde de souligner que les crêpes américaines ne sont pas des spécialités mexicaines, après tout, si c'est ce qu'elle souhaite manger, qui suis-je pour jouer la trouble-fête ?

Nous quittons la villa, et ma sœur se dirige vers la route d'un pas assuré.

— Tu comptes y aller à pied ? m'étranglé-je.

La perspective de faire de l'exercice ne me dérange pas, mais il y a une distance conséquente entre la maison et la plage où ma sœur veut se rendre.

Alexine rit :

— Pas du tout ! On va prendre des vélos. Il y a une boutique qui en loue située dans le coin.

Elle consulte l'écran de son téléphone et pointe le doigt dans une direction indéterminée :

— Par-là.

Je ne lui fais pas non plus remarquer que le cyclisme ne va pas être de la tarte étant donné que j'ai mal au poignet. Tant pis, je souffrirai le temps d'arriver à la plage. Ce ne doit pas être si loin que ça.

Il nous faut une demi-heure à partir du moment où Alexine parvient enfin à trouver la boutique de location, et celui où nous nous installons à une table du petit resto au bord de l'eau.

Les pieds dans le sable et les yeux plongés dans le bleu de la mer, nous attendons notre commande.

— Je suis désolée, Max.

Je fronce les sourcils et dévisage ma sœur.

— De quoi tu parles ?

— D'Erhan.

Mon cœur réagit à la mention de mon ex. D'ailleurs, comment dois-je le considérer à présent ? Mon double ex ? Mon ex qui ne l'était plus, mais qui l'est redevenu ?

Je pousse un soupir.

— Ça ne pouvait pas durer, fais-je d'un ton évasif.

Mais ma sœur, fidèle à elle-même, ne lâche pas le morceau si facilement :

— Je me suis peut-être mêlée de ce qui ne me concernait pas...

— C'est vrai que ça ne te regarde pas.

— Eh !

Je hausse les épaules :

— Tu viens de le dire toi-même.

— Oui, mais tu pourrais dire que si, ça m'intéresse un peu parce que j'étais là pour t'aider la première fois.

Un silence passe pendant lequel on nous apporte notre commande. Je commence à manger quelques fruits, sans grande motivation.

Un vent léger balaie la plage, tempérant la chaleur qui est écrasante. Le ciel est pourtant voilé, ne laissant filtrer qu'une lumière grise.

— Bref ! Je n'aurais pas dû m'en occuper, reprend Alex au bout d'un moment.

— Ce n'était qu'une question de temps avant que ça ne parte en vrille…

Ma sœur sirote son smoothie sans me quitter des yeux, et je m'explique :

— Nous avons beau être attirés l'un par l'autre, Erhan et moi n'arrivons pas à avancer ensemble. C'est comme si on était magnétiques sur le plan physique et totalement opposés psychologiquement.

— Est-ce que tu l'aimes ?

Je manque m'étouffer avec la bouchée de pancake que je viens de prendre.

— Quoi ? Ce n'est pas bête comme question ! s'offusque Alexine.

— Non. C'est juste que tu n'es pas la première à me la poser…

Je repense à Azura et à notre conversation dans les coulisses l'autre soir.

— Et alors ? C'est quoi la réponse ?

Ma sœur a la ténacité d'un chien de chasse. Okay, l'image n'est peut-être pas glamour, mais c'est exactement ça.

J'ai besoin de quelques secondes avant de prononcer les mots à voix haute :

— Je suis tombée amoureuse de lui dès la première fois où je l'ai vu… Et mes sentiments n'ont jamais disparu. Même pas pendant les trois années où je n'ai pas eu de contact avec lui. C'est comme s'ils étaient enfouis en moi, bien enterrés. Je pouvais les oublier tant que je n'avais pas de nouvelles d'Erhan, mais maintenant…

— Il est sous tes yeux tous les jours, termine Alexine. Je vois.

Je la dévisage :

— Pourquoi as-tu changé d'avis à son sujet tout à coup ? Elle secoue la tête.

— Oh non, je le considère toujours comme une raclure. Ce mec est inexcusable de t'avoir brisé le cœur. Quiconque te fait du mal mérite mon courroux éternel.

J'éclate de rire :

— Tu ne crois pas que tu exagères ?

— Il faut bien que quelqu'un lui en tienne rigueur, non ? Je suis certaine que tu lui as pardonné à l'instant où tu l'as vu ici.

Elle n'a pas tort. J'étais tellement sous le choc de le retrouver au Mexique, dans l'entreprise où j'allais travailler, que j'en ai tout oublié.

— Enfin, c'est tout le problème avec l'amour, si tu veux mon avis, philosophe Alexine.

— Et depuis quand tu es une experte en la matière ?

— Je ne le suis pas. Disons juste que j'ai un sens de l'observation très poussé. Et ce que j'ai vu ne m'encourage pas à tomber amoureuse.

— Ça ne se commande pas…

— Oui, la preuve : Erhan et toi.

Je mords l'intérieur de ma joue avant de la corriger :

— Moi, peut-être… Mais Erhan n'est pas amoureux.

— C'est ça ! J'imagine que c'est ce qu'il t'a dit ?

Je hausse les épaules sans répondre.

— Max, franchement, je ne peux pas me voir ce mec en peinture. Mais je ne supporterais pas que tu sois malheureuse à cause de moi. Je ne me mettrai pas en travers de votre histoire, si c'est ce que tu décides de faire. Je t'aime trop pour ça.

— De toute façon, tout est terminé. Il a été clair sur le fait qu'il ne peut pas avoir une relation sur le long terme.

— Est-ce qu'il sait que tu as des sentiments pour lui ?

J'ai envie de répliquer que tout le monde doit être au courant, lui y compris, mais je garde le silence.

— Il faut que vous parliez. Voilà tout. Les malentendus sont la source de la plupart des problèmes de couple.

— Dis donc, tu m'as caché que tu allais en fac de psycho ou quoi ?

Alexine rejette ses cheveux derrière son épaule :

— Pas besoin ! J'ai un talent naturel ! Je suis d'une perspicacité redoutable. Ne me remercie pas.

J'éclate de rire et me détends un peu.

— Bon, tu attends quoi pour aller le retrouver ?

Je fixe ma sœur, bouche bée.

— Quoi, maintenant ?

— Non à la Saint Glinglin ! Ben, oui, tout de suite ! Allez, saute dans un taxi et file. Je ne veux plus te revoir tant que tu ne lui auras pas parlé.

— Mais… qu'est-ce que tu vas faire pendant ce temps ?

— J'envisageais d'aller nager dans un cénote. Il y en a un tout près d'ici. Et puis, s'agissant de toi, je ne pense pas me tromper en prévoyant que tu n'y mettras même pas un doigt de pied.

Je secoue la tête. Elle me connait bien. Je ne risque pas de me baigner dans un de ces grands trous d'eau douce dont le fond peut se trouver à des centaines de mètres sous la surface. J'en frissonne rien que de l'imaginer…

— J'y vais alors.

— C'est ça. À plus tard.

***

Le trajet en taxi n'est pas très long, mais je trépigne d'impatience sur la banquette arrière. Pourtant, le chauffeur dépasse largement la limite de vitesse autorisée, il passe à toute allure sur les *topes*[9] métalliques rivés au sol. Je saute plusieurs fois sur mon siège, mais je m'en fiche.

Mon cœur bat très fort quand je quitte le véhicule après avoir réglé la prestation. Je cours presque en direction du bâtiment administratif où se situe le bureau d'Erhan. Je pourrais l'appeler, mais je veux qu'on parle en face à face. Déjà que même comme ça on parvient à s'emmêler les pinceaux, alors par téléphone…

Le problème est que je ne sais pas du tout où se trouve son bureau, et j'en prends conscience lorsque je pénètre dans l'immeuble.

Je me fige au bas des escaliers que j'avais empruntés lors de mon arrivée, hésitant sur la conduite à tenir. Je pourrais appeler Erhan juste pour qu'il me guide, mais ça réduirait l'effet de surprise à zéro. En même temps, ce n'est pas ça qui importe, mais tout ce que j'ai à lui dire.

Et j'ai eu tout le loisir de me faire un long discours pendant le trajet pour venir. Je veux lui expliquer que je tiens à lui, et que je suis prête à tester le genre de relation dont il parlait.

— Cet endroit est réservé aux employés de l'hôtel.

La voix sèche me fait sursauter. Je pivote sur mes talons pour découvrir une femme brune d'une quarantaine d'années. Sa chevelure noire est soigneusement lissée. Son maquillage est discret. Elle porte un tailleur strict et un insigne doré est épinglé à son chemisier : « *Lic. Sanchez* ».

— Oh, euh, bonjour, madame.

— *Licenciada*, me corrige-t-elle immédiatement.

Je fronce les sourcils, et reprends :

— *Licenciada*. En fait, je fais partie des employés de l'établissement. Je suis stagiaire et je…

— Je vois qui vous êtes. Suivez-moi.

Elle n'attend pas ma réponse pour s'engager dans les escaliers. Je ne sais pas qui elle est, mais l'autorité qui émane d'elle m'incite à lui obéir.

Ce n'est que lorsque nous pénétrons dans un bureau sur le mur duquel est apposée une plaque que je comprends qu'elle est la DRH de l'hôtel.

Je déglutis, mal à l'aise. Je n'ai rien fait de répréhensible, alors pourquoi je sens qu'on m'a prise en faute ?

La *licenciada* s'assied, mais ne m'invite pas à en faire de même, donc je reste debout.

— En fait, je cherchais mon manager…

— Erhan n'est pas dans son bureau, tranche-t-elle. Et ça tombe bien que je vous croise.

Je fronce les sourcils.

— J'avais demandé à Erhan de vous faire signer des papiers lors de votre arrivée, il y a deux mois.

Je secoue la tête :

— Il ne m'a rien remis…

— Exactement. Ce qui fait que votre stage n'est pas validé par ma hiérarchie.

J'ai l'impression que mon cœur se tord dans ma poitrine. La DRH a marqué une pause, comme si elle attendait que je comprenne par moi-même. Mais mon cerveau n'a pas envie de faire les comptes… Ce qui se profile à l'horizon n'est rien d'autre qu'un énorme problème.

Non content de réaliser une mission bidon, il s'avère que je ne suis même pas stagiaire ici ! C'est une catastrophe. Que vais-je dire à l'école ? Et tout ce temps perdu pour rien !

Abasourdie, je me laisse tomber sur le fauteuil le plus proche.

— Ce n'est pas possible…

— J'ai bien peur que si. Je vous demanderai de ne plus pénétrer dans l'enceinte de l'établissement, mademoiselle Aubert.

Je secoue la tête, incapable d'accepter la situation. C'est un cauchemar.

— Vous pouvez y aller.

La *licenciada* me congédie purement et simplement.

Je me lève et me traine en direction de la sortie. Je suis sur le point de franchir le pas de la porte, quand elle me rappelle :

— Oh, et mademoiselle Aubert ?

Je lui lance un regard par-dessus mon épaule :

— Vous êtes priée de déménager dès aujourd'hui.

Je quitte le bâtiment dans un état second. Il faut que je rejoigne Alexine et qu'on se trouve un endroit où loger au plus vite.

29

Erhan

Le vent a forci et les employés que je croise se hâtent de mettre le mobilier d'extérieur à l'abri. Je regagne mon bureau où j'éteins mon ordinateur et range mes affaires. Il faut que je rentre à la villa avant que la tempête ne nous atteigne.

L'ouragan Henrietta a dévié de sa trajectoire initiale et même si son centre ne devrait pas traverser la péninsule, les orages qui se forment dans sa périphérie sont assez puissants pour provoquer des dégâts considérables sur leur passage.

Mais je ne suis pas arrivé à la porte de mon bureau que Beatriz débarque.

Son expression victorieuse ne me dit rien qui vaille…

— Tu vas quelque part, Erhan ?

Je fronce les sourcils.

— Ça ne te concerne pas, mais je rentre. Il faut se mettre à l'abri avant la tempête.

— Ton rôle est de protéger les clients de l'hôtel.

— Tout le monde sait ce qu'il a à faire, objecté-je.

Et je la contourne, mais elle n'en a pas terminé avec moi et sa voix s'élève dans mon dos :

— Au fait, tu pourras recruter une nouvelle stagiaire dès demain.

Je me fige.

— J'ai viré ta petite protégée, ajoute-t-elle.

Cette fois, je me tourne pour lui faire face. Les poings serrés.

— Qu'est-ce que tu as fait ?

Elle hausse les épaules d'un air faussement désinvolte :

— Rien que mon travail. Elle n'était pas en règle puisque tu ne lui as jamais fait signer les documents d'entrée.

Je grince presque des dents en repensant à la liasse de feuilles qui se trouve toujours sur mon bureau. C'est vrai que je ne m'en suis pas occupé.

— Où est-elle ? grondé-je.

La *licenciada* contemple sa manucure d'un air attentif.

— Loin sans doute, puisqu'elle n'a plus le droit de loger dans la villa des employés étant donné qu'elle n'en fait pas partie.

— Tu n'es qu'une…

Je me retiens de lui lancer un chapelet de jurons qu'elle mériterait pourtant.

Elle relève les yeux vers moi, une lueur mauvaise au fond des prunelles.

— Oui ? Je suis quoi ? Dis-le-moi. Par contre, ne t'étonne pas de prendre la porte comme ta bienaimée.

— Ton chantage est dégueulasse…

Et soudain, c'est comme si le masque que Beatriz s'attache à montrer à tous tombait. Une grimace déforme ses traits, la rendant laide.

— Je ne tolèrerai jamais qu'on me jette comme une moins que rien, Erhan.

Elle me crache ses mots à la figure, et je mesure l'erreur grossière que j'ai commise en rompant avec elle…

— Je ne suis pas une petite pétasse que l'on saute et

que l'on vire le lendemain. J'espère que la leçon est bien rentrée dans ta tête, et qu'à l'avenir, tu feras exactement ce que je te dis, en toutes circonstances. Et pour commencer, tu vas retourner dans l'hôtel pour prendre soin des clients.

Je ne sais pas ce qu'elle a encore envie de déballer, mais je décide de ne plus l'écouter et reprends mon chemin. Cette femme est une sorcière, manipulatrice et venimeuse. Rien de ce qui vient d'elle ne peut être bon.

— Tu as intérêt à m'obéir, Erhan, crie-t-elle dans mon dos tandis que je dévale les escaliers. Sinon tu peux dire adieu à ton job.

Il ne me faut pas longtemps pour rejoindre la Jeep. Les menaces de Beatriz me laissent de marbre. Tout ce qui compte, c'est que je retrouve Maxine et que je m'explique avec elle.

Elle est tombée dans le piège de Beatriz par ma faute. Et je m'en veux. J'aurais dû la protéger. Que Beatriz s'en prenne à moi je peux le concevoir, mais elle est allée beaucoup trop loin en touchant à Maxine.

Je ne sais pas encore comment je lui rendrai la monnaie de sa pièce, mais je le ferai. C'est une certitude.

Pour le moment, je me concentre sur Maxine. Je roule le plus vite possible en dépit de la pluie qui commence à tomber. Je dois la rejoindre avant qu'elle ne quitte la villa.

Quelque chose me dit que si elle file du pays, je ne la reverrai plus jamais.

Mon cœur se comprime. Je ne veux pas qu'elle parte. Je suis prêt à lui trouver un autre stage moi-même s'il le faut. Après tout, je peux lui rédiger une recommandation. Il y a plein d'hôtels dans la région qui pourront l'accueillir.

Le trajet jusqu'à la villa me parait extrêmement long alors que je roule à toute allure. Je me range devant les maisons et saute de la Jeep. Mon premier réflexe est de rejoindre celle des filles.

— Erhan ? Tout va bien ? me questionne Kirsten d'un air étonné.

Et pour cause, je suis certain d'avoir la tête d'un fou furieux...

— Maxine est là ? Et sa sœur ?

La jeune styliste fait signe que non.

— Elles sont sorties depuis ce matin.

— Pour aller où ?

Elle hausse les épaules :

— Aucune idée.

Je commence à faire les cent pas dans le hall.

— Elles ont pris leurs affaires ? demandé-je à Kirsten qui est toujours à côté de moi.

Mais je n'attends pas sa réponse pour me rendre dans la chambre que les deux sœurs partagent. Je pousse la porte et suis soulagé de constater que leurs valises sont encore là. D'ailleurs, elles ne semblent même pas avoir commencé à les préparer.

— Qu'est-ce que tu lui as encore fait ?

Je me tourne vers Kirsten, sans comprendre de quoi elle parle, alors elle répète :

— À Maxine. Qu'est-ce que tu lui as fait ?

Rien ? Tout ? Je ne sais pas quoi répondre à ça, par conséquent j'élude :

— Il faut que je la retrouve, c'est urgent !

— Tu as tenté de la joindre ?

Je cille plusieurs fois avant de sortir mon téléphone. Je fais défiler mes contacts puis j'appelle Maxine. Les sonneries s'égrènent...

— *Bonjour, vous êtes sur la messagerie de Maxine...*

Je raccroche d'un geste rageur.

— Essaie sa sœur, suggère Kirsten.

— Je n'ai pas son numéro, grogné-je.

Putain ! Le temps passe et je redoute qu'elles ne restent coincées à l'extérieur.

— Si j'avais au moins une piste sur l'endroit où elles ont pu aller…

Je quitte la chambre et regagne le hall, même si ça ne m'avance à rien puisque je n'ai nulle part où les chercher.

— J'ai peut-être une idée, lance Kirsten.

Elle pianote sur son téléphone, et l'instant suivant, elle s'écrie :

— Bingo ! Regarde !

Kirsten a ouvert Instagram et me montre une story. Je n'ai pas de compte sur le réseau social, mais je reconnais quand même l'interface.

Je comprends qu'il s'agit du profil d'Alexine. Elle a pris un selfie d'elle avec un cénote en arrière-plan.

— Regarde le tag du lieu, m'indique Kirsten.

J'obéis avant de m'écrier :

— T'es un génie ! J'y vais !

Je me hâte en direction de la sortie, juste avant de partir, je lui lance :

— Barricade les fenêtres, et rejoins les autres à la maison. Mieux vaut être regroupés.

La styliste me jette un coup d'œil appuyé :

— Que crois-tu que je faisais là ?

Elle désigne un carton dans l'entrée qui est rempli de nourriture.

— On a déjà tout organisé pour le bivouac surprise.

Elle plaisante, mais nous savons tous les deux que la situation peut très vite virer au cauchemar.

— Je vais les récupérer, et on vous rejoint.

Quand je remonte dans la Jeep et fonce en direction

du cénote, le vent a gagné en intensité, et la pluie tombe de plus en plus fort. Mais j'ai bon espoir de trouver les filles rapidement, car le trou d'eau n'est qu'à quelques kilomètres.

Lorsque je me gare sur le parking du cénote, je me rends compte que tout le monde est maintenant parti se mettre à l'abri. Je ne croise personne le long du chemin qui conduit au plan d'eau.

La pluie forme à présent un manteau liquide et je suis trempé, mais ça n'est pas grave. Tout ce qui importe, c'est que je retrouve Maxine et sa sœur le plus vite possible.

À mesure que je progresse sur la piste, le doute s'insinue en moi. Et si elles étaient déjà parties ?

Le haut de l'escalier qui conduit à l'intérieur du cénote se profile, et soudain, j'aperçois une silhouette familière. Je me précipite vers elle :

— Max !

Elle se retourne pour me faire face, et malgré la pluie qui tombe sur mon visage, je vois bien son expression étonnée. Sa bouche s'est ouverte, mais elle n'a pas le temps de me répondre, car une voix féminine s'élève dans son dos :

— Il faut qu'on y aille, Max ! Bouge !

Alexine apparait, et nos regards se croisent. Le contact visuel est bref, car je suis concentré sur Max. En quelques pas, je suis près d'elle et je saisis son bras :

— Viens…

Mais elle se détache vivement de ma prise.

— Laisse-moi tranquille, Erhan.

— Je suis venu vous chercher, la tempête approche, il faut…

— Je ne m'en irai pas avec toi, se braque-t-elle.

Sa réaction me fait perdre le fil de mes pensées une

fraction de seconde, mais je me ressaisis vite :

— C'est dangereux, on ne peut pas rester ici.

Le regard que Maxine me lance me donne envie de rentrer sous terre.

— Maintenant tu prends soin de moi ? C'est une plaisanterie ? Dis-moi, Erhan, tu as fait exprès de saboter mon stage ?

Je jette un coup d'œil à Alexine qui garde le silence à côté de nous, et à son air remonté, je devine que les deux filles ont eu le temps de me rhabiller pour l'hiver.

— Pas du tout ! Qu'est-ce que tu t'imagines ?

Max croise les bras sur sa poitrine, et je repousse mes cheveux qui tombent sur mon front.

— Tu ne me feras pas croire que tu as oublié de me faire signer mes papiers de stage. Tu voulais que je m'en aille, et tu as réussi. Je suis virée !

J'ai l'impression qu'elle a les larmes aux yeux, à moins que ça ne soit la pluie ?

— Je vais tout arranger, Beatriz n'est pas…

— Tu l'appelles par son prénom ? C'est ta pote ? Okay, je crois que je comprends… Vous avez dû bien vous marrer à faire tourner en rond la petite Française. Hein ?

Que Maxine puisse seulement envisager que je sois aussi cruel avec elle me laisse pantois. Est-ce ainsi qu'elle me voit ? Si c'est le cas, tout est de ma faute. Je n'ai pas été irréprochable avec elle.

— Tu n'y es pas du tout, Max.

— Arrête de m'appeler comme ça !

Elle plaque ses mains sur mes pectoraux et me repousse d'un geste brusque. Je saisis ses poignets et l'oblige à me regarder :

— Il ne s'agit pas de toi. Tu comprends ? Beatriz voulait prendre sa revanche sur moi. S'attaquer à toi était une vengeance contre moi parce que je l'ai larguée...

Le visage de Maxine passe au blanc livide et je pince les lèvres.

Quel con !

— Évidemment que tu l'as fait, répond-elle d'une voix éteinte.

Quand Max se détache de ma prise, elle serre les dents. Tout à coup, elle fait demi-tour et se met à courir.

Je m'élance dans son dos :

— Max ! Attends ! Ne va pas par-là, c'est dangereux !

Alexine est sur mes talons :

— Max ! Reviens !

Soudain, la foudre s'abat sur un palmier tout proche. Maxine se fige, sous le choc, et c'est avec horreur que je vois l'arbre s'effondrer... droit sur elle !

— Max !

Alexine et moi avons crié en même temps, et cela fait réagir Maxine qui change de direction pour échapper au mur de végétation qui est en train de glisser sur elle.

Mais elle n'a fait que quelques pas quand elle s'évanouit subitement de notre vue. Un hurlement angoissant retentit, et une décharge d'adrénaline déferle dans mes veines lorsque je comprends ce qu'il vient de se passer.

Maxine est tombée dans le cénote.

— Max ! s'époumone Alexine derrière moi.

Je ne perds pas de temps à la rassurer et accélère l'allure en direction de l'endroit où Max a disparu. Je sais à quoi m'attendre, et quand j'aperçois l'ouverture, je prends encore plus de vitesse. Puis, je plonge par le trou béant.

Par chance, le cénote est assez petit et je repère Maxine juste avant de m'y engouffrer. Dire qu'il n'y a pas si longtemps, je m'amusais à sauter dans ce genre de cénote... Je n'aurais jamais imaginé devoir le faire pour sauver Max.

L'eau amortit ma chute, et je bats vigoureusement des jambes pour remonter à la surface. Lorsque j'émerge, je tourne sur moi-même pour trouver Maxine. Je la découvre là, elle me dévisage.

Je nage rapidement vers elle :

— Tout va bien ?

Une lueur de peur traverse son regard.

— Je veux m'en aller d'ici…

— Tu es blessée ?

Elle secoue la tête, mais je vois bien que quelque chose cloche.

Alexine, qui est retournée au niveau de l'escalier permettant de descendre dans le cénote, nous apostrophe :

— Vous pouvez sortir de là tous les deux ? Ce n'est pas le moment de prendre un bain.

Je ne quitte pas Max des yeux tandis que nous nageons en direction du bord. Je place ma main dans son dos, mais elle me lance un regard assassin :

— Je sais nager.

— Je n'ai jamais dit le contraire.

Elle accepte la main tendue d'Alexine qui l'aide à sortir du cénote avant de la serrer dans ses bras.

— Ne me refais plus jamais ça, grande sœur.

Moi aussi je voudrais prendre Max contre moi, mais j'ai bien compris qu'il ne fallait pas que je m'approche d'elle.

C'est Alexine qui s'adresse à moi :

— Allez, Erhan, tu nous ramènes ? On a des bagages à préparer.

30

Maxine

Le retour à la villa a été mouvementé à cause des intempéries, et je suis soulagée quand je regagne la chambre que je partage avec ma sœur.

Je me sèche et me change en silence.

— Tu ne vas plus lui adresser la parole ?

Je tourne la tête vers Alexine qui a terminé de passer des vêtements propres.

— Qu'est-ce que je pourrais lui dire ? Je ne pense pas que l'insulter changera quoi que ce soit à la situation…

— Balance-lui quelques injures si ça peut te soulager, mais il faut que vous mettiez les choses au clair avant ton départ.

Ce dernier mot se plante dans mon cœur comme une flèche. Je vais quitter le Mexique. Bye bye, Erhan, bonjour la France. Il y a quelques mois encore, j'envisageais sérieusement cette option, mais maintenant que j'ai découvert la vie ici, celle qui est sans soucis, légère et douce, je n'ai plus envie de rentrer dans l'hexagone.

— Max.

Alexine se place devant moi et plante son regard dans le mien :

— Il n'a pas hésité à sauter dans le cénote pour te sauver.

— Tu parles d'un geste spectaculaire, marmonné-je.

— Ben, un peu quand même !

Mon cœur bat plus vite en repensant à la chute que j'ai faite. J'étais terrorisée quand j'ai regagné la surface, et c'est en voyant Erhan plonger pour me rejoindre que j'ai trouvé assez de force pour ne pas paniquer.

Sans lui, je serais peut-être encore dans ce trou... Des frissons remontent le long de mon dos.

— Tu peux lui laisser une chance de s'expliquer, tu ne crois pas ?

Je fixe ma sœur.

— Je rêve où tu essaies de nous rabibocher, Erhan et moi ?

Alexine hausse les épaules :

— Il tient à toi, c'est évident. Max, tu aurais vu sa réaction quand tu es tombée... Il n'a même pas eu l'ombre d'une hésitation. Et toi... Tu l'as dans la peau.

Les souvenirs de la discussion qui a précédé ma chute me reviennent :

— Il a couché avec la DRH de l'hôtel.

— Pendant que vous étiez ensemble ?

Je réfléchis avant de répondre :

— Je ne crois pas. Mais je ne peux être sûre de rien quand il s'agit d'Erhan...

— C'est là que tu te trompes.

Alexine a un petit air docte que je ne lui connais pas. Ma sœur me surprend dernièrement.

— Tu sais que tu l'aimes, décrète-t-elle.

— Je n'ai jamais dit ça, me renfrogné-je.

— Tu n'as pas besoin de le faire, ça se voit comme le nez au milieu de la figure.

Je me laisse tomber sur le lit le plus proche, le regard rivé au plafond.

— Tu ne connais pas tout, Alex…

Je fais allusion à mon job bidon. Je tourne les yeux vers elle avant de lui avouer :

— Je ne fais pas un stage en contrôle de gestion.

Je m'attends à une réaction d'étonnement de sa part, mais elle se contente de hausser un sourcil :

— Et ? Qu'est-ce que ça a à voir avec Erhan ?

— Rien, et tout.

— Tu peux être encore moins claire ? Je ne comprends rien à ce que tu me racontes. Est-ce que c'est ton plongeon forcé qui te fait délirer ?

J'ai un petit sourire en coin. Si seulement…

— Je n'ai pas été tout à fait honnête avec toi, Alex.

— Okay, alors vas-y, déballe tout. Je t'écoute.

Elle s'assied à côté de moi tandis que je lui fais le récit du malentendu qui m'a conduite dans ce stage-planque, je relate mon arrivée et lui explique quel est mon rôle dans les shows de danse.

— Attends ! T'es en train de me dire que depuis tout ce temps, tu te la joues à la Dirty Dancing sans même m'en parler ?

Je la dévisage, elle semble… excitée par ce que je viens de lui révéler.

— Tu ne m'en tiens pas rigueur alors ?

Elle fait les gros yeux :

— Oh que si ! Je t'en veux énormément.

Je déglutis. Et voilà ! En plus de ne plus avoir de stage, de devoir quitter le Mexique et Erhan, maintenant ma sœur en a après moi.

— Je t'en veux de ne pas m'avoir mise dans la confidence ! Enfin, Max ! Tu vis une histoire de dingue !

Je cligne plusieurs fois des yeux.

— Mais… Ce n'est pas sérieux, argué-je.

— Oui ! C'est ça qui est bien !

Alexine saute sur ses pieds, et je me redresse pour la regarder tandis qu'elle fait les cent pas dans la chambre.

— Ma grande sœur est une star !

— Euh… N'exagérons rien. Je me contente de danser.

— Mais quand même ! La chorégraphie de Dirty Dancing, en plus !

Elle s'arrête et plante ses poings sur ses hanches tout en me dévisageant.

— Vous faites le porté final aussi ?

Ses yeux pétillent de joie, me faisant presque oublier les éléments qui se déchainent à l'extérieur.

Je la corrige :

— On le faisait, oui.

— C'est un truc de dingue ! Quelqu'un vous a filmés ? Il faut que je voie ça !

Elle tourne la tête en direction du couloir, comme si elle envisageait d'aller poser la question aux autres membres du groupe.

— De toute façon, c'est terminé.

Ma voix est éteinte, et les mots me font l'effet d'une porte qui se referme sur un passé joyeux. Pour la première fois de ma vie, l'avenir me parait bien obscur.

J'avise mes valises qui sont placées dans un coin de la pièce :

— Il faut que je range toutes mes affaires et que je réserve un billet de retour. Tu pars quand déjà ?

— Dis-moi que je rêve ! s'exclame ma sœur.

Je la fixe comme si elle avait disjoncté.

— Tu ne rentres pas avec moi, Max !

Je fronce les sourcils :

— Ah non ?

— Je ne te le permettrai pas.

Je me garde de lui faire remarquer que si telle est ma décision, elle ne pourra rien y changer. De toute façon, elle continue sur sa lancée :

— Je vais t'expliquer ce que tu vas faire, et tu vas m'écouter, Max.

La curiosité et la tristesse se mêlent en moi. J'aimerais rester, vraiment. Mais quelles sont mes perspectives ici maintenant que je ne fais plus partie de la troupe et que tout est terminé entre Erhan et moi ?

Alexine n'a pas dit son dernier mot, elle s'assure que je la regarde avant d'asséner :

— Je veux que tu arrêtes de subir les événements. Tu me comprends ?

Je fronce les sourcils, pas certaine de voir où elle compte en venir au juste.

— Tu souhaites rester au Mexique, et tu es amoureuse d'Erhan.

Je m'apprête à protester, mais Alex lève une main dans ma direction pour m'en empêcher :

— Non, non ! Je n'ai aucune envie d'entendre tes excuses. Je pensais que ce moment n'arriverait jamais, Max. Je suis heureuse pour toi, et il faut que tu te battes pour que ça continue. Je parle du stage, mais surtout de ton couple.

Elle reprend son souffle avant d'enchainer :

— C'est pas tous les jours qu'on a la chance de vivre des expériences comme celle-là. Alors tu vas prendre ton courage à deux mains, tout mettre à plat avec Erhan. Si votre relation peut être sauvée, et je suis convaincue que c'est le cas, tu dois tout faire pour que ça marche.

Ma sœur est carrément en train de me coacher pour que j'aille de l'avant, et je dois reconnaitre que cela fonctionne. Une dernière chose me chiffonne…

— Que vont dire papa et maman ?

Alexine hausse les épaules :

— Que veux-tu qu'ils disent ? C'est ta vie, Max. Tes choix. Tu n'as pas décidé de te convertir en trafiquante de drogue ni de faire une autre activité criminelle. Tel que je vois les choses, tout va très bien se passer. Nos parents ne souhaitent que ton bonheur.

— Mais… On a pris un prêt pour mes études.

— Oui, et tu as obtenu ton diplôme. Ou du moins, tu es en passe de l'avoir. Donc tu as rempli ta part du contrat. De toute façon, tu le rembourseras quand tu pourras, pas vrai ?

Je hoche la tête.

— Alors tu vois, tout est réglé.

Elle se tait et je commence à mettre de l'ordre dans mes pensées.

— Max ?

Je lève les yeux vers ma sœur :

— Oui.

— Bouge maintenant !

***

Lorsque nous rejoignons les autres dans la salle à manger, les conversations vont bon train. Une partie de cartes est en cours, et on pourrait croire qu'il ne se passe rien d'extraordinaire. En tout cas, on ne dirait pas qu'un ouragan est en train de fondre sur nous.

Je croise le regard d'Erhan qui est debout près de l'entrée. Appuyé au chambranle, les bras croisés sur son torse, il me fixe en silence. Son visage est fermé.

— Maxine ! Comment tu te sens ?

Je jette un coup d'œil à Santiago qui vient de m'interpeler et lui réponds du bout des lèvres. Mes mots se perdent dans le brouhaha ambiant.

Un dernier regard à ma sœur, et je m'avance vers Erhan :

— On peut parler ?

Il me dévisage un instant avant de hocher la tête. Il me suit jusqu'à la cuisine qui est vide.

Je m'installe sur le comptoir, plus pour me donner une contenance qu'autre chose. Je triture le bas de ma jupe sans trop savoir comment engager la discussion.

— Merci, soufflé-je.

Je garde les yeux baissés tout en ajoutant :

— D'avoir sauté pour m'aider.

Il ne répond pas tout de suite, et j'entends ses mouvements tandis qu'il s'approche de moi. Son index se glisse sous mon menton et je relève la tête pour le regarder dans les yeux.

— Je suis désolé, Max. C'est de ma faute si tu as fait cette chute, et je m'en serais voulu à mort s'il t'était arrivé quelque chose de grave.

Une lueur nouvelle est apparue dans ses prunelles, j'ai peur de me méprendre sur ce qu'elle signifie alors j'évite d'y penser.

— Si je n'avais pas réagi bêtement en m'enfuyant…

— Et si je t'avais dit toute la vérité depuis le début, réplique-t-il. Mais on ne peut pas remonter le temps et refaire l'histoire.

Sa main s'éloigne de mon visage pour se poser sur ma cuisse. Ce simple contact m'électrise.

— Je te demande pardon, Max. Pour tout.

Les larmes envahissent mes yeux sans que je ne comprenne bien pourquoi. Peut-être parce que j'ai attendu ses excuses depuis tout ce temps ?

— Je n'aurais jamais dû rompre comme je l'ai fait, il y

a trois ans. J'aurais dû t'avouer que je commençais à m'attacher à toi, mais que je ne pouvais pas rester. Ma vie en France était… compliquée.

Erhan s'écarte, passe une main nerveuse dans ses cheveux. Je redoute qu'il n'aille pas au bout de ses explications.

— Je n'aurais pas dû me contenter de t'écouter, Erhan. J'aurais dû te demander de m'en dire plus, de…

— Non, je n'accepterai pas que tu culpabilises pour quelque chose qui est de ma responsabilité. Je serais vraiment un gros connard si je te laissais porter ce poids.

— Mais tu es un connard, répliqué-je.

Mon sourire en coin contredit mes propos, et Erhan s'en rend bien compte. Il acquiesce :

— J'ai mérité ce titre, en effet. Mais je suis prêt à abdiquer.

Mon souffle se bloque dans ma gorge. J'ai conscience que l'avenir de notre relation se joue à cet instant. Je n'en reviens pas que ma sœur ait eu raison. Et s'il suffisait de communiquer pour tout arranger ?

J'ai le sentiment que tout aurait pu être évité si nous avions parlé il y a trois ans. Mais, comme dit Erhan, on ne peut pas retourner en arrière.

Il prend une inspiration avant de lâcher :

— Mes parents m'ont adopté.

31

Erhan

Ce n'est pas quelque chose que je partage avec les gens d'habitude, pas même avec mes amis. D'ailleurs, j'évite généralement d'y penser. Mais à cet instant, avec Maxine, tout est différent. Je ressens le besoin de lui révéler la vérité :

— J'avais quatre ans quand ils m'ont trouvé dans un orphelinat turc.

Je lève les yeux vers Max, je ne lis aucune pitié dans son regard, et cela m'encourage à continuer :

— Ils n'arrivaient pas à avoir d'enfant, alors ils avaient décidé d'en adopter un. Pourquoi m'ont-ils choisi moi ? La vie est bizarre parfois, tu ne crois pas ? Ils auraient pu passer un jour où je n'étais pas là parce que j'étais puni pour avoir grimpé sur le toit. Ou ils auraient pu se rendre dans un autre orphelinat… Bref. Le destin a voulu que ça soit moi. Et mes parents m'ont donné tout ce qu'un petit garçon peut désirer. Tous les jouets, les bons soins, l'éducation, les activités dont un enfant peut rêver, j'ai tout reçu.

Je marque une pause, le temps que les souvenirs refluent en moi.

— Je leur en suis profondément reconnaissant d'avoir fait tout ça pour moi. Mais…

Les mots se bloquent dans ma gorge tandis qu'une forme de honte m'envahit, mais il faut que ça sorte, alors je prends mon courage à deux mains et continue :

— J'aspirais à des choses différentes. Le hip-hop, par exemple. J'ai d'abord fréquenté des mecs qui en faisaient juste pour contrarier mes parents, mais ensuite, j'en suis devenu accro. C'était la réaction d'un gamin pourri gâté, je le reconnais.

— Je dirais plutôt que c'est quelque chose de normal pour un enfant, ou un ado, de se construire en opposition à son environnement familial. Tu n'es pas le seul à être passé par là.

Je peux lire la sincérité sur le visage de Maxine, mais ça ne suffit pas à m'apaiser.

— J'ai le sentiment d'avoir été un ingrat, Max. Après tout ce qu'ils ont fait pour moi… Et même maintenant, je vis à l'autre bout du monde, alors que je sais que je leur manque. Et c'est réciproque.

— Est-ce que tu vis au Mexique juste pour les contrarier ? Ou pour te punir d'une faute que tu imagines avoir commise ?

Je fronce les sourcils :

— Pas du tout ! J'adore ma vie ici, je me sens comme chez moi. C'est pour ça que je reste. J'ai le sentiment que je suis au bon endroit, même si…

Ma gorge est nouée.

— Même si quoi ? demande Maxine.

Je n'ai pas souvent pensé à ça, mais le moment me semble bien choisi pour le faire :

— Même si je ne crois pas que je fasse le job pour lequel je suis fait.

— Qu'aurais-tu envie de faire à la place ?

Je hausse les épaules :

— Quelque chose qui a plus de sens, je suppose.

Elle hoche la tête, d'un air entendu.

Maxine quitte le plan de travail sur lequel elle était assise, et s'approche de moi. Je baisse les yeux vers elle, étudiant son visage. Ce qu'elle est belle !

— Je suis désolé, Max. Je ne suis pas le mec que tu croyais… On vient du même milieu, et je sais que tes parents, à l'image des miens, doivent attendre certaines choses de toi. Et tu t'en sors super bien. Tu es la fille modèle…

C'est à son tour de froncer les sourcils :

— Qu'est-ce que tu es allé t'imaginer ?

Je secoue la tête, et elle continue :

— Je ne t'ai pas tout dit sur moi, Erhan.

Maxine s'écarte de moi, et prend le temps de rassembler ses pensées. Quand elle plante son regard dans le mien, je peux lire sa détermination :

— Je ne suis pas celle que tu crois. Je ne viens pas d'une famille aisée comme la tienne. En fait, mes parents ont dû faire un prêt conséquent pour me permettre de poursuivre mes études dans notre école. Et c'est pour ça que je travaillais à fond. Je n'avais pas le droit de les décevoir. Tu comprends ?

Je vois surtout que je me suis laissé aveugler par les apparences, et que j'ai présumé de beaucoup de choses la concernant.

— Je suis désolé, Max…

Elle secoue la tête.

— Tu n'as pas de raison de l'être. J'ai tout fait pour que personne ne soit au courant de ma situation. Et passer pour l'intello qui ne pense qu'à ses études m'y a beaucoup aidé.

32

Maxine

Un silence s'installe entre nous, mais nos regards restent soudés. C'est la première fois que nous sommes aussi francs l'un envers l'autre, et je suis certaine que nous franchissons une étape dans notre histoire.

Une question me vient :

— Est-ce que…

Je me tais, pas sûre de la formuler de la bonne manière, mais le regard tendre d'Erhan m'y encourage, alors je me lance :

— Est-ce que c'est parce que tu as été adopté que tu n'arrives pas à te projeter dans une relation ?

Mes joues chauffent, et je détourne les yeux. Je suis certaine d'avoir été maladroite et qu'Erhan va m'envoyer sur les roses.

— Je n'y avais jamais réfléchi sous cet angle, commence-t-il. Mais, maintenant que tu soulèves ce point, peut-être que c'est lié. Certains raccourcis se sont faits en moi… Une relation stable conduit à fonder une famille, enfin, dans la plupart des cas. Sauf que je refuse d'avoir un enfant si c'est pour l'abandonner ou pour lui transmettre mes problèmes.

Son visage est sérieux, il a l'air profondément convaincu de ce qu'il avance.

— Je crois que personne n'est parfait, et une amie commune m'a fait comprendre que tout ce que nous pouvons promettre, c'est de faire de notre mieux. Pourquoi se projeter si loin, Erhan ? Le présent est déjà satisfaisant.

Son regard gagne en intensité au point que je ne parvienne pas à m'en détourner. J'ai l'impression qu'il m'a capturée, sans que je ne manifeste la moindre velléité de m'échapper.

— Tu penses vraiment ce que tu dis, Max ?

Cette fois, l'utilisation de mon surnom provoque une sensation agréable dans ma poitrine. Je me contente de hocher la tête, de toute façon, ma gorge est trop nouée par l'émotion pour arriver à formuler quoi que ce soit.

— Tu crois qu'on peut être ensemble et vivre au présent ?

J'acquiesce, et il s'approche de moi.

— Je t'aime, Max.

Ce que je ressens à cet instant ne trouve pas de point de comparaison dans toute mon existence. Sans doute parce qu'aucun homme ne m'a jamais dit qu'il tenait vraiment à moi, et surtout, parce que les sentiments sont partagés.

— Je t'aime aussi, Erhan.

Ses mains prennent mon visage en coupe puis il penche la tête vers la mienne. Lentement, comme s'il me laissait la possibilité de tout arrêter, mais il en est hors de question.

J'accueille ses lèvres et sa langue qui s'invite en moi. Une vague d'amour se déverse dans mon être, encore plus puissante que les éléments qui se déchainent à l'extérieur de la villa.

Lorsqu'il se détache de moi, je sais que nous avons passé un accord tacite, celui d'évoluer ensemble. Ce ne sera probablement pas facile tous les jours, mais je suis convaincue que nous y parviendrons.

Une question me taraude, et je décide de la lui poser plutôt que de la laisser pourrir dans un coin de ma tête :

— Pourquoi tu ne m'as pas dit que tu avais eu une liaison avec la DRH ? D'ailleurs, qu'est-ce qui t'a pris de faire une chose pareille ?

Erhan place ses mains sur ma taille et me garde contre lui tandis qu'il s'explique :

— Je ne sais pas trop… Au départ, c'était pour le fun. J'étais un peu con, je l'avoue, mais l'idée d'arriver à séduire une femme plus mature m'a paru amusante. En définitive, j'ai arrêté au bout d'une semaine.

— Et c'est juste pour une relation de quelques jours qu'elle a prémédité une vengeance ?

Il hoche la tête :

— Cette femme est vraiment nocive, limite dangereuse quand elle n'obtient pas ce qu'elle veut…

— Elle ne devrait pas être à un poste aussi important dans l'hôtel.

Erhan a un petit air pensif.

— Sans doute que non.

La réalité de ma situation me revient en mémoire. C'est drôle, mais la simple perspective d'affronter tout ça avec Erhan à mes côtés me rassure.

— Il faut que je trouve un nouveau stage.

Erhan me dévisage avec attention.

— En admettant que ce soit possible, est-ce que tu souhaiterais continuer celui-ci ?

Je n'ai pas besoin de réfléchir pour répondre :

— Oui. J'aime danser, et le groupe est génial. Et puis, mon manager m'a tellement bien vendu le concept de tournée dans les établissements du coin que je ne voudrais surtout pas manquer ça.

Erhan prend un air sérieux :

— Qu'est-ce qu'il t'a « vendu » d'autre, ton responsable ?

J'entre dans son jeu :

— La théorie d'une relation dans l'instant présent, l'idée de partager son lit, de faire l'amour dans la piscine à l'insu de nos colocataires... Qu'est-ce que j'oublie ?

— Il me semble que ton supérieur déborde d'imagination...

Je renchéris :

— Oh oui, mais surtout, il est super modeste !

Nous nous sourions d'un air complice, mais sommes interrompus par un raclement de gorge. Nous nous tournons pour découvrir Santiago qui entre dans la cuisine. Il se dirige vers le frigo dans lequel il prend une bouteille d'eau.

— Je ne verrai plus jamais notre piscine du même œil, marmonne-t-il avant de repartir.

Erhan et moi échangeons un regard avant d'exploser de rire.

— Okay, je crois qu'on vient de se faire griller, remarqué-je.

— Je m'en fous complètement, du moment qu'on peut recommencer quand on veut.

Une lueur familière brille dans ses prunelles.

— Tu as une idée derrière la tête ! constaté-je.

— Absolument.

J'en reste bouche bée, et il se penche pour me glisser à l'oreille :

— Si tu es prête à te mouiller un peu, on pourrait retrouver notre ancienne chambre...

Mon cœur bat vite, mes joues chauffent et mon ventre semble être envahi par de la lave en fusion.

— Qu'est-ce que tu en dis ? Tu es partante ?

J'acquiesce, et l'instant qui suit, Erhan m'entraine en direction de la porte d'entrée.

— Vous n'allez pas sortir par ce temps ? s'étonne Azura en nous voyant.

C'est Erhan qui se charge de lui répondre :

— On va se reposer à côté.

Azura n'a pas du tout l'air dupe, mais elle n'ajoute rien, et nous quittons la maison. Traverser la cour qui sépare les deux villas n'a jamais été aussi intense… Quelques secondes suffisent pour que nous soyons complètement trempés, et lorsqu'Erhan m'attire à l'intérieur, nous dégoulinons d'eau.

Nous ne perdons pas de temps et grimpons à l'étage. Sitôt arrivé dans la chambre, Erhan s'empare de ma bouche. Il soulève mon top et m'en débarrasse. Ma jupe et mes sous-vêtements suivent le même chemin et finissent sur le sol :

— Il ne faut pas rester mouillés, sinon on va attraper froid, souffle Erhan tout en se déshabillant.

Je n'ai pas le temps de l'admirer, car il me fait signe de l'accompagner dans la douche. L'eau chaude coule sur nous, mais je frissonne.

Erhan m'embrasse à nouveau et sa langue se fraie un passage dans ma bouche. Je lui rends son baiser sans aucune pudeur. Un gémissement m'échappe quand il me plaque contre le mur. Il soulève une de mes jambes et nos sexes se trouvent. Mais ce n'est pas le plan qu'Erhan a en tête, car ses doigts entrent dans la danse, s'alliant à ses lèvres tentatrices, pour me conduire à la jouissance. Entre ses bras, je perds la notion du temps, et même de l'espace. Je ne suis plus qu'un amas de terminaisons nerveuses qui finissent par exploser simultanément.

Bien après la douche, nous continuons à explorer notre

connexion charnelle sur le lit, et à peu près partout dans la chambre.

— On a des années à rattraper, me dit Erhan quand je lui lance un regard interrogateur après qu'il m'a soulevée pour m'assoir sur le bureau.

— On dirait surtout que tu as tout planifié, le taquiné-je.

Une lueur joueuse passe dans ses yeux.

— Et si je te disais que j'ai encore plein d'autres projets ?

— Je te répondrais que c'est plutôt bien, car on a du temps devant nous.

Il m'adresse un sourire sexy juste avant de déposer une ligne de baisers dans mon cou, sans cesser de descendre. Je m'appuie sur mes coudes, et le laisse prendre les commandes à nouveau.

Je sais que j'aurai toutes les occasions imaginables pour lui retourner la faveur, et cette perspective m'enchante.

33

Erhan

Voilà une bonne chose de faite ! Je quitte le bâtiment l'esprit tranquille. Je suis certain d'avoir eu l'attitude qu'il fallait, ne reste plus qu'à parler avec Maxine.

Tandis que je rentre à la villa, je me sens apaisé. Je n'ai jamais été comme ça de toute ma vie. À croire que la mise au point avec Max a eu des effets inattendus, et terriblement bénéfiques aussi.

Mon regard se perd sur le paysage. Le soleil brille à nouveau, accompagné de l'humidité habituelle. Par chance, les dégâts occasionnés par la tempête sont assez limités : des chutes de palmiers, certaines constructions trop fragiles ont été touchées. Mais il semblerait qu'il n'y ait pas de victime, et les hôtels de la côte s'en tirent bien.

Je crois que lorsque les vents ont quitté la péninsule, ils ont emporté avec eux tous mes doutes et mes problèmes.

D'ailleurs, je viens d'en régler un. Peut-être un des plus importants pour Max et moi. J'espère qu'elle sera contente…

Je la retrouve sur la terrasse, allongée sur un transat. Alexine se trouve dans la piscine, et c'est elle qui me remarque en premier.

— Erhan !

Aussitôt, Max se relève et s'approche de moi. Elle se

redresse sur la pointe des pieds pour m'embrasser, et j'en profite pour la serrer contre moi, empoignant ses fesses sans me soucier de la présence de témoins.

— Hé ! Vous savez que vous n'êtes pas seuls ? Mes yeux, putain !

— Ton langage, Alex ! la corrige Maxine.

Puis elle reporte son attention sur moi :

— Tu vas me dire où tu étais ou ça doit rester un secret ? Je dois m'inquiéter ?

Je la dévisage en souriant.

— Tout dépend…

Je prends un malin plaisir à faire durer le suspense.

— De quoi ? Qu'est-ce que tu faisais ? m'interroge-t-elle.

— J'espère que t'as pas acheté une bague, lance Alexine depuis la piscine. Ce serait vraiment un truc débile à faire…

Maxine fronce les sourcils et s'apprête à répliquer, mais je la devance :

— Non, j'ai beaucoup mieux qu'un bijou !

Les yeux de Max s'arrondissent sous l'effet de l'étonnement, et je décide de ne pas la faire lambiner :

— Si tu l'acceptes, tu as un job.

Alexine s'est approchée et a posé les coudes sur le rebord de la piscine pour suivre la discussion.

— Comment ça ? Quel job ? demande Maxine.

— Celui que tu avais avant, annoncé-je.

— Tu veux dire que je peux continuer mon stage ? Comment as-tu fait pour convaincre la DRH ? Tu n'as pas couché avec elle j'espère ?

J'éclate de rire à cette idée, et Max croise les bras sur sa poitrine.

— Non, je n'ai couché avec personne. Et pour être précis, ce que j'ai négocié pour toi, ce n'est pas un stage, mais un job rémunéré. Tu pourras quand même le faire passer pour une mission de fin d'études auprès de l'école, mais tu seras payée comme les autres danseurs.

— Ça c'est top ! s'exclame Alexine comme s'il s'agissait de son propre avenir professionnel dont il était question.

— Oui, bafouille Max. C'est bien. Mais comment tu as fait ?

Elle reste bloquée sur la manière… Je comprends vu ce que nous avons vécu avec Beatriz, alors je lui explique :

— J'ai eu un entretien très instructif avec le directeur de l'hôtel. En résumé, il était plutôt soulagé que je ne fasse pas un scandale à propos de l'abus de pouvoir que Beatriz m'a fait subir.

— Tu lui as dit…

Maxine en reste bouche bée, incapable de finir sa phrase.

— Oui, je lui ai tout raconté. Il sait aussi que nous sortons ensemble, d'ailleurs tu auras des documents à signer pour s'assurer que tu ne m'attaqueras pas pour harcèlement sexuel. Et je ne serai plus ton seul supérieur hiérarchique, Gabriella sera également de la partie.

— Tu remontes dans mon estime, Erhan, réplique Alexine en quittant la piscine.

— Je croyais que j'avais gagné ta reconnaissance éternelle au moment où j'ai plongé dans le cénote pour sauver ta sœur ?

On s'entend super bien depuis que tout est mis à plat. En fait, on se chambre souvent, et j'ai l'impression que Max apprécie cette ambiance détendue.

Alexine balaie mon objection d'un mouvement de la main :

— Oh, ça… J'aurais pu le faire.

— Mais c'est moi qui l'ai fait.

— On t'a déjà dit que ce n'était pas beau de chercher les compliments ?

Je souris et reporte mon attention sur Maxine :

— Alors, qu'est-ce que tu en penses ? Tu acceptes ?

Elle a une petite moue que j'adore et qui me donne envie de l'embrasser, mais je me contiens. Je préfère attendre d'être de retour dans notre chambre, là où je pourrai m'occuper d'elle…

— Max ! Tu n'as pas intérêt de refuser parce que je t'assure que tu ne seras pas bien reçue en France…

— Ça va, ça va ! s'écrie Maxine. Okay, j'accepte. Je prends ce poste de danseuse à l'*Ek Dream Luxury*. Vous êtes satisfaits tous les deux ?

Je plante mon regard dans le sien :

— Pas entièrement, mais ça ne va pas tarder.

Elle comprend mon allusion et ses joues rougissent. Je ne lui laisse pas l'opportunité de réfléchir et l'entraine à l'intérieur de la villa.

— Vous êtes dégoutants, s'exclame Alexine dans notre dos. Sérieux, on dirait des animaux !

Ses mots se perdent tandis que nous grimpons à l'étage. Si je m'écoutais, je fermerais la porte pour n'en ressortir que dans plusieurs mois, le temps que je juge nécessaire pour parvenir à me rassasier de Maxine. Mais peut-être que je me trompe… Et si je n'arrivais jamais à satiété ?

— Merci, Erhan.

La voix de Max me tire de mes pensées. Je reporte mon attention sur elle.

— De quoi ?

— D'avoir pris le risque de te faire virer pour que je sois réintégrée.

Je hausse les épaules. La vérité, c'est que je n'aurais pas supporté qu'elle rentre en France, et qu'à choisir, j'étais prêt à perdre mon emploi et à partir avec elle. Oui, si cela avait été nécessaire, je l'aurais fait sans hésiter.

— Ne me remercie pas, c'était une démarche très, très intéressée.

À ces mots, je l'attire contre moi et l'embrasse.

Épilogue

Maxine

Un an plus tard

Le catamaran est amarré en face d'*Isla Mujeres*, sans doute une des iles les plus paradisiaques de la côte. Le roulis fait doucement tanguer le bateau, heureusement je n'ai pas le mal de mer.

Erhan me rejoint et s'allonge à côté de moi. Appuyée sur les coudes, je regarde les flots bleu clair qui nous entourent.

— C'est tellement beau…

Erhan dépose un baiser sur mon épaule, provoquant une envolée de frissons sur ma peau. Sa main repose sur mon ventre et commence à y dessiner des volutes imaginaires.

Je ne me lasse pas des paysages de la Riviera Maya, en fait, j'envisage sérieusement d'y élire domicile. Du moins, si Erhan reste lui aussi.

— C'est étrange d'être libre, constaté-je.

L'année qui vient de s'écouler a été riche en sorties, visites, mais surtout, en travail. J'ai fait partie de la tournée du show. C'était incroyable et tellement édifiant. Maintenant que je ne suis plus membre de l'équipe de l'hôtel, je me sens un peu vidée.

— C'est ça la vraie vie, tu ne crois pas ? demande Erhan.

Je glisse un coup d'œil dans sa direction. Il semble concentré sur mon ventre.

— Sans doute… Mais je n'ai jamais été libre de faire ce dont j'ai envie. Quand on y pense, on passe d'année d'étude en année d'étude, et au moment où ça s'arrête, on intègre une entreprise.

— Pour ne faire qu'attendre les quelques semaines de vacances qu'on voudra bien nous octroyer, termine-t-il.

Avant de venir au Mexique et de retrouver Erhan, je me destinais à une carrière de cadre supérieur dans une multinationale. C'était mon plan. Mais depuis, j'ai découvert ce que la vie a de plus précieux à offrir : le temps vécu avec les gens qu'on aime.

Erhan et moi sommes devenus très fusionnels. Nous passons nos journées et nos nuits ensemble. Certains trouveraient ça trop étouffant, mais moi je ne respire bien que quand nous sommes réunis.

On apprend au même rythme, on avance petit à petit, mais toujours main dans la main. Je ne savais pas que l'on pouvait avoir ce genre de relation avec quelqu'un.

— Si on m'avait dit ça il y a ne serait-ce que deux ans, je ne l'aurais pas cru, remarqué-je.

Erhan relève la tête vers moi :

— Tu regrettes ?

Je caresse son cou puis son épaule avant de suivre le tracé du jaguar sur son pectoral.

— Pas du tout.

Un sourire heureux illumine son visage bronzé. Le bleu turquoise de ses yeux semble être en parfaite harmonie avec celui de la mer.

Ses doigts ne cessent de se balader sur mon ventre.

— Même si les Caraïbes vont me manquer, j'ai hâte de découvrir la côte Pacifique, continué-je.

Erhan a été embauché dans une ONG qui a pour objectif de protéger les populations de tortues près d'Acapulco pour une mission de quelques mois.

— On reviendra après, m'assure Erhan.

— Je rêve ou tu viens de formuler un projet ? le taquiné-je.

Les lèvres d'Erhan s'étirent en un petit sourire en coin.

— Ça se pourrait…

— Qui êtes-vous et qu'avez-vous fait de mon petit-ami ?

Il place sa main bien à plat sur mon ventre avant de me répondre :

— J'ai simplement évolué, Max. On a grandi, tu ne trouves pas ?

— Si. D'ailleurs, tu fais ton lit maintenant. Bravo.

Insensible à ma moquerie, et l'air de rien, Erhan dépose un baiser juste en dessous de mon nombril.

— J'ai fait un drôle de rêve cette nuit, déclare-t-il soudain.

Je hausse un sourcil interrogateur et il m'explique :

— Nous étions sur une plage. Tu marchais devant moi.

— C'était prémonitoire, pouffé-je en repensant au matin même où nous avons fait exactement ce qu'il décrit.

Il se fige, mais il continue :

— Je te rejoignais et quand tu te retournais…

Erhan laisse passer un long silence, et je redoute le pire. Je fronce les sourcils.

— Quoi ? C'est si horrible que ça ? J'avais un énorme bouton sur le menton ? Un nez crochu ? Une frange ? Non, parce que franchement, la frange ne me va pas du tout !

Erhan secoue la tête.

— Tu étais… enceinte.

Je ne m'attendais pas du tout à ça ! Nous ne parlons

jamais d'avenir, du moins pas de celui de notre couple. Notre carrière, un prochain voyage, ça oui.

— Ce n'était qu'un cauchemar, ne t'en fais pas, je ne suis pas enceinte, Erhan, le rassuré-je.

Le regard qu'il me lance est étrange. Pour une fois, je n'arrive pas à lire ce qu'il pense.

— Ce n'était pas un mauvais rêve, avoue-t-il enfin.

Mon cœur se met à battre plus vite. Erhan est-il en train de suggérer ce que je crois ?

Ne te fais pas d'idées, ça t'évitera les désillusions.

Oui, mieux vaut rester prudente et ne rien attendre. Vivre l'instant présent est notre crédo, il n'y a pas de raison que ça change.

Erhan se redresse et s'assied face à moi.

— Je me disais qu'un jour, peut-être, quand le moment sera venu et qu'on le sentira bien…

Il marque une pause.

— On pourra fonder une famille.

Je cligne plusieurs fois des yeux, mais c'est bien Erhan qui se trouve devant moi. Le même homme qui a peur de toute forme de projection ou de plan qui pourrait conduire à former une famille.

— Si ça te tente, ajoute-t-il.

Je hausse les épaules.

— Sans doute que dans le futur j'aurai envie d'avoir des enfants, avancé-je prudemment.

Il a un petit sourire qui me touche en plein cœur. J'ai presque l'impression de lui avoir dévoilé quel serait son cadeau de Noël.

— Un jour nous aurons un enfant, répète-t-il. Je peux vivre avec cette idée…

Erhan se rallonge à côté de moi, et je place ma tête sur son épaule, tout près du jaguar et de l'aigle, l'ombre et la lumière personnifiées sur sa peau.

Les yeux perdus dans l'immensité du ciel bleu, bercée par le roulis du bateau, rassurée par la présence d'Erhan, le cœur empli de bonheur, en parfaite sécurité, je savoure l'instant présent.

Un jour, nous fonderons une famille…

Oui, moi aussi je peux vivre avec cette idée.

FIN

Tu as aimé l'histoire d'Erhan et de Maxine ? Découvre un bonus inédit et gratuit disponible sur le lien suivant :

https://www.estelle-every.com/bonustl

Note de l'autrice

L'écriture de cette romance était particulière pour de multiples raisons, la première étant que j'avais envie d'écrire une histoire qui se passe au Mexique depuis des années.

J'ai eu la chance de vivre dans ce merveilleux pays pendant six mois. Un semestre plein de rencontres et d'expériences qui m'ont enrichie sur le plan humain, même si certains moments ont été moins roses.

Si j'ai décidé de te conduire sur la Riviera Maya, c'est parce qu'il s'agit du lieu où je me sens le mieux au monde. Si, si. C'est la stricte vérité. Les couleurs, les odeurs, les paysages, tout là-bas me fait me sentir « à la maison ». Alors je voulais t'y conduire l'espace d'une romance et te faire partager mon amour pour ce lieu et les gens qui s'y trouvent.

Tout en écrivant l'histoire d'Erhan et Maxine, je me suis replongée dans mes souvenirs, et ce sont eux qui m'ont aidée à donner plus de vie à cette histoire. Tout comme Maxine, j'ai effectué un stage dans un hôtel. Pas en tant que danseuse, mais dans le service des ressources humaines… Je te laisse deviner d'où me vient l'inspiration pour le personnage de Beatriz… #balancetaDRH

Malgré certains déboires, j'ai beaucoup appris et grandi pendant ces six mois. Ce sont des souvenirs d'instants magiques qui se sont pressés en moi pendant toute l'écriture, et rien que pour ça, je suis heureuse.

J'espère que j'aurai réussi à te faire voyager et à te déposer sur la Riviera Maya toi aussi.

Pour finir, je remercie toutes les blogueuses qui m'aident à faire découvrir Tropical Love aux lectrices. Je remercie aussi les copines qui m'offrent un soutien précieux.

Et je te remercie, toi, lectrice, d'avoir embarqué sur mon bateau.

Si tu as envie de me donner ton avis sur le livre (ou même de papoter), tu peux me retrouver sur les réseaux sociaux :

Instagram : estelle. every

Facebook : Estelle Every auteur

E-mail : estelle.every@ge-mail.com

Tu peux également t'abonner à ma newsletter pour ne manquer aucune information sur mes prochaines parutions :

Site Internet : estelle-every.com

Je te donne rendez-vous très vite pour de nouvelles aventures !

De la même autrice

Romance contemporaine
Endless Night, tomes 1 et 2, Hugo Poche, 2019
Is It Love – Colin, Hugo Roman, 2020
N'essaie pas de m'aimer, 2020
Ambition over Love, 2020
Nos sens interdits, 2021
Nos sens cachés, 2021

En collaboration avec Tamara Balliana
Million Dollar Love, 2021
Million Dollar Sunset, 2021
Million Dollar Crush, 2021

Romance paranormale
  Saga The Cupidon Brothers
  Éros, 2020
  Caleb, 2020
  Élon, 2021
  Andréas, 2021

---

[1] Tout va bien, mademoiselle ?
[2] Divertissement.

[3] Titre qui indique le niveau du diplôme obtenu, ici une licence (bac +3).

[4] Voiture du constructeur suédois Koenigsegg qui passe de 0 à 100 en 1,9 seconde.

[5] La maison du jaguar.

[6] Les Quatre Accords Toltèques, Don Miguel Ruiz. Jouvence Editions.

[7] Voir le bonus gratuit disponible ici : https://www.estelle-every.com/bonustl

[8] Le nom des tempêtes et des ouragans est déterminé par le *National Hurricane Center*. Henrietta est une invention pour les besoins du roman.

[9] Sorte de dos d'âne métallique installé sur les routes pour obliger les chauffeurs à ralentir.